梦回花间有呢喃

怡霖 著

四川大学出版社

项目策划：段悟吾
特约编辑：曹思思
责任编辑：陈　蓉
责任校对：宋科颖
封面设计：天恒仁文化传播
责任印制：王　炜

图书在版编目（CIP）数据

梦回花间有呢喃 / 怡霖著. — 成都 ：四川大学出版社，2019.11
ISBN 978-7-5690-3213-0

Ⅰ. ①梦… Ⅱ. ①怡… Ⅲ. ①散文集－中国－当代 Ⅳ. ①I267

中国版本图书馆 CIP 数据核字（2019）第 278247 号

书名　梦回花间有呢喃

著　　者	怡霖
出　　版	四川大学出版社
地　　址	成都市一环路南一段 24 号（610065）
发　　行	四川大学出版社
书　　号	ISBN 978-7-5690-3213-0
印前制作	天恒仁文化传播
印　　刷	成都市兴雅致印务有限责任公司
成品尺寸	145mm×210mm
印　　张	10.75
字　　数	213 千字
版　　次	2020 年 2 月第 1 版
印　　次	2020 年 2 月第 1 次印刷
定　　价	59.80 元

◆ 读者邮购本书，请与本社发行科联系。
电话：(028)85408408/(028)85401670/
(028)86408023　邮政编码：610065
◆ 本社图书如有印装质量问题，请寄回出版社调换。
◆ 网址：http://press.scu.edu.cn

四川大学出版社
微信公众号

序一

读怡霖的散文和散文诗

胡平

2011年秋我去厦门开会，刚好赶上怡霖的第三部散文集《追梦霞满天》在国际会展中心举行首发式，我应厦门大学出版社之邀出席了这个仪式，也开始熟悉怡霖的作品。怡霖给我的一个突出印象是她的写作方式。她的作品都是在手机上摁出来的，摁得飞快，不分场合，用的都是忙里偷闲得来的时间，令人钦佩不已。后来才知道，她被媒体称为“手机创作第一人”，是“我手写我心”的一个楷模。她是上过鲁迅文学院高级研讨班的，算我的学生，我为有这么一个学生感到高兴。

读她的作品，我了解到她出身很苦，自小丧父，放过牛种过地。她16岁进城闯荡，在北京大卖场卖过鞋，之后经商，靠本事逐渐摆脱困境，成为“新阶层人士”的一个代表，发表了不少作品。她重返北京时，去找过当年一起站柜台的女伴，女伴无论如何都不能相信她居然成了作家，觉得不可思议。当然，当年她自己也没有这种奢望，最初只是觉得生活艰难，把百感交集记了下来。后来她偶然遇到一位何主编，主编觉得她写得有特点，把她的稿子用了，在杂志上印成铅字，此后的事情便一发而不可收，如今她已成为福建著名的女散文家和诗人。她能有如此成就，是因为后来她发现自己酷爱文字，而酷爱文字是因为有太多的人生感触要表达。人和人是不同的，有人安静地坐在电脑前才能开始写作，有人随时随地用手机储存激情。

苦难经历对于作家是不存在的，因为所有苦难都可以在他的文字里化为艺术，得到升华；苦难经历对于作家又是一切，因为有过苦难才识得人生。怡霖是从小就懂人生的，她的根在浙江一块曾为世外桃源的土地上，她最动人的作品，都与那块土地有关。这些创作多从家庭际遇与亲情关系入手，以平民视角描绘江南的乡村图景，寻常百姓的日常生活。她对过去农民遭遇的一切做了细腻的刻画，那是些发黄的照片，没有虚饰与遮蔽，却呈现诗情与新意。

获福建省文艺百花奖的《一把钥匙的重量》，是她的代表作之一，这篇散文原生态地描写了她放牛的经历。少年回忆，色彩依然斑斓。那是一把牛栏的钥匙，它的沉重来自责任，那时她大概只有五六岁，生产队为照顾她家，把放牛的活儿交给了她。作品开头一段就写道：“我小心地将它放在灶台的灶孔里面，那是平时专放火柴盒的地方。”——仅此一句，就深深吸引住读者，情景和情态的真切充满张力。文学描写的魅力，常来自情境陌生感和丝丝入扣的生活逻辑的契合，这需要作家到过生活现场。此作中，孩子和黄牛的关系，母亲和黄牛的关系，孩子和母亲的关系，都是现场的回忆，被书写得温馨动人。牛是倔强的，见到田里的麦子便大吃大嚼，孩子拉不动，急得哇哇大哭；牛又是通人性的，知道适时亲热地舔孩子的手臂；母亲也是疼牛的，及时采来树叶驱赶栏里的蚊子。其实，在作品里，母女俩是弱势群体，黄牛也是弱势群体，三个弱势群体相濡以沫、相依为命的情景感人至深。怡霖的另一篇重要作品《父劫》，记叙了父亲之死招惹的官司，家庭遭遇的一场劫难。在变故中，祖母与母亲遭人诽谤，被装在两只篾筐里带走关押，使六岁的孩子魂飞魄散。这件事没有发展为《窦娥冤》，是因为公社陈书记为人正直，秉公处理，使全家人得以昭雪。怡霖特别写到，若干年后，她带着她出版的第一部作品，几经周折寻到恩人，当面致谢，而陈书记已是耄耋之年。怡霖这些关于苦难的叙事，和那些“代言”的苦难叙事不同，不是受到历史理性或批判意识指引的想象，不是满足于构成一组组冷酷的生存困境表象，而是努力呈现生活的本相、生活的色彩繁复的图景，因而真正赢得了读者。她的大量抒写家乡的篇章，带着亲历的体温，怀着真诚与柔情，讲述着生活在底层与边缘的人们的命运，他们宿命般的困境和可怜的希冀，也写他们的朴实、善良、坚韧和乐观，使作品浸润着一种忧伤的美丽。“70后”作家的写作大都不是从公共经验和公共记忆出发，也不习惯为作品建构社会性主题，他们更个人、更个体、更个性，但不会改写生命的本真状态，怡霖的创作就是如此，而实际上她的作品也折射出民族的境遇和记忆。

与不少女作家相似，怡霖对爱情的书写情有独钟，她的爱情作品离开了底层经验，驰骋于感情世界，展示了作者丰富的内心。她喜欢以散文诗的体裁、以炽烈与唯美的文字讴歌纯真的爱情，寄托心灵深处的向往。她获得福建省优秀文学作品奖的《情花》

以及《情潭》等，在开阔的时空里，在纷至沓来的意象中，纵情笔墨，缠绵恣肆地对爱情作了浴火重生式的礼赞，文字绮丽而不失婉约，典雅而不失明快。这些作品尽洗乡村篇章中淡淡的忧郁，带着一泻千里的情感，“追梦霞满天”。在一个随意复制爱情的年代，她的作品唤起了人们温馨的记忆。她是一个真正出自底层的作家，人生的凄风苦雨没有将她击倒，反将她锉磨得更加坚强、乐观、自信，迎来风雨后的绚丽彩虹。我认为，她的幸运，在于十几岁时赶上了改革开放，使一个灰姑娘由放牛娃出息为作家。

从2009年开始，怡霖以每年一部的速度出版了四部散文集。《人约黄昏后》出版的翌年又被出版社再版发行，可见她是有读者群的。《风雨送春归》是怡霖的自选集。这部散文、散文诗选本，集中展示了她创作的优秀篇章，从中我们可以看到她在通往文学圣殿路上的前进足迹。我们这个时代，的确是人的解放的时代，她的故事也是一个时代的缩影。听说怡霖同时痴迷书法，勤学苦练，在此也寄盼她学有所成。

序二

一半是寒水，一半是暖阳

——怡霖其人其文

梁长峨

五年前的一天，突然一个个字，在她手机屏幕上浮现出来,像沉在水里的精灵,冲破水面。

那一行行字，组成一座浓荫如盖的小院簇拥着她，环绕着她。从此，她一发而不可收，再也没有走出这座文字的小院，无论寒风还是夜雨，无论欢乐还是痛苦，她都默默地、静静地，在这座小院子里度过。

在这里，她用文字作展板和乳汁，展示和滋养自己的灵魂；她用文字作壁垒，抵御来袭的俗风和浩大无边的庸常。

自发表第一篇散文始，她的大脑如核反应堆，里面发生了一系列变化，在她以屏幕为稿纸的手机上，总是有精美的文字快速闪出。此后，她抱着沉甸甸的四本散文集，加入中国文学天空的雁阵，成为中国作家协会会员。

此前从未拿过笔，在人生文学创作发令之枪响了很久，许许多多同龄人抢在她前面跑了很远很远时，她才起步，甚至是毫无准备，赤着脚起跑，成就怎么会如此卓越？

写作最深最直接的根源，是作家内心深处有话要说。而这种强烈的要诉说出来的愿望，成为作家最初拿笔写作的原动力。换句话说，一个作家写作的源头在于自己同这个世界之间的矛盾焦点，这个焦点，就是文学创作之母。而每个作家所面对的焦点都不同，所以每个作家在作品中表现的喜怒哀乐也各不同。其哀必有因，其鸣必有缘，每个人都是鸣其所要鸣，哀其所要哀，诉其所要诉，不平于所不平。而怡霖写作的原动力和文学创作之母是什么？

她的家庭关系非常复杂。其母亲八岁作为养女来到祖母家。其父亲是作为上门女婿同母亲结的婚。之后，姐姐和她相继出生。祖父因胃癌诀别尘世，无亲生子孙送终，生性要强的祖母觉得脸上无光，硬要母亲生第三胎。可是父亲却独自决定做了绝育手术。断绝祖母抱孙的愿望，使本来就不和谐的母婿关系加剧，祖母时不时怨骂父亲。父亲因手术不顺留下炎症，需要休养与治疗。家里没有男劳力，母亲就不得不承担生产队的重体力劳动赚工分，同时承担砍柴挑水等全部家务，还要赚钱为父亲看病。后来父亲病情稍有好转，为赚点工分养家，就坚持上山干活。行船偏遇顶头风，在一次砍伐林木时，父亲的腿被倒下的树压断了。这样父亲就彻底失去了劳动能力。本就清贫的家庭，为承担父亲不间断的医药费进一步陷入困境。从此父亲只能拄着拐杖走路，一时想不通的父亲绝望自杀。这下全家如同塌了天，祖母和母亲都悲痛欲绝。更让人想不到的是，同祖母一向不和的邻居状告祖母和母亲谋杀父亲。祖母和母亲被监禁起来，好胜的祖母不堪其辱而崩溃，在关押期小便失禁，瘫痪不起。家里只有六岁的怡霖和十岁的姐姐，无人照料，整个家笼罩着黑暗与恐怖。几经验尸，法医给出公正鉴定，祖母和母亲才被无罪释放。

父亲离世，祖母长年瘫痪卧床，家中的一切担子都压在瘦弱的母亲肩上，孤苦可怜的母亲日夜奔忙，每天天不亮就起床干自留地的活、煮饭、喂猪，然后安顿祖母吃饭，最后一边手里握着一个地瓜吃一边匆匆奔向生产队去干活。就这样，母亲从33岁时父亲去世一直到58岁死于车轮下，守寡长达25年。她照顾老母亲，领着孩子，艰难度日，其间的磨难无以名状。

父亲去世时，怡霖才六岁。看到妈妈的艰难，看到十岁的姐姐为了支撑这个家断然辍学，她就常常揪心地痛。于是幼小的还该在妈妈怀抱里撒娇的她，学着提水做饭，照顾卧病在床的祖母，为了多赚点工分，还帮助生产队割草放牛。狂风，暴雨，烈日，雪天，几乎都能在山野中看到她弱小的身影，甚至有几次放牛于山野，割草于山崖，险丧小命。瘦弱的她，竟然常常用麻袋装着草，一步一步翻越一个又一个山坡。她说，她那时盼望自己快快长大，就像紫菜浸水一样骤然膨胀，帮助家里摆脱困境，让家人不被欺凌。后来，在极艰难的生活中，她上了小学，上了初中。

怡霖从幼年开始，一直在冰雪之中艰难度日，她的心一直被寒冷侵袭着，一直在冰冷的寒水中浸泡着。这种寒水浸透她的心肺，浸透她的骨髓，她比一般人更知道什么叫穷困、艰难、被欺凌，什么叫被人瞧不起，被人踩在脚下，什么叫比底层更底层人的生活。所以，她写出了《祖母》《父劫》《母亲》《姐姐》这类读之让人肝肠寸断的不朽散文。这些让我看到作者在过往岁月中一次又一次以泪水洗面，让我看到在社会底层，一个抽泣已久的求救者的手指。这些散文比一部长篇小说都厚重，都更有价值。这些散文是她铭心刻骨的艰难生存的记录，是她真实的生命体验，是她在现实中梦魇经历的独特的内心感受，是残酷命运威慑下她和家人走投无路历经肉体磨难和灵魂磨难的本真再现，是无情的现实和命运对一个人、一个家庭残酷的挤压和决绝的冷漠的再现。这让我想起欧美世界的大歌唱家科恩说的话：悲观主义者站在那里担心下雨，我却早就淋得全身湿透。怡霖早就被悲伤的大雨“淋得全身湿透”了，而且未曾干过，令人敬佩的是她始终昂然挺立着。

了解怡霖的人，都知道她的善良。这固然由天性所致，但也有后天阳光雨露的滋养。公社陈书记在她们全家蒙难的关头，以一个公仆的责任心，澄清事实，还她祖母和母亲以清白，使得她们全家免遭灭顶之灾。这在幼小的怡霖的心灵里埋下了是非分明的种子。她背着一捆苎麻去供销社卖，年已花甲的收购员朱伯伯和朱姨看着瘦弱的又渴又饿的她，给了她几个热腾腾的苎麻糕充饥。这几个苎麻糕温暖着她饱经苦难的心灵，给她播下善的种子。祖母虽然生性好强，脾气暴烈，她的乐善好施却为乡邻所称道。

她懂得一些药方，就专门在自家小院种植草药。乡里乡亲若患小病小疾，不去诊所，多向祖母求药，祖母从来分文不收。外地一对穷困夫妻时常来家门前乞讨，祖母总是毫不犹豫地赠送饭菜，还用一间闲置的空房容留这一对乞讨夫妻暂住。这又给幼小的怡霖心中植入高尚、无私、善良的品质。她不能忘记父亲去世后母亲只身撑起苦难重重的家，每天拖着沉重的身体出门，然后又拖着更加疲惫的身体回家，雨中打猪草，雪中去砍柴，夜深了还在做针线活，天刚蒙蒙亮，就起床提水做饭，照顾卧病在床的祖母，毫无怨尤地奉献着自己美丽的青春。她忘不了可爱的姐姐。姐姐知道知识是改变命运的希望，可是为了减轻母亲的负担，为了让妹妹能上学，她毅然决然辍学。姐姐当时才十岁啊！十岁应该是无忧无虑坐在教室上课的年龄，可她放弃了，以娇弱的身躯挑起了成年人的担子。她牵着妹妹的手，把妹妹送进了学校，然后同母亲没日没夜地干活。妹妹在上学期间得了肺病，给本就艰难的家又蒙上了阴影，姐姐不忍心妹妹病体煎熬，外出打工。姐姐知道去陌生环境打拼的可怕，但为了给妹妹治病，为了安定这个风雨飘摇的家，还是背起背包流着泪离开了家……

时间流逝，这一切却在怡霖心田里扎了根开了花。凡是这类散文她都写得暖意融融，有如春日，读了之后，让人倍感温暖，不忍释卷。如果说苦难磨炼了她的意志，那么这一切培养了她善良、正直、纯洁、无私、崇高的心灵。如果说苦难对怡霖是一片冰冷的寒水，那么这一切对怡霖则是一抹永远的暖阳。23年后的春节除夕前，滴水之恩涌泉相报的怡霖专门驱车140余公里，去看望已80高龄的朱伯伯夫妇。可惜当她来到朱伯伯夫妻当年留给她的地址时，古街低檐瓦房早已不见，变成林立的高楼，朱伯伯夫妇已不知去向，唯有兰江滔滔，发出悠远的回声。

天性善良，加上后天滋养，让怡霖有着超乎常人的胸襟。曾经一直同祖母不和，后来状告祖母和母亲谋杀父亲的一个太太，老了瘫痪在床，尽管家中多个子女却无人尽心侍候。已上初中的怡霖不念旧恶，不忍心看着老太太挨饿，特地拿着蛋糕前去看望。她推门而入，掩鼻进入里间，屋里臭气熏天。对于怡霖的突然来访，老太太却一脸木然。她已经不认识这是自己曾经陷害的人的孙女。如果知道，她会怎样地无地自容，羞愧难当，无颜面对？人与人之间不应以怨报怨，以仇报仇。怡霖此举，可昭日月。

有人历经磨难，一旦翻身，便会两眼朝天，目中无人，变得特别傲慢，甚至恶毒和冷酷。而苦难煎熬却让怡霖变得更善良，更纯洁，更真诚。生活中，她把一个女人轻柔温存的善意之光尽其所能地洒在苦难中的人们身上。《卖鸡胎的阿婆》中写着，一个风雨交加的晚上，有一位阿婆叫卖鸡胎。她跑到楼下看见阿婆瘦弱的身体只裹着一件单薄的衣服，瑟瑟地站在屋檐下，一股酸楚涌上心头，随即买了六只鸡胎，一边付钱，一边对阿婆说："您等我一会儿。"她转身上楼拿了一件衣服，送给阿婆。阿婆感动地告诉她，曾有唯一的女儿与她年龄相仿，可是多年前患了白血病，变卖了家里所有值钱东西都没有留住，走了。她丈夫得了肺痨重疾，她只能靠卖鸡胎度日。从此之后，她就天天买阿婆六只鸡胎，就是吃腻了，还依旧买，数年从未间断。直至有一晚，她如往常一样缓步走到窗台等候阿婆的叫卖声，可是直到夜深人静，阿婆的叫卖声也没有出现。从那晚开始，阿婆颤巍巍的身影再也没有出现在楼下，阿婆沙哑低微的叫卖声也似乎从这个世界上消失了。这是灰尘般的小事啊！可这小事却显示出怡霖有着常人难以企及的道德高度！如果大家都做到"勿以善小而不为，勿以恶小而为之"，这个世界将会变成何等美好的人间！还有她不顾夜黑风高到郊外打工棚去看休学的红，给无亲无故的红买衣服，买日用品，帮助红重返学校。这也是芝麻粒大的小事，可这微小的援手，滴水的爱意，却在红的心海掀起波澜，点起生和爱的火焰。至少这雪中送炭比锦上添花更高尚、纯洁！

怡霖的灵魂并不是温吞吞的。她有着刚烈、顽强和不屈。不然，她不会历经万难活到今天，还活出这等风范。多少篇文章几乎异口同声地说怡霖的文字是暖色调，而几乎又同时忽略了她文字里透着的冷色调，至少她的分量最重的那部分散文是冷色调的。这多少让人觉得怡霖只会写柔情曼软的闲适文字，只会莫名地发点小小的浅浅的哀怨。其实，她不是只能写白色炊烟的村姑，也不是城里只能跟随街道流行色走的写手。评论家们忽略了她文字的机智和锋利。她的高明在于常把尖利、深刻的含义蕴藏在平静的叙述中，而这种叙述常常有一种不可测量的内在深度。我在她的文字中还发现她有时用整段或干脆用整篇锐剑般的文字拨动人的神经。细心的读者一定会在她的文字中看出她始终关注人、人性、人的灵魂，看出她娇弱的身体负载着救赎人的灵魂的重荷。

现在世俗的眼睛，只顾专注于人的肉体，而忽略从它里面飘荡出来的灵魂和生长出来的精神。人们为了肉体的享受，而忘记关注怎样让美好的灵魂之烟袅袅升起，让美好的灵魂之焰充分燃烧，以照亮人性的天空。当下有人日夜追求金钱、名誉、地位，为此喷出的一股股恶毒之液，不停地泼向拂荡的美好的灵魂和精神之苗，发着嗞嗞的啃啮声，不停地吞咽美好的精神之魂。看到这一切，善良的、心有六月暖阳的怡霖，心中不禁飘起漫天大雪。

她虽然知道人类历史总是美和丑并行，但她还是无法不为眼下的恶德恶行所恼怒。且看《苍穹之王》《鼠之联想》等动物散文，她哪里是在写动物，分别是在写人，是借动物之行来扒人的皮，把人的灵魂予以展示。人在许多方面与动物毫无二致，有时甚至比动物更卑微、更无耻、更下流、更凶残，更会投机，更会使坏。她在几部散文集中，不时流露对龌龊的憎厌，对罪恶的愤怒，对无赖的鄙视，对麻木的叹息。一张张畸形的脸，都被写进她的散文里。她一直保持本真，保持固有的锋芒，不得不让人刮目相看，敬重尤加。

恶有恶报，善有善报，并不是颠扑不破的真理。一个社会恶人多了的时候，好人的日子并不好过。君不见，许多恶人恶贯满盈，照样风光无限，相反许多好人却受尽挤压，饮泪度日，苦不堪言。怡霖对人总是善心一片，她相信谎言就如相信真理一样虔敬，不打一丝折扣。不是她愚笨，而是她至诚至情。对一件事，她宁愿信其真，而不愿想其假；同样对一个人，她宁愿信其十分好，而不愿猜其一分坏。可是有些人满世界跑，专门肆无忌惮地欺负好人。她受尽磨难，被人欺凌，被人蒙骗。有一回，她气极而言：“我真想变成狼去咬披着羊皮的狼。”然而，她本来就是善良纯洁柔顺的羊，怎么能变成吃人的狼呢？她在这样的社会，活着该有多难！可她依然故我。

一直以来，她稚弱的肩膀挑着生存的重担，在悬崖上艰难顽强地走着。苦难像夏天的暴雨、冬天的大雪一样，不断地降临到她的头上，让她无法摆脱。好在天堂就在她心中。苦难，没有使她滑入万丈深渊，反而使她一步步走上了精神的高地。一路鲜花走过来的人无法懂得，正是磨难为她的诗文添了强硬的翅膀。命运之魔给她制造的罪恶，让她敲开了另一扇门，让她的全部智慧迸发出来，让她的生命生出奇异的光彩。她散文中的天堂之语，给人阳光和乳汁的语言，全部来自艰难生活的深泉中。

后现代的今天光怪陆离，异彩纷呈。一些人的大脑绷紧的都是物质的弦，为了钱财，为了富足，活力四射。一些地域，一些城市，充溢着躁动不安。高蹈纯净、浩渺博大的精神天空渐尽迷茫昏暗。有的人甚至被精神和思想的列车甩了下来，成了无家可归者。当下的文学亦出现堕落迹象，滑向庸俗与浮华。有些作家的乌纱和桂冠相混淆，难以辨识，站在文学高峰和站在富贵行列无异。有的“才子”位居高处而声名显赫，在心满意足之水中酣游而不惧活活淹死。

而怡霖这个时候，像清风一样活着，她从纷繁富丽的物质世界逃离，来到最深邃、最浩渺、最静雅、最活跃、最亲近又最无间的文字世界，建筑属于自己的心灵的唯一寺院。她在自制的抽去世俗的空气的真空里，日夜拖着疲惫不堪的身躯写作。这是让作为同道者的我倍感欣慰的。她的文学空间以惊人的速度向四周延伸。但她知道要真正爬上文学的最高殿堂，就必须让自己的创作和灵魂涅槃，必须超常地一天天飞快地越过自己不断加高的横杆，必须始终保持真正的作家姿态，如鲁迅躲进小楼，如莫言扎根高密。

无论从年龄、生活阅历还是从才气来看，怡霖都有继续高飞的足够理由。《圣歌》里有这样一句歌词：“撞钟吧，趁你还能撞钟，别去想完美的祭品，每样东西都有裂缝，光就从裂缝洒进。”我祝愿怡霖创作出更多的作品，绽放出更多的光芒，在中国文学的雁阵中，随着文学的气流上升再上升，直至那无垠的宇宙。

是为序。

目录 CONTENTS

第一辑

梦回脉语

第 二 辑

花间呢喃

第一辑

梦回脉语

阅读使我长出美丽的翅膀

放眼大千世界，辽阔宽广的是大地海洋，比大地海洋更宽广的是天空，比天空更宽广深邃的是人心。在短暂的一生里，一个人即使再努力，也难以穷尽世相物理之万一，要想拒绝平庸，不断完善自己，就得学习阅读，从前人的经验教训中得到感悟，从智者的学问中启迪自己。古人说“读书破万卷，下笔如有神”“书山有路勤为径，学海无涯苦作舟”，说的就是这个道理。

阅读就像迷魂阵，让我入得阵来而无法自拔也不想自拔！手捧墨香，如凤凰涅槃，一任炽焰焚烧我的躯壳，崭新的灵魂神奇地诞生。站在心灵的巅峰，放眼广袤的天宇，我终于发现自己的灵魂如沐春风，它是如此净洁，如此挺拔，如此慈善和如此自信。

我能告诉朋友的其实只有一句话：命运掌握在自己手中，阅读改变人生!

就读初一时，语文老师每周在教室后面的黑板上抄写名言警句。我记得最深刻的一句话是："熟读唐诗三百首，不会作诗也会吟。"在完成老师布置的作业与背诵课本外，我喜爱悄然独行。学校的后山丛林深处，会有我大声朗读唐诗宋词的身影。彼时，我最喜爱的就是作文课。因为一次作文会安排两堂课，共九十分钟。我往往花上半小时就能完成，甚至偶尔"取巧"，花上几分钟写几句诗权当交差。语文老师本身也是个文学爱好者，写过中篇小说，还曾让我为他抄写手稿，这使我的作文水平也相应提高。在剩余时间，我便对琼瑶、岑凯伦、金庸、古龙等人的著作爱不释手。

因家境困难，初中毕业后我便四处漂泊，几本向人借来的高中语文课本，是我唯一不变的行李。其中《将进酒》《琵琶行》《长恨歌》，至今仍然倒背如流。因此，我与诗词结下不解之缘，无论平时游山玩水还是睹物思人，总能忽而迸发几句打油诗。在我以手机为创作工具的几年里，正如苏老夫子所言："作诗火急追亡逋，清景一失后难摹。"即刻而及时地记录，为我的创作生涯提供了很多方便。回想当年，打工领到第一份工资，我没舍得吃上一块烧饼，饿着肚子走了十几公里的山路买了一本《唐诗宋词》。那一夜，我沉浸在李白、杜甫的诗词古韵里，月光下读着读着，将书捧在怀中，久久不能入眠。后来这本书不知被我翻了多少次，封面破了，纸页残了，可到现在我依然珍藏着。它成了我生活和生命的见证。我忍受一切孤独和寂寞，抵御一切干扰和诱惑，并且在阅读中反思，独自审视内心，耐心并执着地用语言去构建另一个自我的世界。

偶然一个机会，我投稿并正式发表了处女作《破碎》，短短的千字文用在了卷首语，于是从此一发而不可收。这几年来，我因昔日曲折的经历、生命的疼痛和内心的悲悯而倾吐，让每一个字都如一滴热血，缓缓地滴落在我手机的屏幕上。它们洇染，盛开成对世道人心有滋养的鲜花。这使我深深认识到，文学不是大学文凭的衍生物，也不是养尊处优所能给予和造就的，它是痛苦的心灵、悲悯的情怀沥出的一滴滴鲜血。

我的文学创作不只是源于自己和亲人的故事，还源于对故乡的情感。我喜欢故乡浓荫覆盖下的房屋、土院、木窗，喜欢父辈农人那简单的劳动和生活。他们对人的质朴、坦然和真诚，前生就注入了我的血脉。不管我离开他们多远多久、在表面上同他们如何分歧甚至相互背叛，我都时时为他们牵肠挂肚，在内心深处和他们相通、会合。每当夜深人静，他们的生活和故事，总是在我的血脉里涌动，在我的梦中出现，浸润和搅动着我的心海，让我辗转反侧，难以成眠。我以小巧玲珑、握在掌心的手机为书写工具，无论在什么场所，只要灵感来访，便挥洒自如，心至文成。一篇文章尘埃落定，内心暂时平静，可是要不了多久，就又风起云涌，爆发新的创作欲望，源源不断的文思催生一篇又一篇的新作。创作的题材和情感全然像至爱亲朋，团团包围着我。我的写作就是这样推着我走向广阔，走向深邃。

我沉迷在铅字的喜悦中，坚定了文学信念，从此在文学的天空任意翱翔。阅读使我长出美丽的翅膀，从容飞上中国文学的天空，加入当代文学的雁阵。去年一年之内，我幸运地同时摘下冰心散文奖和老舍散文奖的桂冠，无形中为女儿树立了榜样。从不曾奢望喜爱文学能带给我地位的改变，而从一介默默无闻的社会人士一跃成为文学圈被关注的晚辈，正是坚守阅读带给我的快意与荣誉。

人生即是如此，当一扇门对你无情关闭时，只要你虔诚、坚持，就会有另一扇门向你打开。命运虽然将我带到一个面朝黄土背朝天的家庭，每天放牛、割草、砍柴，重复繁重的农活是我童年时代的主题，但生活的苦难于我已是一笔宝贵的财富。过去我是个放牛的孩子，现在我是个放牧文字的孩子。在这圣殿之上，我的声音是稚嫩的，我的文字也是稚嫩的。但我是诚挚的，清澈的。我完全沉浸在这个世界之中。我为它欢笑，也为它哭泣。我是真实的，从不掩饰自己。

我酷爱自然——大到一脉山峰、一条江河、一处海天，小到一棵树、一朵花、一片叶。我看到鲜艳绚丽的桃花，就无限欢欣；看到随水漂逝的杨花，就顿生愁怨；见到累累的硕果，我会尽展歌喉，唱出心中最美的歌；见到百木萧条，落叶纷飞，我心中就会立刻充满忧伤和苍凉……总之，日出月落，阴晴雨雪，一切的一切，都会在我心中激起情感的浪花，这就是触发我创作灵感的永不枯竭的源泉。

有一位女诗人说："文学，是一项需要在其中留下'个人标记'的事业，写作，就是在纸上按下手印。每个人都应该先写下自己命定的那一份。"我欣喜在文学这项事业上我按下了自己的手印。我终于把我昔日的疼痛、苦楚和挣扎写了出来，我终于把我的所爱，包括我认为的美与善写了出来。

书中自有黄金屋。阅读是与伟人、作家的对话。阅读使我认识了世界；阅读使我开阔了视野；阅读使我的生活五彩缤纷；阅读使我成长。阅读不仅让我提高文学素养，提升人格魅力和道德情操，而且带我进入美好的文学天堂。阅读是我人生的曙光，是万丈光芒的起点，是灿烂万象的标识，是通向梦想的窗口。

胸藏文墨怀若谷，腹有诗书气自华。一个人读书多了，身上自然带着一股书卷气，即使穿着简朴，也会显得温文尔雅，脱俗超逸。气质是一种学养的无形透射，是一个人内在魅力的升华。

文学是精神高原的事业，是鲁迅、莎士比亚的事业，是但丁和巴尔扎克的事业。因此，文学不能玩弄，不能阿谀权贵，不能奉迎庸众，要勇于坚守，坚守文学本有的精神。人格是要有海拔的，文学作品也是要有海拔的。自己的人格和作品海拔越高，距离文学殿堂的大门就越近。

阅读不仅能寻梦圆梦，还能构筑全新之梦。人生正是由许多连环梦想串成的熠熠闪光的珍珠链条。在改变命运，走向成功之路的途中，我们更要坚持阅读，在阅读中汲取营养，积累圆梦的体验，站在更高的起点上开启新梦之路，追逐灿烂的明天，实现自己心中的梦想！

如今时代进步了，网络及智能手机的迅猛发展，使得阅读更加便捷，渠道变得宽阔。通过QQ空间、微信朋友圈、博客、电子书、专业网站等，人们每时每刻都可以选择性阅读，但是我更渴望翻开书页的墨香所带给我的心旷神怡。我也希望当代社会提倡阅读纸质文字，保护视力，促进思考，更要旗帜鲜明地反对浅阅读。

我活在文学中，成了文学的附庸，文学成了我的主宰。我用文学记录了大自然的美，记录了人性的善与恶，记录了我心中的爱，这是我对文学的回报。我常常通宵达旦地写作，虽然也时而感觉辛苦劳累，甚至因写作而变得疯狂，但是哪怕精疲力竭，嘴里喊着亲人“救我”，我还是要写。我觉得，我是在这样的过程中享受着生命，我甘愿过这样的生活。唯一令我始料不及的是，文学竟有如此的力量，让看上去纤弱的我变得如此生猛刚强。

就读五年级的女儿，作文总是被语文老师作为范本，日前又受到《闽南日报》的肯定，得以发表处女作《雨梦》。朋友们夸赞她遗传了我的文学基因，我觉得这其实是潜移默化的结果。因为自己平时与文字纠缠，孩子也养成了喜爱阅读的良好习惯。倘若我当年没有坚持阅读，今天的我会在哪里？在做什么？但我可以确定，如果没有坚持阅读，今天我的所有文学光环及社会地位将与我失之交臂！

我深深知道，一切成功的旗帜都会褪色，一切美丽的花朵都会凋零。在时光老人的布袋里，必须不断装进新内容。我必须一直坚持阅读，汲取养分，才不会被时代前进的列车抛下。爱阅读的人心灵纯洁，气质高贵。我会继续手握书香，向阅读的高天阔海，向文学的神圣殿堂迈进，页页虔诚，字字虔诚！

在通往圣殿的路上

我抵达，我幸福

从厦门到北京，从一个放牛的孩子到鲁迅文学院高研班的一名学员，我走了整整四十年。2011年3月1日20时35分，这个时间的刻度清晰地嵌在了我生命的支柱上，这一刻我终于抵达了这里，抵达了梦寐以求的文学圣殿。在的士上，司机笑着问我来京城干吗，我脱口而出：读书。对方很诧异，眼里满是疑惑：这么大岁数了还读书？读书！我肯定而坚定地回答了他的疑惑。有个朋友得知我来了鲁院，笑谑我说，放牛娃进文学圣殿了。看似不经意的一句玩笑话，却触动了我内心某根敏感的神经。我的鼻子有些发酸，泪水在眼眶里打转。也许只有我才能理解其中丰富的含义，既有辛酸、欣慰，也有对我的祝福，对我的勉励。

我曾经就是一个放牛的孩子。六岁那年，为了替母亲减轻负担，我从她手中接过一把钥匙。那把钥匙锁着一间屋子，屋子里关着一头黄牛。我接过钥匙的时候也接过了生活的重担，之后的许多年我为了每日一个工分的报酬起早摸黑，与一头黄牛为伴。别的孩子可以从从容容打扮，高高兴兴上学，我却与母亲一同起床，母亲赶在生产队出工前去自留地浇水铲草施肥，而我则左臂挎一个竹篮，右手牵一头黄牛，在绿色的山野小径上，一边让牛吃食，一边拔猪草兔草。将牛关进圈后，我来不及吃东西，背个亲戚家送的旧书包，从锅里取上一块头晚煮熟的地瓜，一边咀嚼一边慌忙地向学校奔跑。因为裤腿沾满了泥巴与露珠，到学校门口那小溪前，我不得不借了人家正在洗衣服的刷子将裤管刷干净才敢走进教室。那时我的愿望很简单：我何时不用放牛了？之后我还有过很多的愿望：当我推着三轮车辗转大街小巷躲避城管时，拥有一间店面成了我最迫切的愿望；当我坐在干净明亮的店铺里看着行人归家的脚步时，我渴望在这座城市拥有一处真正属于自己的住所。

我就这么渴望着。生活的苦难教会了我很多，也给予了我很多。在那些过往的岁月里，书始终是我不离不弃的伴侣。无论我走在哪里，麦地或者茶山，桑园或者田野，在那些耕种的岁月，我都不会忘记带上一本书，在劳作休憩时，对着大自然放声朗读，这些构成了我美好的记忆。如今细想，如果不是当初对书的热爱，也许今天我仍在满地蚕虫的小房子里日夜忙碌呢。数年之后，当我的生活渐渐安定时，我毅然注销了自己的公司，开始拾回儿时的梦想。我开始在纸页上描画自己新的生活。我对文字倾注了满腔的热情，让它们表达我对苦难的反思、对美好的追忆。很快我的文字频频出现在全国各地的报刊上，我的第一本散文集《岁月追风人》出版了，第二本《月上柳梢头》受到不少读者的喜爱，我为之欣慰不已。

现在，我终于抵达了鲁迅文学院——这个神圣的文学殿堂。我进入鲁院时正是早春，春的气息在一天天充盈这个孕育着无限生机的院落，阳光和煦，柔柔的东风，吹化了冰雪，吹绿了青草，吹长了柳梢。花儿在一朵一朵地绽放，洁白的玉兰，金黄的迎春，还有海棠、梨花、紫薇、芍药。杨是阳刚的男子，伟岸而有力。

鱼在湖里游着，展示着鲜活的生命。背阴处有着未及融化的残雪，风也偶尔有些料峭，可白玉兰的枝头已有花蕾含苞欲放了。蔚蓝的天空，有着南方看不见的无垠与空旷。这是我窗外的景色。坐在这十余平方米的房间里，我是安静的。冲一杯碧绿温馨的香茗，我用细长的手指将茶杯端起，先闻后啜，力求让自己优雅一点，高雅一点。一张简单平敞的书桌，置立在任何地方，都是我痴迷的梦想。在遥远的过去的岁月里，它是我敬慕的神，我无缘靠近它。而现在，我就坐在它的身边，在它上面翻阅书本，或在纸页上倾诉我的情思。无论我静寂如水，或者心潮澎湃，它始终不离不弃，无怨无悔。因为有了它，我不再孤单，也不再寂寞。我触摸到的不仅是它的身体，还有它的灵魂。我甚至幻想来生化为鲁院的一桌一椅、一砖一瓦、一草一木……

我沉浸，我感动

北京，十多年前我曾在这里逗留了一段日子，之后便离开了。它是我梦断之所，有段时间我拒绝同它接近。而现在，它成了我眷恋的天堂。因为这里有鲁院，有慈父般宽厚的笑容，有兄长般严厉的督促，也有姐妹般亲切的呵护。我不再是一个贫苦的放牛娃、一个孤独的“北漂”，我回到了文字的怀抱，回到了文学的怀抱，它们接纳了我，拥抱了我。就像是一个走失多年的孩子，我现在终于回来了——步履蹒跚，呼吸急促，眼里盈满了泪水。

这是属于我的圣殿。我可以在这里做梦，在漫步中思考，在阅读中遨游。我反思我的文字，反思我的创作，也反思我的生活。我所历经的苦难不止存活于我的记忆中，也存活于我精神的空间。而文学成了我内心的另一个自我。我努力挖掘着自己内心的第二个自我，去认识塑造自己的世界。我独自审视自己的内心，安心、静心、耐心并且执着地养育另一个自我，用语言去建构另一个世界。为此，我可以忍受一切孤寂和落寞，抵御一切干扰和诱惑。写作对于我来说，既是痛苦的，也是快乐的。之所以感到痛苦，是因为当一个人要重新面对自己，解剖自己，并对自己的灵魂进行拷问时，尤其是当那种原本不愿被自己重新提起的事情被书写出来时，心灵是震颤的。由此及彼，我想到了其他事情，包括发生在自己身边的人和事，我知道了他们心中的幸福和快乐，体会到他们内心的寂寞和痛苦，同时也知道了他们其实也想倾诉，只是表达不出来或不愿表达而已。我所做的就是，如讲述别人的故事一般讲述自己的故事,如讲述自己的故事一般讲述别人的故事。

当然，文学是人学，如果连人都没有做好，又何谈文学呢？文学还有什么价值呢？在人类世界里，生命的存在需要善良的本质。在有限的生命里，你如果做不出轰轰烈烈的英勇事迹，也可以在举手投足间施以善行。你给予对方微笑，我相信对方一定也会报你以微笑。你若恶意相向，就莫怪对方恶语相对。你对人真诚，意味着你有善心。你待人以善，意味着美好出现。我向往人性的光辉，也向往人性的温暖。感谢阳光，将世界普照；感谢雨露，将世界润泽；感谢所有在我生活中出现过的人，无论是偶然的过客，还是我的朋友、亲人、爱人，无论是于我有爱的，还是于我有恨的，因为有你们我才不孤独。心向着美，世界就美。

过去我是个放牛的孩子，现在我是个放牧文字的孩子。在这圣殿之上，我的声音是稚嫩的，我的文字也是稚嫩的，但我是诚挚的、清澈的。我完全沉浸在这个世界之中。我为它欢笑，也为它哭泣。我是真实的，从不掩饰自己。窗外是个宽敞的院落，盛开过无数的花朵，也有着我熟悉的桑树，紫红的桑葚。我曾爬到树间采摘桑葚。那枝繁叶茂的树丛中，立着许多老人的雕像。他们静立在那里，一言不发，注视着我这个顽皮的孩子。他们的名字是照亮我内心的太阳——鲁迅、巴金、茅盾、老舍、沈从文、冰心、朱自清、徐志摩……在我面前，他们个个如中华五岳般崇高伟大，个个是华夏文学的栋梁。他们和那些从诗经楚辞到唐诗宋词元曲到明清小说各个时代的耀眼明星一起，浩浩荡荡，如同奔涌的江河，用自己卓异的才华筑起瑰丽宏伟的中华文学殿堂。现代文学巨匠鲁迅乃狂飙中的先锋和旗手，抵御着时代无边的黑暗。他透视了中国几千年封建社会的一切，他的著作具有鲜活的生命力和巨大的现实意义。巴金那像峨眉山一样高耸的脊梁，对抗着暮气沉沉的《家》；他像成都平原一样广阔的心境，催生了光明与自由的《春》；他像长江一样不停涌流的血液，润泽出高举旗帜的《秋》，他用心中的大火铸造出不朽的思想舍利《随想录》。他们照亮着我，我就是冲着他们而来的，他们招呼着我，向我敞开了怀抱。我听见了他们内心的微笑。我是个多么幸运而又幸福的孩子。此时此刻，我在与他们的灵魂对话、交谈，同他们一起跳一场酣畅淋漓的灵魂之舞。

鲁院，是我文学生涯最高的待遇与无上的荣耀。我要永怀一颗朝圣的心，拒绝一切诱惑与干扰，永不回头地走在朝圣的路上。

每扇门打开

一

一踏入浙江，一股无形的风就吹散了我的惊惶，我一下子变得有条不紊，急促的呼吸平缓下来。是故乡的风更清新，还是故乡的雨更纯净?

我的故乡月蚕庵有个传说。相传，此地有几年民不聊生，有个尼姑化缘于此，见村民个个面黄肌瘦、非病即瘫，尼姑遂施与蚕种，授以蚕桑之术，满山荒芜变为碧桑，家家户户兴桑业蚕，过上了丰衣足食的生活。为了纪念老尼的善慈，村人捐资在村中间建了一幢房子，供路人歇脚、留宿，并将村子起名为月蚕庵。1986年实行分产到户后，这幢房子出租给了村民。一租就是三十年，满期收回后，村领导决意让村民捐资修整。原本倾颓的房子经过粉刷添瓦一系列修整，变得既干净又亮堂。墙上挂一菩萨画像，置锣鼓，请菩萨，建戏台，“月蚕庵”三个大字赫然醒目。如今尽管已更名溪口，本村的民风依然无改。一年四季，除年轻人远出经商，各家留守的农人仍养蚕。

我捐献的一张案台摆放在庵堂中间，每当村民祈佑，均先在案台点烛焚香。每年正月十五，村民轮流出资请来木偶戏，在月蚕庵内大闹三晚。锣声鼓声鞭炮声，笑声掌声欢歌声，此起彼伏，热腾了月蚕庵，原本经年清寂的房子从此有了生机，有了非常的使命！春节的舞龙灯队伍，也是从庵堂祈拜后出发到各家各户，庵堂俨然成了村民尊崇的中心点。但逢事顺，即与焚拜敬谢；但遇事阻，即与烧香虔祈。月蚕，月光下的蚕虫，多么地浪漫，充分体现了蚕虫之呕心沥血耕耘至死以及蚕农辛勤劳动夜以继日的奋发精神。

这块土地养育了我，我喝着故乡的水长大，我踩着故乡的土成熟，我没办法将过去遗忘。我离开时的村庄都是土坯墙，每一幢颇有章法地分布着。很多人家的厨房挨着猪圈，饭菜的香味和着猪圈的屎尿味。卧房外头有茅房，供养一年四季蔬果的营养。天未透白，每户人家就拉亮了电灯。那时电灯的开关不是现在的平板按钮，而是一根绳子。我曾经在母亲不注意的时候偷偷拉扯开关，总喜欢看那一明一灭的过程。如今饱经沧桑，才懂得这世上很多东西都像极了电灯，事物瞬间改变，比如一个人成名或者败名，一个人拥有巨财或者破产，一个人轻松地生活或者艰难地死去。

鸡鸭鹅猪，一听见主人有响动，立马扯开嗓子高声合唱；主人打开鸡鸭鹅圈，它们就像冲锋陷阵的士兵，气势高昂地冲出去，扑打着翅膀，喝水、伸脖、追啄对方的身体，好像经年不见的老朋友亲切地寒暄或者交头接耳，它们欢呼：我们又迎来了一天的自由。动物比人容易管教多了，不需要叮嘱，不需要教训，它们早上出去寻食、游玩，哪怕外面的世界再精彩，一到夜幕降临保准乖乖归来，而且绝不会跑错圈。鸡不会到鸭圈，鹅也不会跑去鸡圈，鸡不会生个鸭仔出来，鸭也不会生只鹅仔出来。

家里这幢在1989年将土墙推倒始用砖砌的房子，是全村第一户土改砖，近两百平方米，三层半高，分三次陆续完成。初建一层仅八十平方米，那时的砖好像每块一毛五分钱，当拖拉机“咣当咣当”驮着满满的红砖到达家门口的机耕路时，全家人脸上笑开了花。车子开不到家门口，人们只好用畚箕或者箩筐将红砖一担一担挑回家。年幼的外甥懂得召令同伴，让他们将砖头一块块搬进筐内，胖胖的小手抹到脸上、鼻上，张牙舞爪得可爱。全家人披星戴月，一寸一寸建筑新巢。母亲感叹说，十几年前有人扬言要掀翻我们家的瓦，我们现在是水泥板，看谁掀得动！是啊，那时祖母与母亲被关押在乡政府的一间平房，父亲的尸体赤身架在床板上被一刀一刀地剖解。一些人说这个家完蛋了，两姐妹从此无家可归了，直到法医宣告父亲乃服毒自尽，那些人才将长舌塞回嘴里但依然呼出熏天的臭味。我们却像顽强的稗草，枯了又绿，茂盛地生长。第二次建造是在1996年，沿墙的一幢土楼在一个连日暴雨的午后倒塌，幸好大家都在院外做苎麻。于是又重建，近一百二十平方米。第三回在第一次建的基础上加建了三层。如今经年无人居住的房子，铁门有些许生锈，但坚固如故。姐姐不善料理，每个房间都堆放着杂物，家里有人时每个房门都敞开着，不用担心被人顺手牵羊，仅仅偶有蟑螂老鼠造访。

被闲置的农具无精打采地歪在墙角，锄头、扁担、茶篓耷拉着脑袋，蓑衣上已经结上了蜘蛛网。这些曾经都是我的伙伴，它们与我一同起床一同睡觉。我依靠它们收获粮食，填满全家人肚子，才有今日安享的机会。这些伙伴有的与我祖母同龄，可惜祖母不能活到时下，感受经济大潮后的安逸。而这些伙伴等到我的孩子白发苍苍时，已经算得上是古董了。我叮嘱姐姐不要轻易扔掉，这些物件可以让我们拄着拐杖怀念过去，又可以让子孙猜想他们的祖上曾经以什么方式生存。因为祖上的坚强，才有了子孙的延续。若干年后，兴许这些伙伴被珍藏在某一博物馆，让世人瞻仰。眼下这幢房伫立在这个贫瘠的乡野角落，荒废着，偶尔供给我们住上十天半月。它孤守着，坚定不移，盼望主人的回归、清理、爱抚。在某种程度上，它是凄凉的，别人家大多每天都有人的温度，只有这幢房子，形单影只，仿佛一个望眼欲穿的女人，痴盼着爱人的脚步。

这个房子，也留下了曾经追求我的人的印记，但是我感谢他们没有对我一往情深，曾经抛下几斤甜言蜜语，又随风飘逝。倘若有人对我情深义重一如既往，说不准我就在这幢房子里与他生儿育女，打柴养猪，除了亲朋，没有人认识我，也就没有怡霖的重生。因此我非常非常感谢他们的嫌弃，感谢他们的背弃，否则我这辈子兴许只能与泥土痴缠，而不是文字。能够触摸文字经络与血液的怡霖，才能感受身披文字的光芒。

多年前的那个绿衣天使，是我们家聘请的专职邮递员，除了邮送各单位的报纸，还给我送来一封封信件。我曾经将书信堆放在一起很多年，几度对着它们流泪，感激那些人给我的温暖，纵使这些信件后来化为片片白雪无处可寻，但终究感动过。在一个黄昏，我倒出那一箱变为黄色的信纸，取过火柴，把它们祭焚。烟雾飘袅，如同寻觅这书信的主人，我默念敬拜它们，为它们的主人祈福。今日一封长信，只需两秒钟就可以抵达，再也不用千山万水跋涉，再也不用担心邮寄半途丢失或送达寄放他处被人拆封的尴尬。可是，还有多少人愿意寄付一份念想？

房子背后，曾经是一方水塘，清清的水，可以供鸭鹅嬉戏，人们洗衣擦背。池塘边祖母种植了桑树与李子树。夏天坐在池边，双脚浸在水中，非常惬意。祖母曾经告诉我，当年造反派扫光家里值钱的东西，一只铜罐被吊在水塘下面才逃过劫难。那只可以装十来斤米饭的铜罐，几十年熬粥盛饭。用它焖熟的米饭特别香，底下有一层淡黄、松脆的锅巴。我多么感激祖母的睿智。如今想吃锅巴已是奢侈，什么都是电子控制，米饭熟了自动停止放射能量。铜罐逃过了劫难，可惜池塘在劫难逃，在我还穿开裆裤时，它就被人填平造了房子，把我旧时的记忆压在了屋底。

每当冬季农闲时，生产队就会选一个日子，借了村民的桌椅摆在公社，因为我们家离公社最近，除了借摆桌椅，还要提供厨房，炒、蒸、煎、炸，忙到黄昏。全村男女老少闹哄哄上桌，欢欢喜喜痛痛快快吃个畅快喝个畅快。这是一年中最幸福的日子，队长不会因我们欠工分而不让我们入席，还会眉开眼笑、关心慰问。我最贪食的是锅巴，有个叔叔知我爱吃，特意多烧上一把柴，使锅巴烤黄烤厚再铲起，偷偷塞给我。这在当时，是一份莫大的恩典。时至今日，我依然对锅巴情有独钟。可惜叔叔没有活到我能报恩的年纪，只能每回在祭祷时，祈祷他在泉下安享年日。

清晨上山祭拜父母，穿过一丘丘田埂，攀过一座座山头，双脚踩在碧葱葱软绵绵的青草上，心尖一阵一阵地酸痛。这些曾经是我的珍宝啊，可以养活多少牲畜以供我们日常的开支。当年攀遍山峦也很难找到一片碧绿的青草，只能在茶叶树丛内或者苎麻地旁找到些许，要割满一只竹篮子的草需要跨过几个山坡。兔和羊一见我提着竹篮回家，就争先恐后地跳着叫着。它们咀嚼时不停地抬头看我，充满了感激。这只竹篮如今静静地安躺在柜底，姐一定是没留意，否则早让她当柴禾烧掉了。我挎着篮子回家，进门第一时间就喊祖母,因为她总是坐在灶前或躺在第一间房里。我高呼一声“我回来了”，祖母就会咯咯地笑。我与她相依共枕十余年，至上初中，至十六岁外出谋生，至我十七岁那年她终告永别，我再也听不见她咯咯的笑声，再也闻不到那股烟味。曾经惧怕的烟杆却成了我魂牵梦萦的回念，期盼它再一次敲打我的后背，期盼再一次烟雾熏绕房梁。尽管我身着时尚，喷着摩登香水，可我没有迷失他乡。霓虹美酒，我从不向往；我宁愿孤栖一角，与文字交合，与故土缠绵，我的灵魂始终有故乡。

二

年迈的祖母常年守家。村中劳力挣工分去了，孩子够学龄的已上学，留下的都是幼童。祖母日常是床上睡觉、门槛梳头、灶堂添柴、后院吸烟，一天又一天。岁月磨蚀了她当年的雷厉风行，消退了她惯常的锐气，让她变成一个老人，一个遗韵犹存、爱好干净、利落整齐的老人。她那头雪白细滑的长发总是梳了又梳，抹上菜油，缠绕成形，别上发簪。那柄烟杆成了她忠实的伴侣，烟圈徐徐袅袅，似乎萦绕着她的盛年往事。

邻家叔婶有个两岁多的男孩，爷爷出工干活，一贯照看孙子的奶奶却因走亲戚未及时返回。婶子眼看队长吹着哨子催出工，无奈之下，就将儿子托付给在后院晒太阳的祖母。孤单的祖母见到男孩圆圆的脸蛋，大大的眼睛，满心欢喜。祖母照看孩子倾心倾力，似对孙子般百般疼爱，孩子对她有了依赖，以致婶子要接孩子回家时，孩子硬是不肯走。此后，孩子总是缠着要来找祖母，祖母也乐意照顾，既帮助了人，又添了热闹，可谓两全其美。打这开始，有不少村民将孩子托付给祖母，家几乎成了幼儿园。祖母收下一个又一个邻居央求照看的孩子，有的还不懂自理屎尿，有的刚学会走路，有的刚会叫爹娘，可是祖母乐在其中。祖母的热心和爱心让人感激不已，逢年过节总会有好多人将好吃的送上门。

祖母还曾收留一对要饭的夫妻。他们的家在十里外更偏僻贫困的山村，因为夫妻俩都是盲人，祖母顾及他们行路不便，提供了席子棉被，将一间柴房腾出供他们住宿。

屋子的后面，是全村唯一的一口饮用水井，村民大多会选择清晨来担水。天刚发亮，母亲已在灶台前忙碌，热气腾腾的米香飘至屋外，村民就会喊一声：“真香啊，来吃啦！”母亲则会痛痛快快地回应：“刚烧好，来，来，来！”如遇上母亲刚蒸好番薯馍，一定迅速地出门送给路人。如果见到年迈的阿婆阿公挑水，母亲便会去井口帮忙打水，挑上一程。

井也出过事，一个与我年龄相仿的女孩，居然不慎掉下井，险些丧命，幸好祖母及时发现出手相救，将女孩放在牛背上，使其腹中的水慢慢吐出，免于一难。那口井挨着一个斜坡，斜坡上是机耕路。机耕路有一个近乎九十度角的弯道，常有骑自行车的人摔下坡来。最令人难以忘怀的一次，一辆拖拉机载着好多人，不慎翻下坡，伤者大多满身是血。祖母见状，力救伤者，又是搀又是背地接到家里，为他们洗尘清伤喂水，活像一个赤脚医生。

三

从一道山沟到一座城市有多远？我就像一头耕牛，要用很长的时间犁完一丘田，要流很多的汗，背上驮着架，眼珠子直朝前方，不能回望，否则，就会多挨一次竹鞭，饱受一顿皮肉之苦。但牛不会哭泣，也不会求饶，只会目视前方，一步一步脚踏实地，身后留下一犁一犁的翻土。这样农人的眉眼才会舒展，兴许能让它吃一餐拌有糟糠的饲料。这就是牛的活路。

经过了漫长的耕犁，从一座城市到另一座城市，每迁走一次，我的心就更坚硬一层，学会苦中作乐，就更不会知难而退。只有接近故土，我的心才不由柔软起来，恍惚间双眼迷离，感恩踩在脚下的路，感恩它的坚实，感恩它一直风雨无阻，一度托雷电召唤我归来。倘若当年我依附这块土地生存，今天的我在哪儿？嫁个我母亲满意的手艺人在乡村相夫教子吗？还是像诸多同学一样腰缠万金气势昂扬？尽管十六岁就到杭城讨生活，一个什么都不懂的黄毛丫头需要忍受周围所有人的漠视，但我无悔。我知道一个成器者的先决条件就是学会隐忍、隐忍、再隐忍。就因为能够隐忍一切，最终我才可以光鲜地出现在众人眼前，不用再对人卑微，无论他们官位多高或财富多丰都不羡慕，我会以自己独特的方式证明自己的坚定不移与坚韧不拔。

门前那宽阔的农田依然齐齐整整，仿佛看见幼小的自己在插秧、拔草，只是不见了当年那条弯曲的渠道。来自各家的檐水缓缓流积于村庄中央的小渠，那是我童年嬉闹的圣地。我卷起裤管站在哗哗浊水中，很想知道这水究竟流汇何方。有大人告诉我，这水一直流去温州，那时总想，我能去温州看看那条大江多好呀，它究竟能汇纳多少支流。

下村那棵白杨树不记得何时就消失了，是人为砍伐的，还是自然枯萎了？我见证了自己的成长，却无法见证曾经日日夜夜伫立在眼前的一棵树的未来。它是否也像一些谋生者，在恶劣的竞争下就颓废了？我曾经跟随母亲到山的那一边去采茶，一大早带上夜间蒸好的土豆地瓜，在茶叶地旁某棵松树底下啃食。土豆皮与地瓜皮招来许许多多蚂蚁，它们的触角就像善商的温州人一样灵敏。它们有如千军万马，浩浩荡荡地集合，我往往故意将皮连肉多剥厚一层扔在地上，于是它们嘴上衔着美食得意扬扬井然有序地离开，它们或许默默地感谢我的恩惠。虽然它们没有说话，没有感恩的眼神，但我确定它们心存感恩，期望与我约定再来。可是我却黄鹤一去不复回，让它们空对悠悠白云，我愧疚。如今，不知它们已繁殖了多少代？它们的子孙光鲜么，是否也应社会发展“农民工”进城继而衣锦还乡？

夕阳落尽，飞蚊飞蝇盘旋头面，我与母亲各自挑着一担茶草回家。茶草用麻袋装着、麻绳捆着，我一步一斜地走过一坡又一坡。母亲每次都回头帮我。她挑着满担茶草咬紧牙关努力疾行，又飞奔回来，双肩数不清掉过多少层皮。母亲最大的本事不是勤劳，而是隐忍，叮嘱复叮嘱我要继承发扬。我坚信自己秉承了母亲的诸多性格。出身卑微，不隐忍还能如何？

山间的野莓，有紫黑的，朱红的，酸酸甜甜，母亲攀爬山崖，用柴刀从崖壁上砍下来，让我坐在地上品尝，如今的任何进口水果也没它美味可口。家里养过一只老母鸡，爱下蛋，一月中能有三周天天下蛋，母亲视之若珍宝，因为蛋卖了可添置些酱油火柴以及农具。可是有一年，我的腿上居然莫名其妙长了个硬块并且剧痛，敷遍亲友采集的药草，吃遍邻人介绍的药方，最后我还是落得面黄肌瘦，母亲毫不犹豫地将母鸡送进了我的肚子。忆起母亲为我做的种种，我独自号啕。

我对这块土地的深情，源于对自己的深情。我往往对自己太残忍，对别人太慈良，甚至被自己最信任的朋友出卖、背叛。可是，我依然活下来了，而且一天比一天光鲜。他们害怕时光逝去，而我却开心地接受时光的磨砺，愈来愈生机勃勃。

祖母

祖母享年83岁，四代同堂，含笑九泉。祖母之所以能够长寿，得益于母亲无微不至的照顾，这是乡里远近皆知之事。

祖母和我们家关系很特殊，其实，祖母既不是父亲的母亲，也不是母亲的母亲。祖母和我们家并无任何血缘关系，然而她比亲祖母还要亲。祖母原是近邻富家女，本家姓祝，兄弟姐妹好多个，都是乡里老实巴交的农民。不过她的弟弟倒是念了不少的书，还跑过许多码头，并且曾经在青海任不小的官职，也是祖母诸多同胞中唯一享受退休金的人。那时邻近村庄当官的人实在凤毛麟角，这令祖母非常得意，方圆五公里全都知道她有个出色的弟弟。祖母的性格暴躁如雷，唯我独尊，这或许是因为她富裕优越的出身助长了她的独断专横。听母亲说祖母曾经由曾祖父许配给一个门当户对的人家，可是祖母从小娇惯，不愿受大人摆布，才与从福建逃役去浙江的祖父成了亲。遗憾的是祖母一生都没有生育，因而才有了文稿开头交代的一段文字。

祖母在养尊处优的环境中长大，肌肤细白如雪，五官玲珑，秀丽姣好的容貌流露出一种贵气。祖母属蛇，十足是一条“美女蛇”，因不曾生育，尽管年老外形体态也变化不大，肥臀丰胸杨柳腰，一袭柔滑清亮长及腰部的头发，始终用支银簪篦得整整齐齐，穿着合身的旗袍，又是三寸金莲玉足。年轻时的美丽，也助长了她自傲自负的个性。外表俊逸能写会算的祖父为了躲避兵役而从福建逃往浙江，虽然同行的有几个兄弟姐妹，但大家都为了生存自顾自找地方安顿。真是千里姻缘一线牵，大方好胜的祖母在人海茫茫之中，竟偶然与祖父相识，一见钟情私订终身，在包办婚姻盛行的年代自己做主嫁给了祖父。敢爱敢恨的祖母此举无疑突破了传统封建意识的藩篱，背井离乡的祖父十分感激，且祖母长得出色，烹织农耕样样拿手，婚后生活祖母打理得井井有条。结婚时祖母陪嫁的嫁妆十分丰厚，而祖父近乎一无所有。后在离娘家十公里之地建起一幢土坯房，相邻的是祖父的其中一个姐姐。在大部分弟妹分住的地方，有唯一的一个姐姐与祖父为邻，也算是一种慰藉了。祖父母的房子建在一个山坡中间，山坡遍地种植了松竹，加上祖父母勤劳恩爱，开垦了大片荒林，种苎麻植小麦，栽地瓜培绿茶，又加上能写会算的祖父任职公社会计，日子和和美美。

祖母最大的嗜好是吸土烟，无论干活时还是闲暇时总是不忘那柄从娘家带来的价值不菲的烟杆。干活累了，嘴角含上那柄烟杆，便又精力充沛了。而温雅的祖父恰是个“乖乖媳妇”，所有事务全凭祖母做主，祖父的这分疼爱与祖母先天的任性更令祖母独断跋扈。在平和的日子里，祖母对丈夫十分赏识，经常带上祖父回自己的老家，美美地吃上一顿。20世纪40年代初期，祖母的娘家渐渐衰落，又被政府没收了全部财产家当，地位一落千丈，原本趾高气昂的祖母深受打击，脾气愈发劣化。一向爱美的祖母，婚后多年始终无生育，焦虑忧心难免时刻困扰心头，又囿于“不孝有三，无后为大”的古训，因而总觉得在人前抬不起头。后来经过别人的说合，从数公里外的村子里领回当时年仅8岁的孩子作为养女，以母女相称。这个养女便是我的母亲。祖母十分疼爱母亲，荔枝是当时最稀罕的东西，祖母却时常买给母亲食用，以至于母亲一生中最喜爱吃的东西就是荔枝。从我定居闽南以来，每回返乡或母亲来芗城，我便5公斤10公斤地买，让母亲当零食。

一般人吃了荔枝会上火，可母亲不怕。看着母亲痛快敞腹吃荔枝的样子，便是我生平最快乐的事。这个嗜好也遗传给了姐姐，因此在所有水果中姐姐也最喜欢荔枝。时至今日我已拥有多处住房，但每处都有干荔枝存放，就是特别买给跟随我居住多年的姐姐享用的。

祖父疼爱妻儿，尽管收入微薄，也不忘给妻子和女儿买红头绳。如今头饰琳琅满目，令人眼花缭乱，可在那时就如《白毛女》中的爹爹所扯的两尺红头绳，已是很奢侈的事儿了。祖母的头发是用茶油饼洗的，将头发浸湿后，砸开一块茶油饼，缓缓在发际摩擦。祖母在一只可容一个人身体的板制平盆里盛满水，用一只水瓢舀水慢慢冲净头发，等头发差不多半干时，再均匀地抹上茶油，泌香光洁。祖母的头发比时下广告里的头发还柔顺，绝不是电脑制作或是艺术处理后的效果。每当祖母净发后安坐于院墙抽起烟袋等头发干时，那份别致的优雅很像一幅迷人的动态油画，永驻于我心海。那时我在想，我要是长大后有祖母这份气质就好了。不过一心追求完美的祖母一旦遇上不顺的事情，便用那柄三尺之长的烟杆猛敲桌子，还时不时无端迁怒于任劳任怨的母亲。祖父长期受着祖母那无理由的管制，有时只能暗暗与母亲说说话，而母亲也碍于祖母的威严，委曲求全。母亲终于长成了20岁的漂亮大姑娘，天生丽质，长期剪着学生头，齐平的刘海，乡邻又盛传母亲的脾气温良，使得说媒的人络绎不绝，但是对方一听闻祖母的脾气与必须入赘的要求便纷纷退却。

终于有一天，父亲头戴一顶破旧斗笠，脚踩一双没了后跟的布鞋来到祖母家。长相平庸谈吐低俗的父亲未能博得祖母丝毫好感，祖母只是基于传宗接代的传统观念，才勉强让母亲成了亲。逆来顺受的母亲倒是对父亲体贴关爱，父亲一来就给他量身定做布鞋、织毛衣。母亲的女红尤其了得，在以平针织就的毛衣上，绣的一叶荷花、一对飞蝶，特别是白色枕套上绣的一对鸳鸯，栩栩如生，分外惹眼，在村里是出了名的！母亲早就教会我扣鞋垫、包鞋面、合鞋身。母亲教我做的布鞋，至今依然完整地躺在我的衣柜里。每每触目忆起，不能自已。寡言少语的父亲在母亲的装扮下总算精神多了，做事情也勤快起来，可在追求尽善尽美的祖母的眼里，总是难避出错。尽管平时父亲不多话，但也总能一语惊人，偶尔顶撞起祖母来没有干净的好话，这使得祖母大为恼火。不过父亲到底还是男人，祖母的思想里总是男尊女卑的，吃饭时祖父与父亲坐上位，祖母与母亲则坐下位。祖母在这些人伦礼节上很讲究，就连洗完衣服挂在竹子上晒时，也是由竹子大头那边先男后女先大后小按顺序挂下来。而当我懂得洗衣服时，也是先挂父亲的，然后祖母的，接着母亲的，再挂姐姐的，最后一个是我的。这个习惯一直沿袭至今。

祖母的心灵手巧令我印象深刻。我记得家里二楼的摆设相当齐整，都是一些铜铜罐罐或农具，听说基本都是祖母亲手购置的。祖母最拿手的事是做豆腐，祖母也将这手艺传给了母亲。在父亲过世祖母瘫卧时，我曾目睹母亲将做好的豆腐挑着担儿叫卖，那悦耳的叫卖声传进千家百户，瘦弱的背影时常穿梭在学校门前那条石子路上，从那时起我的心便如母亲脚下的石子般疼痛而坚忍。正义仁慈、会写一手篆体好字的祖父不幸因胃癌离世，祖母哭声凄惨，每夜在祖父遗容前烧香、低语，默对许久。祖父绝尘而去，却无亲生子孙送终，这按当时的风俗来说，是一件很令人羞愧的事情。于是祖母脾气愈加无常，往往将那柄烟杆敲打在饭桌上或者我父母身上。母亲连续生下两个女儿，而父亲因响应计划生育政策偷偷做了绝育手术，打破了祖母一心想要抱孙子的愿望，她变本加厉，在父亲身上泄愤。祖母对我和姐姐如珍宝般，却时不时地怨骂父亲。受气的父亲说话一点不留余地，顶撞祖母自己都生不出半个来还要迁怒于他。这下好了，两个人由相骂变成大打出手。人本就是这样，一提到致命的弱点谁都不愿接受，更何况是一向唯我独尊的祖母。父亲因手术不顺留下炎症，需要休养与治疗，母亲只得起早摸黑，不仅参加生产队重体力劳动赚工分，又得砍柴挑水料理全部家务，还要千方百计设法赚点钱给父亲治疗。在零下八度窗外飞着鹅毛大雪的深夜，母亲点燃一盏煤油灯帮那些待嫁的姑娘穿针引线纳鞋底，双手布满了厚厚的老茧。那盏煤油灯，烧掉的不仅是煤油，还有我母亲的韶华。人活着就是心甘情愿为爱着的人奉献，母亲就是这样的人，任劳任怨地把青春献给了她身边的每一个人。

祖母家的后院有矮墙包围成的一块菜地，事实上除了葱姜蒜就是草药。不知祖母从哪儿得来那么多草药且又知晓许多药引，很多乡人得了小病不去诊所，而是来向祖母求药，因为祖母赐药是分文不收的。令人惊奇的是，居然百服百愈，祖母的神药之名传遍方圆十里。祖母无疑是在行善。一对乞讨夫妻时常来家门，祖母毫不犹豫地将饭菜赠送，还用一间闲置的空房容留这一对乞讨夫妻暂住。父亲自尽那晚，刚好这对乞讨的夫妻也在留宿。两个曾造谣说祖母谋杀父亲的妇女，还污蔑他们两个也是同谋，为此这对乞讨的夫妻也曾被警察传讯，多亏清者自清，浊者自浊。我想，祖母之所以能长寿，或与她富有同情心有很大的关系。

父亲在患病多时而医治无效且又与祖母关系僵化的情况下服

毒自尽，有人造谣父亲死于谋杀，祖母与母亲因而被监禁。好胜的祖母终于不堪其辱而崩溃。祖母在关押期间小便失禁又造成了长年瘫痪，这是父亲给祖母留下的最深重的惩罚。原本吵吵闹闹却也可以得过且过的家庭瞬间不可收拾，整个家庭笼罩着黑暗与恐怖，无端承受灭顶之灾。好在天可怜见，经过公社正义的陈书记几番申请验明，终于基于法医的判定将祖母和母亲无罪释放。当年若非陈书记执着地遵循公道，祖母与母亲便将亡于枪口，我与姐姐从此也将成为孤儿。一个当官的人，应秉持的最基本的原则就是公正，不冤枉一个好人，也不放过一个坏人，才是人民真正的好公仆。坏人就算逍遥法外一时，苍天迟早也会收拾。那两个无事生非的长舌之妇，在最后的岁月活得凄凉、死得凄惨，便是最公道的证明。

祖母瘫痪长年卧床后，母亲更加忙碌，早上天未亮就先去自留地浇菜，这时间我会早早地煮好地瓜饭与猪食料，将大锅里煮好的猪食慢慢舀至木桶待凉，等母亲回来即可倒入猪栏的石盆里，然后我就去放牛，带上个竹篮顺便拔兔草。姐姐这时去割牛草，回来急急吃几口饭就奔跑着上学。母亲安顿祖母吃过后，又要给猪喂食，又要准备去生产队里参加劳动，经常一边手里握着地瓜，一边匆匆忙忙奔向生产队，听候队长的派工。有时母亲来不及给祖母喂早饭就去生产队了，只能等我放牛回来给祖母端洗脸水、盛早饭。祖母有时太饿了，会用横在床前的烟杆敲打床沿，或是待午时母亲回来，出其不意给母亲头上敲一棒。泪水常常在母亲眼里打转，但我与姐姐从未受过烟杆的“赏赐”，由此看出祖母虽爱男孙却从不嫌弃我们。我上小学后，甘于认命的姐姐实在不忍母亲独自背负重任，毅然决定放弃学业。任教老师与校长直到姐姐停学一年后，依旧鼓励姐姐重启学业。姐姐的断然决定让我惭愧至今也遗憾至今，否则凭她当年的优秀成绩，一定会冲破农村的桎梏。而正因为她的成全，我才能在后来的劳动生涯中鱼翔浅底，自由遨游。平心而论，我现在所拥有的一切，是以姐姐放弃学业为代价得来的。我感激姐姐的忍让，感激姐姐的辛劳，如今看到姐姐才44岁就未老先衰的模样，我揪心地疼痛，我只能尽心照顾姐姐一家，对姐姐的两个孩子更是视如己出，内心才有所释然。

母亲在失夫后总算又有了我们姐妹俩做帮手，可是照顾祖母非一年一月，仅仅那大小便的料理就够折磨人了。倘若母亲有异心，找个人嫁了便无须承受照顾祖母的劳累，倘若母亲底气不足善心不到位，也就根本无须如此竭尽全力来照料祖母。久病床前无孝子，世人皆知晓。可母亲对一个时常让她受委屈，既非血缘上的母亲又非丈夫血亲的婆婆承担了做子女的责任，数十年如一日，特别是在祖母瘫痪的那些年中，更属难能可贵，这又是何等的大爱大容！父亲走后，家里不再有男人的气息，直至我12岁那年，又有一个男子走进了我家的门，那便是两年后成了我姐夫的人。之所以早早未婚先进门，是因为政策实行分产到户责任制，这样姐夫的田地就直接分了过来。姐姐18岁那年，我才14岁，年轻的姐姐嫁给了进门两年的男子，姐夫那年23岁。我不唤姐夫为姐夫，一直唤哥哥，因为那时候他来我家并未很快与姐姐成亲，以至于今日我俩仍以兄妹相称。更奇妙的是，我与哥哥、姐姐三人一同出门，不知内情的人都以为我与姐夫是兄妹，因为眉清目秀的姐夫与我五官很是相像，而姐姐遗传了父亲的胚子。哥哥与姐姐青梅竹马，感情笃厚，偶有吵嘴，我与祖母、母亲不管青红皂白，便是先将姐姐批评一顿，姐姐至今还说她被孤立。当然不过是娇嗔罢了，其实他们是一对人人羡慕、十分和睦的好夫妻。姐姐8岁那年曾得了一场大病，肾炎，险些丢命。医生嘱咐她结婚不可生育，可她居然为了让祖母如愿，连续生了两个孩子。祖母在两个曾经侮辱与取笑过她无后的妇女面前洋洋得意。最值得一说的是，我们家一直无嫡男，姐姐却连生两子。祖母得知姐姐临盆产下儿子时，原本已危在旦夕的她心结一解，立即好转，精神的力量是最强大的。小曾外孙尚在襁褓，闪着一双水灵灵的大眼睛，长长的睫毛，白白的皮肤，时常抓着已做了外曾祖母的祖母的烟杆，惹得祖母笑得合不拢嘴。

祖母终归不堪病侵，临终前面对母亲喃喃泣语，向母亲一边道谢一边道歉，将那柄执了多年的烟杆轻轻放下……

外公外婆

通常情况下每个人都是一个外公一个外婆，可我的家族实在是特殊，我非但有两个祖父祖母（注：关于这个背景，我在《父劫》一文中有交代），甚至外公外婆也有两个。

我母亲姓沈，首先，我得先介绍一下我的亲外公。记忆中，我对这个沈家外公毫无感情。外公长得人高马大，印象中最突出的是他那撮浓浓的长长的胡子。母亲8岁便被人带走作养女，听说走时连只鞋子也没穿，衣服也是一身破烂，并非沈家外公家经济条件不好，相反他家是那个村子条件最好的，只是原本就吝啬的外公在妻子的逞威下冷落了母亲。而不是亲生的刘家外公，对待母亲却视如己出，在后来的许多年里，刘家外公喜欢对母亲说说贴心话，更将平时替人照看鱼塘私藏下来的钱悄悄塞给母亲，使得我至今尚存疑问，亲疏关系是否应以血缘衡量？

沈家外公原籍是离我家乡有着近百公里之隔的浙江永康。当地不知何时有句骂人抠门的口头禅：永康精。这个叫法在当地人人皆知，而祖母对外公既不唤亲家，也不呼名字，而直接叫他永康精。永康自古出五金，现在的经济也是排在金华八个县城的前端，而外公那个时期就有独特的眼光，成了一名打铁匠。沈家的家境当时就算优越了，因为他会打铁，又是那个乡村唯一的铁匠，几十个村子每家每户用的铲子、镰刀、牛耙、菜刀等一切与铁有关的农具机械几乎都出自他手。因此，沈家外公家住的是像极了御花园中屋顶四角尖尖的大合院，就连门窗门柄也有着花草百鸟的精美雕刻。沈家外公娶的妻子多年未育，于是想出了借腹生子的法子。难以想象的是，那个年代不仅借腹合法，就连亲外婆的老公也是没有异议的。换了今天，我想任何一个男人都做不到眼巴巴看着妻子随了别的男人，可见当时环境之恶劣，为了生存，屈辱与痛楚只能埋在心底，在存亡面前，不容你有丝毫思考尊严的余地。

经人说合，沈家外公将有着秀丽姿色的外婆接了去，没有进行任何交易行为。于是在一夫二妻的环境下，我的母亲出生了。

迫于沈家太太的淫威，外婆在孩子刚满周岁时，就被沈家外公退了回来，回到了自己的家。母亲一开始享受着小姐般的待遇，沈家外婆一口一个宝贝地叫，出门有轿子，衣来伸手饭来张口，可谓锦衣玉食。岂料母亲长至5岁，沈家外婆自己生了女儿，于是母亲的苦难犹如晴天霹雳骤降。母亲受尽沈家太太的凌辱与打骂，还要服侍不是母亲的母亲坐月子，给妹妹洗尿布。雪上加霜的是，过了三年又添了弟弟，沈家外婆无疑视她为眼中钉，稍有不慎，母亲便被打得身上青肿。沈家外公每日在外做事，加之惧内，根本无力保护这个女儿。

衣不蔽体、食难果腹的母亲在8岁那年，经人介绍，被祖母花了一只羊"赎"了出来，从此母亲极少踏进沈家门槛。沈家夫妻的势利与吝啬是出了名的，尽管家财不少，可惜不长寿。我出生就未见过沈家外婆，而面对冷漠的亲外公，即便春节拜年我也是不愿去的。我和姐姐与沈家小姨的女儿同时在外公家做客，表妹表弟是有红包的，我与姐姐则分文没有，为此，对于在我幼年时代就已去世的外公，我几乎全无挂念，似乎他从来不曾住进我心里。后来，只要一提外公，我都以不是亲外公的刘家外公为外公，从不将是亲外公的沈家外公列入，以至于沈家外公外婆何年去世，我都毫无记忆了。阿姨与舅舅也极少来我家，在他们心中，或许也无暇将我母亲挂念。在人心中，只有在你幼年时期疼爱你的人给予的才是真正纯粹的疼爱，等你长大了可以自立了，谁还会稀罕人家对你好？人家对你好，是否是看在你风光的份上，对你另有所图？你需要这份虚伪的爱吗？

外婆回到自己的家，总算夫妻俩恩恩爱爱。之前他们就育有一子，随后又接连生下两个儿子。其间，外婆与母亲始终难得见面，专制独断的祖母很担心外婆把她的亲生女儿要回去。1969年，外公外婆带着三个舅舅迁徙到40公里外的县城郊区居住，从此更断了母女消息。偶尔外婆回娘家，也是需要托人悄悄唤走母亲，背着祖母匆匆见上一面。有一回春节，外婆又趁回娘家时送给母亲一条丝线围巾，母亲顶着寒冷却不敢围，揣在怀里，最终被祖母发现，挨了一顿打。

外婆、母亲和我三个人在一块，说不是亲人打死也没有人相信。遗传的不仅仅是轮廓，就连脚抽筋的毛病也遗传了。当然，这个遗传很不幸，外婆、母亲、舅舅、姐姐与我以及外甥，个个都这样。医生说是缺钙所致，而我的指甲却硬如生铁。外公与外婆相敬如宾，竭尽全力呵护一家，只是最小的舅舅在他10岁时被自己的舅父收为养子，因此唯有大舅与二舅在身边。大舅结婚后就分家过日子，老实巴交土里土气的大舅时常被年轻漂亮聪明能干的舅妈欺负。这也难怪，大舅比舅妈大了14岁，况且大舅长得矮小瘦弱，舅妈又长得俏丽，这对夫妻在外表上是极不般配的。他们年轻时更是聚少离多，舅妈灵活，时常跑去外面打工，留下舅舅将两个女儿一个儿子拉扯长大。好在如今年老，舅妈一改前性，对舅舅照顾体贴，所在的地方又是开发区，地皮涨势厉害，儿孙满堂，现在总算安度晚年了。

二舅长得高大英俊，18岁那年从军，在某部队待了近六年。二舅为人率真豪气，从不溜须拍马，否则凭他的才干完全是能胜任高官的。不过，他转业回来分配到乡政府工作，娶了个当播音员的妻子，也算是所有亲戚中最令人羡慕的典范了。知书达理、外表静雅、心地温良的二舅妈是亲戚中最值得我敬佩的人，二舅妈也最疼我。外婆因疾卧床几年，都是二舅妈一手照料，喂饭清便，洗面擦身，有条有理，直至痊愈。邻人亲朋对她的好评，就像她一日三回侍弄的广播，名声远扬。二舅妈还做得一手好菜，人人不愿释筷。每每春节拜年，我真是不舍得离开。二舅妈陆续生下一对儿女，因为工作要住在乡政府，两个孩子就跟着奶奶，表妹表弟每天上学，必须吃了外婆的蛋炒饭再走，20年朝暮相处，祖孙情之深厚非同一般。

外婆还有一个绝活，那就是做豆腐渣球球。通常人家做豆腐只吃豆腐，剩下的豆腐渣就用来喂猪。外婆自小在恶劣的环境下长大，即便已成人妻，也要为了生活甘受耻辱被人借腹生子，可以想象外公家境是如何的艰难。外婆极尽所想，只要能够填腹的东西都会利用起来。有些大户人家做了豆腐后豆腐渣不要了，外婆就去要了来。先将豆腐渣放把盐在锅里炒一炒，捻成一个个如汤圆大小的球球，然后就摊在竹篮里于太阳光下暴晒至干。遇上去远的田地干活，抓几个在口袋里充饥。我在当地的奔流化工厂打工期间，外婆做了一大包豆腐渣球球，用口罩拆开制成的纱布包好给我。在无任何零食的打工生涯中，这一大包豆腐渣球球曾陪我度过漫长的岁月，让我体味着外婆疼爱外孙女的幸福。做豆腐渣球球的绝活也同样传给了母亲，母亲又把绝活传给了姐姐。如今我家中的冰箱里，尚有春节时从浙江老家做好带来的豆腐渣球球，并非是我买不起好吃的东西，而是这豆腐渣球球，能让姐姐和我时刻感念亲情的可贵。

俊俏而腼腆的外婆是非常讲究形象的。外婆始终戴着帽子，且不说是为了美，主要还是因患有风湿病，一遇风寒头就疼，也外婆当时生孩子时没有坐好月子，在家徒四壁的境况下，生下孩子第三天就要下地干活。20世纪三四十年代的冬天特别多雨雪，阴冷潮湿的季节，普通人都冷得发颤，更何况是刚生完孩子的人呢？因此，到了生活条件好转时，二舅妈经常给外婆买帽子织帽子，夏天戴薄的，冬天戴厚的，我也曾经给外婆买过帽子袜子。外婆戴着帽子逢人便夸，说我这个外孙女最心细最孝顺。其实无须金银首饰，无须大把钞票，有时，只要一个贴心的问候，一个实惠的小物，一个温暖的举止，就可以把老人家逗得开心、满足。外婆一共有三个男孙四个女孙，外孙女就我两姐妹，在如此多的孙儿中，我最得外婆的欢心。这不仅是因为我长得最像外婆，我的甜蜜小嘴与麻利勤快也最让外婆称心。每回去外婆家，外婆做饭烧菜，灶台下添火的人肯定是我，抢着喂猪洗碗的也是我。二舅和二舅妈的单位与家有一段距离，因工作关系不能餐餐回去陪外公外婆吃饭，但是舅妈做了好吃的会踩上自行车匆匆送回去，二舅妈是我学习的榜样。令人惊讶的是，我与二舅妈居然是同一天生日，这似乎更加深了我与二舅妈的情谊。

我第一次打工的厂，在离外婆家走小径2.5公里之远的村庄。有好几回，我过山穿林，急匆匆到外婆家去，每次外公见我去，都会在我的衣袋里塞上5元钱，我硬是不肯收，那时一碗鲜肉大馄饨才两毛钱。外公与外婆都有个习惯，只要我去了，每次总会多少给我一点钱，哪怕5毛。外婆见到我的第一件事情就是烧上一碗酸菜米粉或酒糟米粉，然后给我炒上一瓶酸菜肉，于今，我的至爱还是酸菜与米粉，每每啜口，外公外婆之往事总如潮水般汹涌。

勤劳忠厚的外公不吸烟，但喜爱喝点小酒。外公有一手酿酒的本领。别人有时没有挑好时辰，酿出来的酒便是酸的。可外公酿酒从来不挑时间，在粮食许可的情况下，只要喝完了就马上动手准备。我有几回去外公家，正好赶上外公做酒，外公急忙在蒸笼里装碗满满的糯米饭再加两勺白糖拌好给我吃。每当街头有卖糯米饭的，我总忍不住买上一包，似乎咀嚼着一份不同寻常的疼爱。年老后的外公背驼得厉害，尽管二舅和二舅妈不让他出去工作，可勤劳的外公是闲不住的。曾经多少回，外公出去找工作，别人知道他是刘主任的父亲，便不敢收。外公好说歹说，才找到工作，别人也会特别照顾他，让外公看个门，其实活是非常轻松的，就图凑个热闹。可是二舅知道后，把老板狠狠训了一顿，说老头驼着背，年纪又大，还要这样的人。此后再也无人敢接收外公。

后来，外公在一个很熟识的朋友那里求得一份看护鱼塘的活。白天是不用去的，就是怕夜里有人偷鱼。尽管舅舅舅妈一再阻挠，甚至在老板面前三番五次劝阻，但是由于外公与老板交好，又离家不远，终遂了外公意愿。鱼塘旁边，正好有块空地，白天外公就提着便料浇浇铲铲，外婆有时也跟着去侍弄，晚上外公则去鱼塘边简搭的小木房看护。其实看护只是个样子，事实上几乎就是去睡觉。这样的日子过得充实而快乐，本以为这样的日子还会一直延续，1989年，身强力健只有点哮喘的外公突然过世，享年74岁。

心地善良的二舅是刀子嘴豆腐心，在乡政府也是出了名的怪脾气，不过大家都喜欢他。二舅与二舅妈的工作在当地已算很好，二舅一向雷厉风行，二舅妈有着悦耳的声音，虽然已经退休多年，她的声音还是一样动听。二舅与二舅妈是同村的，又是同年的，门当户对，郎才女貌，这样的婚姻果然美满。小舅因为从小给舅公当养子，与我家住得最近。外婆在外公离世后的晚年时期，经常在小舅与我家轮住。外婆觉得亏欠最多的是她生养后送了人家的这两个孩子。一个是不能在身边照顾，只能眼巴巴看着被人欺辱的女儿；一个是给了自己弟弟的儿子，虽然也是在自己亲人身边，可哪个母亲不念自己的亲生儿女？

外婆对外公的突然离去非常哀伤，整日暗泣，母亲专门接她来住了一段时间，每天陪着外婆在家里看越剧碟片。外婆在弟弟与儿女的百般安慰下，心情渐渐好了起来。外婆与祖母有一个相同点，那就是都属美人胚子一类的女人，而且都喜欢穿旗袍。身形小巧玲珑的外婆也有一头长长的飘逸的头发。1997年6月，79岁的外婆几度病危。舅舅说外婆一直惦记着我，催我归来。我从北京匆匆忙忙赶回，到达外婆家已是28日的中午时分，母亲正为外婆梳洗，我抚摸着外婆依然柔顺的头发，低泣不已。外婆认出我来，气若游丝地呼唤我，我以为外婆还会好起来。正当我与母亲在舅妈上班的乡政府广播站用餐时，噩耗传来，我们丢下碗筷飞奔过去，可是，外婆的手已经僵冷。病危时外婆一直吩咐大家，走时要穿我给她买的袜子，可见外婆多么疼爱我。

家乡有个传统，一般过世3天后出殡。7月1日，香港回归之盛况电视直播，甚至广播喇叭的欢声也不绝于耳，而我哭嚎着看着瘦小僵硬的外婆被人缓缓送入灵柩。外婆安详地躺在那里，我拂了拂她额头的发丝。整个家族以及舅舅舅妈的挚友近两百人，锣鼓击乐，浩浩荡荡地送外婆上路，让所有过往的人们惊叹。我在想，原本就会过日子的外婆真会挑日子，居然早就给自己预算好了，让香港回归这份荣耀与骄傲的歌声，陪伴她再也不用受苦的来生。

父劫

父亲这个词语，本是温暖、厚爱的代名词，可在我眼里，是何等的陌生与漠然。我的一生几乎与父爱绝缘，这非但是因为客观上6岁失父带来的悲苦，更因父亲原就是个感情偏执、内心孤寂的人。我这话对九泉之下的父亲或许不敬，却是我的真实感受。

其实祖母与父亲并没有血缘关系。按理，我应该叫她外婆，而这还得从母亲说起。

有着大家闺秀姿容的祖母因没有生育，年仅8岁的母亲被祖母从外婆家带来作为养女。现在回忆起来，83岁的祖母在我16岁那年与世长辞，屈指算来当年祖母带走母亲时就已近40岁。

四十不惑的女人客观上或许就充满了危机感，祖父年轻有文化，自己没有生育难免产生忧虑，再加上那个几乎家家揭不开锅的时代背景，祖母的性情变得格外暴烈。尽管从未听过母亲对祖母有所反驳，但随着慢慢长大，通过邻人的言谈以及自己与祖母相处的16年，我完全可以确定，曾经养尊处优财主家庭出身的祖母性格是非常要强的。祖母给我留下的最深的记忆是那柄与她形影不离的烟杆，听说是她从娘家带过来的，用很高档的海柳木制成。

母亲一直唤祖母为娘，可见她得到了祖母相当的疼爱。母亲8岁时，爱极越剧的祖母经常背着她去5公里之远的村庄赶场。母亲几度要求自己行走，祖母却心疼母亲的小脚丫。然而，祖母的性格反复无常。她是个完美主义者，一旦母亲做事不如意，就会用她那柄长长的烟杆敲打母亲。祖母的那根烟杆就像一道圣旨，母亲时常会收到这出其不意的命令。

母亲后背有道很长的疤痕，听说是被祖母用磨刀石砸下去给伤的。家里的磨刀石是可以磨砍柴刀与斧头的，特别厚重，我小时搬那块磨刀石是很费力的。祖母居然用磨刀石来教训母亲，可见祖母性格的暴烈程度。我至今也无法理解，祖母为何用磨刀石来砸母亲，性情温良、任劳任怨的母亲，即便有再大错也不应受到这样的惩罚。

祖母出生在浙江一个财主家庭，兄弟姐妹共8个。祖父则是逃役来浙江的福建人，比祖母小12岁。从祖父的遗照可以看出，祖父长得眉清目秀。与祖母结婚后，祖父任当地公社的会计。祖父写得一手很清秀的毛笔字，还擅长写篆体，我保存着祖父的遗墨多年，可惜由于房子几度改造不慎给弄丢了。

祖父生性温顺，加之背井离乡，没有什么亲人。虽然当时随同逃往浙江的也有几个兄弟姐妹，但都各自谋生，相住较远，并无多少往来。祖父对母亲万分疼爱，每当祖母打骂母亲，祖父总是护着母亲，但无奈拗不过暴躁的祖母。祖母打伤了母亲后立即痛心疾首，知道自己不该如此辱待母亲，又赶紧上街去买了田七粉，三番两次将家里仅养的几只下蛋的母鸡杀了炖给母亲吃，又四处求得民间药方，食、敷、擦，无所不用。我曾听一个亲戚讲，母亲有一次被祖母痛打后，伤情很重，差点要了性命，与要害仅差一厘米，为此祖母后来对母亲随性子打骂体罚的态度有所改变。祖母一开始还不让母亲见外婆，生怕母亲逃回去，这让母亲尤其受打击，以至于到后来母亲与自己兄弟都互不认识。母亲快到了结婚年龄，祖母才让母亲与外婆走动，直到这时，母亲与几个兄弟才渐渐相互往来，但是由于相隔40公里，还是终年难得见面。

母亲20岁那年，经媒人介绍，我父亲入赘。父亲之所以肯入赘，是因为自己家在很偏僻的山村，相比之下祖母家就优越多了。父亲长得并不帅气，如果单从外表来论，是无论如何也配不上我母亲的。母亲是方圆十里的一枝花，而父亲是个倔强且庸俗的男人。虽然父亲如此平庸，母亲对未来却还是充满了信心，因为终于有了可以同舟共济的男人。母亲对父亲是没有怨言的，不幸的是任性的祖母和木讷的父亲却一如针尖对麦芒，互不相让。祖父也只能偷偷地宽慰刚过家门的父亲，希望他能够体谅，以此息事宁人。可天妒英才，慈祥的祖父在姐姐两岁那年因病过世。也许是因为失夫之凄凉，加上父亲不懂得让步，从此祖母与父亲的关系日渐恶化。为此父亲曾经想偷偷跑回自己父母的家，无奈家里兄弟姐妹多，仅仅两间破茅草屋，没有他的容身之地。而祖母家却有两幢三间新瓦房，一幢住人，一幢则作厨房与堆杂物之用。三间瓦房呈一字行排列，正堂开个门，在当时来说，已属相当宽敞。坐在门槛上，便可享受徐徐清风，很是惬意。

父亲过门后，家里总算有了劳力。按理说，家里有了男人，生活会过得舒坦些，脾气也会宁和些，不料家庭矛盾却愈加激烈，真正的导火线是祖母认为父亲做了件大逆不道的事。母亲生了姐姐，四年后又生下了我。祖母因为自己未有生育，加之农村重男轻女的封建思想特别严重，男丁非但可以继承香火，更重要的是干活有劳动力，因此祖母一心盼着能够抱孙子，很迷信，各种求神拜佛，还将我的生辰八字拿去算命，说下一个一定是弟弟。为此祖母很欢喜，每天都盼着抱孙子续香火。可是在我出生后没多久，国家实行了计划生育政策。祖母向政府申请再添生一个，政府考虑到特殊情况，经公社申报，县级部门也批准了，祖母喜出望外。谁知父亲积极响应号召，偷偷独自去做了绝育手术。父亲拖着术后的残体回来，祖母得知后大动肝火，发生了史无前例的争吵。祖母满心指望抱孙儿，可父亲的举止断灭了祖母的梦想。从此之后，两个人更是水火不容。更致命的是，父亲术后受到了严重的感染，身体一时无法恢复正常，又由于术后不得挑担子，只能在家做些轻便活，政府当时也没有承担相应的责任，只是免费配了些消炎的药而已。于是所有的重活又落在了母亲身上、祖母对此怨愤难平，母亲既要参加生产队的强体力劳动，回家后还要砍柴挑水，而祖母既要照看年幼的我，还要照顾父亲。祖母渐渐觉得事已至此，无法挽回，便也只能认命。看到父亲在一段时间内并无好转，祖母也买了不少补品给父亲，还特意杀鸡炖鸭给父亲补身体，希望父亲早日恢复体力。我记得有一回，我从卧房颤颤悠悠去找在厨房忙碌的祖母，经过中堂门槛时不慎摔倒。我哭喊着叫疼，父亲明明在旁闲坐，却无动于衷。这一幕至今依然清晰地刻画在我脑海中，也正是这件事情，让我对父亲的感情日渐淡化。

父亲经过祖母的调理，安养进补后身体日渐好转，终于可以参加生产队劳动。有一回，生产队安排社工上山砍树建小木桥，父亲也去了。由于父亲的身体还不能承受重力，别人都把伐下的一根根粗的树背回生产队，队长为了照顾父亲，安排他留在山上继续砍树。不料父亲在砍一棵大树的时候，不慎被刚刚砍倒的树干压断了腿，原本体弱的父亲再次病倒了。始料未及的是从此父亲成了拐脚，需要一根拐杖撑着才能走动，这对父亲的打击很大。暴躁的祖母本来对父亲就颇有微词，这下子更是冷言冷语相对。母亲碍于祖母，只能暗地劝慰父亲，四处求药。然而月复一月，父亲的身体却每况愈下，面对自己的双重病症，他每天都唉声叹气。原本清苦的家庭，为了承担父亲不间断的医药费更陷入了困境。

祖母的责备，自己的无能，让父亲的情绪低落到了极限。在春季里一个风雨交加的深夜，父亲在厨房偷偷喝下一瓶农药。劳累了一天的母亲早已沉睡，直至夜半才发现父亲横卧在地，身边是一只盛农药的瓶子，顿觉天翻地覆，急忙请来左邻右舍欲作抢救，可已无回天之力。我与姐姐尚在睡梦中，被母亲的号啕惊醒，依母亲的嘱咐，我与姐姐趁着朦胧晨光，哭喊着去请同村一个与母亲相交甚密的阿姨。

自杀这样的事件在那时也并非仅父亲这一例，先前也有人服毒药或是上吊身亡，但是按照常规，自尽了也就无人追究，仍旧热热闹闹出葬了事，可是我家真正的灾难却由父亲的自杀开始。同村有两个妇女与祖母曾有过节，她们认为是祖母因为父亲不能像正常人一样干活了，嫌弃父亲而加以谋害。这两个女人还在我们家的厨柜搜出当晚留下的剩菜，剩菜刚好是田里采来的草籽，草籽确实是猪牛畜类食物，但是由于家境困难，心灵手巧的母亲将嫩嫩的草籽头连着草籽花摘回，素炒或是就酱油凉拌，味道极佳，我特别钟爱，那段日子里我几乎餐餐都吵着要吃。草籽对于现时的人们，是一道稀罕素菜，人人欢喜，可是在那个年代，野花野菜之类没有一点油头还带有一些苦涩，是没有人想吃的。那两个妇女说祖母虐待父亲，只给他吃草籽。事实上那段时间祖母千方百计给父亲吃好的东西，为此还将自己的银饰嫁妆卖掉，偶尔还买蜂王浆给父亲进补。那两个妇女将父亲的猝死添枝加叶汇报给公社陈书记，书记觉得事有蹊跷，不敢断然让父亲入土，但也没有贸然听信一面之词。

家里已乱成一团，祖母与母亲的娘家人陆续赶来，但他们的极力澄清起不到任何作用，因为此事已经被暂时列为一个谋杀案子。父亲家里的人这时也陆续赶来了，那两个妇女故意在他们面前无中生有地造谣与鼓动，结果父亲家的亲戚也将矛头指向祖母，使得整个家庭陷入了更深的困境。公社陈书记是个50多岁的外乡人，他家与我们家相隔七八十公里。我们说话都是两个口音，但陈书记因在此任职多年，已经学会了我们大部分的方言。大义凛然的陈书记向县里请求验尸，但这期间必须将我祖母与母亲隔离。此时隔离实际意味着监禁，祖母与母亲因父亲的突然自尽早已不堪重负，这时双重的打击使她们都病倒在床。

我第一次看见身着警服的人来到我们家，随同的有几个身强力壮的青年。因为祖母与母亲无法下床走动，他们让祖母与母亲分别盘坐在两只箢篼里面。箢篼是竹子编造的，平时专门装稻谷用，而此时却成了担架。当那些人抬走祖母与母亲时，我吓得哭喊着不让母亲走，大家只好将年仅6岁的我抱上箢篼，我坐在母亲怀里号泣，而10岁的姐姐则跟随亲戚留在家里。我们被关进公社的一个房间，门被锁上铁锁，门外有人轮流看守。公社的这个房间已然成了临时监狱，我们忽然成了“罪犯”。

春雨霏霏，连绵不绝，无疑是上天为我们的冤情而哭泣。那两个妇人扬言说过几天就可以把我家屋顶掀光了，把我与姐姐两个送给要饭的人，我们从此再没有家了。我是相信报应的，无事生非的话不可以说，损人利己的事不可以做，唯有自己问心无愧，人才能活得坦坦荡荡，理直气壮。睁着眼睛说瞎话，苍天总会开眼。现在回忆起来，当时那两个幸灾乐祸故意造谣的女人，最终也没有得到好报。一个瘫痪在床，尽管有多个子女却无人尽心侍候，整个房子臭气熏天，无人敢接近。在我读初中的时候，有一回我还特意拿着蛋糕前去看望，听见她在里面自哀自叹，我掩鼻进去，但她或许已经不认识我了。我看见那老婆婆的床中间挖了个洞，粪便就这样一直流到床下。我将蛋糕放在她枕间就出来了。另一个曾经骂祖母吃光她家后山茂林的树叶，自己却没有活到老就死了，死前亦无人送终。而祖母却安然活到83岁。

善良的陈书记专门叫人搬来一张木板，还拿来两床棉絮，虽然破旧，但是体弱的祖母与母亲可以以之取暖。我们三个人的饭菜是由人专门送来的，并且断绝了家里所有的消息。我们除了哭泣与哀叹，一切都无济于事，只能等待验尸的报告。这期间，亲戚曾带我回家专程看验尸过程。在我的生命长河中，这是最为惊心动魄的经历。就在我家的屋前，用两条长板凳搭着从家里搬出来的床板，父亲的尸体就安放在床板上，我亲眼看见穿着白色褂子的医生，用雪亮而细长的手术刀剖开父亲的肚子后，一件一件掏出内脏检查取样,然后重新缝上。通常6岁时的记忆不会太深刻，但因为这件事情的猝发、可怕与耻辱，我至今刻骨铭心地记着，记着当时谁恶语相向，记着谁为还我家清白鼎力相助。好人与坏人的概念,我在6岁时就已经格外透彻,仿佛我在一夜之间长大了。这件事情，对于整个家庭来说，是永远无法磨灭的伤害。如果父亲泉下有知，是否会后悔自己的选择呢?

屋漏偏逢连夜雨。祖母在被监禁时期，或许是因伤心过度，忽然全身动弹不得，由于当时没有钱也没有自由，也就没有及时医治，遂成瘫痪。而母亲几度牙关紧闭，许多天来几乎一言不发。当时我已没再回公社,幼小的我学会与姐姐一起照看家里的禽畜，一边去自留地摘回蔬菜，一边拔兔草猪草喂兔喂猪。我小小的年纪却懂得故意哭喊着以吃奶的理由要见母亲（当时家乡的习惯，有很多小孩子吃奶要吃到上小学），民兵只能把我送到母亲那里，我每次到公社便将家里的情况偷偷告诉母亲，让她有所宽慰，如此前后有半月之余，许多年后母亲还一直为这事夸我小孩子大人心。

所幸事情终于真相大白，验尸结果证实父亲属自尽而亡。派出所领导派人去公社，又将祖母与母亲抬回家中。经过亲戚们的帮助，被剖腹后的父亲终于入土，期间祖母与母亲根本无法参加出殡仪式，我与姐姐在几家亲戚的指挥下，戴孝帽，穿孝服，跪拜，磕头，点香，烧冥纸，直至坟头飘着两条长长的白纱带，一路锣鼓漫天才返回。

父亲与母亲同岁，离世时年方33岁。父亲去世之后留下卧床不起的祖母、身心俱伤的母亲和两个年幼的女儿。我们每个人的心灵都从此与阴影同在，而这个阴影，在以后的漫长岁月里都一直伴随着我们。

父亲，我的爹啊，我不知道我还能对你说什么？

（又及：陈书记很快就退休了，返回老家，与我们相隔80公里。祖母一心想拜谢办事公道的陈书记，由于交通不便与自身瘫痪在床，终未成行。祖母临终前一直交代我们要面谢陈书记，是陈书记让她得以安度晚年。于是没过多久，母亲与姐姐寻访而去，很幸运得以面见。而我因为长久在外奔波，一直未有机会探望，直至我的第一本书问世后，特意请同学探得地址，几经周折联系到随儿子居住在县城的已经90高龄的陈书记。更令人欣慰的是，尽管陈书记早已是耄耋之年，却依然健步如飞。在我将车停在他家院子前时，他倚门相迎，笑容盈盈。我们聊开话题，陈书记脑力犹健，还能原原本本复述原委。感谢陈书记不遗余力的奔波，感谢政府部门的公正判定，我们才享受到母爱的关怀，也才有了今天的幸福。）

母亲

一

初春的江南犹如一个五六岁的孩子，朦朦胧胧、似懂非懂。当我第一次闻到江南的气息时，我就是个孩子，有很多事情我还不懂。我不懂为什么父亲要住在那个土堆里面不回家，我不懂为什么母亲每天都要在鸡叫前去田间干活，我不懂为什么我和姐姐不能像其他小朋友一样有漂亮的衣服穿……我有很多很多不懂的事藏在心里，可是当我该懂的时候，我已经不想懂了。

老师说："她是个聪明的孩子，学习非常出色，读下去一定可以考上大学，如果现在放弃实在可惜了……”母亲一直用手把姐姐和我揽在怀里，认真地听老师说完，然后很小声地说：“我们真的读不起。”老师似乎还想说什么，却欲言又止。姐姐转过身突然发现母亲眼里噙满了泪花。在我的记忆里母亲从来不曾哭泣过，这是我第一次看见母亲难过得要哭的模样。“娘，我也不想读书了，我们回家吧。”姐姐又转过身对着老师深深地鞠了一躬。年幼的我虽不能意识到姐姐鞠完这个躬以后，可能这一生再也不会出现在任何教室里，但我能看得出来姐姐的态度是很坚决的，并没有后悔的意思。姐姐和我拉着母亲那布满厚茧的手坚定地走出了学校。

一路上母亲总是不停地回望，似乎对此留恋的人不是姐姐而是她。很多次母亲想对姐姐说点什么，从眼神里我读出了母亲是想解释不让姐姐继续读下去的缘由,但每次话到嘴边又咽了回去。母亲只是更加用力握紧了我和姐姐的小手，手与手相连，血与血也是相通的，其实她不说我和姐姐也能明白，我们家真的没有钱，不要说读书了，甚至连明天的温饱都是很大的问题。姐姐安慰了母亲几句，说她已经10岁了，是个大孩子，也应该帮母亲分担家里的事务了，可是我从姐姐的眼神里又看出她怕说多了母亲真的会流下眼泪。毕竟姐姐才10岁，10岁是学习的年龄，10

岁的孩子应该无忧无虑地坐在教室里，而姐姐却在10岁这一年离开了那个属于她的童年世界。于是姐姐选择了跟母亲一样的方式——沉默。就这样，我们母女三人一路牵手走到家，谁都没有再开口说话。年仅6岁的我回到家中后，还是忍不住拍着两只粉嫩的小手兴高采烈地对姐姐说："以后姐姐可以和我一起玩喽。"姐姐看着我可爱的样子，知道她曾像我一样天真活泼，曾像我一样不谙世事，可是总有一天我会像她一样长大，也会明白她童年的故事，只希望留在我记忆里的童年少一点忧愁，多一点快乐。

这是姐姐入学后第一次不用急匆匆奔跑去学校，姐姐以为自己可以睡得很香、睡得很沉、睡得很久，可是一切都出乎姐姐的预料。当姐姐睁开眼时，正好看见母亲在轻手轻脚地穿衣服，虽然天边的晨曦已透射进陈旧的小木窗，但是屋子里还是很黑，母亲并没有发现姐姐已醒来，姐姐也没有告诉母亲她已醒了，就这样默默地看着母亲穿衣离开，直到母亲拿起锄头走出家门，姐姐才起身。打开窗户，晨雾迷蒙中姐姐看见母亲很吃力地扛着肩上的农具朝山坡走去，这是姐姐第一次感受到那些劳作的工具是那么的沉重。姐姐猜想母亲年轻的时候一定比现在漂亮得多，只是穷苦的生活、过重的负担在母亲脸上刻满了沧桑，但是透过岁月的痕迹依然能想象出母亲年轻时俊俏的脸庞。

天慢慢地亮了起来。我与姐姐一起扎好了辫子洗好脸，走进厨房准备学着母亲的样子烧早饭。姐姐从没有独立操作过，心里紧张，平时母亲一下就点着的柴火，姐姐竟然用了好几根火柴，这不由让姐姐既心疼又自责起来，因为所有的日用品都是靠生产队发来票单凭票购买的。姐姐卷起衣袖把番薯粉加水调匀，用根筷子沿着周围捻起来，然后将筷子抽出，这样刚好在中间留了个小孔，我猜想是因为这样容易蒸熟。看着熊熊燃烧的柴火，看着姐姐被火映衬得红红的脸蛋，我多么渴望自己快点长大，好帮助家里摆脱现在的困境。打开锅盖用筷子一插已经不粘了，那就表示番薯团熟了。我和姐姐顾不上尝，先用碗盛了两个赶快送到瘫痪在床的祖母身边，然后又用方巾包了几个，牵着手向母亲劳作的地方走去。

垄垄层层的山地上，只有母亲一个人弯着腰，正在辛苦地锄着地。当她抬头看见我和姐姐时特别吃惊，我们把手里的番薯团拿出来时她愣住了，母亲的眼泪慢慢流了下来。这是我第一次看见母亲真正落泪，或许她一个人时曾无数次偷偷地哭泣，但至少在我和姐姐面前，这是第一次。我被母亲这突如其来的眼泪吓坏了，母亲把我的手握得紧紧的，我问：“娘怎么了？”这时母亲用沾满泥巴的手轻抚着我的脸说：“娘这是开心。”那时我还不懂为什么人开心时会哭，但是我没有问母亲，只是用幼稚的小手帮母亲擦干泪水。母亲的眼泪代表了什么呢？是因为姐姐辍学而惭愧难受呢，还是因为我与姐姐能够分担家务而欣慰呢？我没有去作更多的猜想，唯一的愿望就是减轻母亲的负担。

这时，清晨的红日慢慢从东方升起……

二

幸福是人人意欲追求，人人想要拥有的东西，对于一个家庭来说，贫穷并不可怕，可怕的是贫穷带走了幸福。生活像一把利剑，一步步斩断这个家里所有人，也包括还是一个孩子的我心中仅有的希望。母亲只是一个身薄力弱的女人，女人本该做一些轻松的活，可她却要用她瘦弱的肩膀来担负一家四口人的生活。

祖母每天看着母亲拖着沉重的身体出门，然后又看着母亲拖着疲惫的身体回家，总是唉声叹气。其实我们都知道，祖母很想帮母亲一起分担生活的重担，但是她动不了，只能在那张一动就嘎嘎作响的床上自言自语。

一天早晨，母亲起床后即去自留地里干活，姐姐也跟着母亲起床，然后一声不响地跟着母亲。朦朦胧胧的晨雾里，只有姐姐和母亲的身影在茫茫的天地间一前一后地行走。走了不远的一段路，母亲突然停下来回头默默地看着姐姐，姐姐也停下来看着母亲。虽然她们之间有几米的距离，但姐姐能清楚地读出母亲写在脸上的无奈，那种表情透射出一位母亲对孩子的内疚和心痛。其实很多时候，人与人之间某些东西是不需要用言语表达的，只要一个对视便可以读懂对方的思想。过了片刻，母亲转过身继续向山头走去，姐姐也跟着母亲前行。到了属于我们家的自留地后，姐姐便跟着母亲一起锄地。平时看着母亲操作那么简单，自己真正动起手来却笨手笨脚，看着母亲娴熟的动作姐姐才明白，家里每个劳作工具都记录着母亲的青春和生命。

缥缈的白雾慢慢退却了，霞光也从山峦之间透射而来。山间小路上时不时地有三五成群的男人往生产队的田地走去。母亲看了看笨拙却卖力的姐姐说："你一人做不了，回家照看奶奶吧。"姐姐知道母亲要去生产队了，担心她早就饿了累了，所以赶快要她回家，“娘，你也没有吃早饭啊……”其实之前母亲每天早晨去生产队上工，都是不吃饭的，不是她肚子不饿，而是她舍不得吃。母亲笑着说：“我还不饿。”说完母亲将锄头扛上肩头，急急地向生产队的田间跑去。看着那些男人精神抖擞，迈着有力的步伐，而母亲的每一步都是那么吃力，姐姐体会到这个家带给母亲的到底是什么。太阳终于露出了它可爱的笑脸，照在姐姐矮小的身体上，姐姐觉得自己的眼睛有点湿湿的凉凉的，但姐姐知道那不是她的泪，因为姐姐会像母亲一样坚强，或许只是早晨的露水沾满了姐姐的脸庞。

我早已起来坐在祖母的床上听她讲故事，姐姐回家后不想打断我们，那是我童年仅有的开心事。当我看见姐姐时说：“姐姐回来了。”祖母看见姐姐问：“你娘呢？”“去生产队了。”姐姐说。祖母长长地叹了一声，自言自语道：“总是这样，身体怎么行啊？”

是啊，就算再好的身体，长时间不吃饱也会垮的，何况是一个为了多挣工分每天挑生产队里重活干的女人。母亲又何尝不知，她只不过是想自己省下来，好让病床上的老人和两个年幼的孩子能够温饱。祖母也不舍得喝上一口舅舅买来的补脑汁，说是一把老骨头了吃了也起不了作用，总是用颤抖的手把这些小瓶子拿到我和姐姐的嘴边催着我们喝。在那时补脑汁与蜂王浆是最时髦也是最奢侈的东西，母亲从来不曾入过口。

贫穷可以磨炼一个人，岁月可以改变一个人，可是贫穷不会随岁月而改变。一个人要想改变贫穷，唯一的方法就是比别人多付出一分力。

看着窗外高挂的明月，我才6岁的年纪也会陷入沉思，为这个十分贫穷的家，为我那10岁便辍学劳作的姐姐，为病床上的祖母，为我那日夜操劳的母亲。

三

姐姐跟母亲说，她必须和母亲一样去生产队挣工分，否则这个家永远都在为明天的口粮而担忧。母亲听了姐姐的话很吃惊，当初她把姐姐从学校带回来，只是因为承担不起学费，或许并没有想过让姐姐一起去做生产队里那些沉重的活儿，毕竟姐姐还只是一个10岁的孩子。

天下的母亲都心疼自己的孩子，都希望自己孩子能开开心心上学，没有任何一位母亲愿意看见自己的孩子在很小的时候就为生计而忙碌。母亲不同意姐姐参加生产队劳动，但姐姐还是拉着我瞒着母亲找生产队队长去了。生产队邵队长听了姐姐的要求似乎很为难，毕竟她年龄还那么小，可是他心里清楚，如果拒绝姐姐的要求，那么我们非常困苦的家庭现状不会有丝毫的改善，邵队长思虑再三后说让我们养一头牛，每天会有一分的工分。姐姐白天参加集体劳动，则按半个劳动力计算。姐姐学着大人的样子说了许多千恩万谢的话，回家的步伐也显得轻快了。姐姐不敢把这个决定告诉母亲，而我在睡觉时悄悄对母亲说了，母亲只是沉默着，把我紧紧地搂在她那瘦弱的怀里。

队长对姐姐很照顾，并没有让姐姐和其他大人一样去做那些重活，只安排做一些轻巧的力所能及的事务。见姐姐不需要做那些重活，母亲脸上的愁云散去了。姐姐可以帮这个家了，母亲身上的担子相对也减轻了。于是，姐姐每天跟着母亲早早起来，母亲来不及梳洗就去了自留地，而姐姐则提个篮子牵着牛出现在清晨的田野上，有时趁着牛吃得起劲时，姐姐会顺手拔些嫩草，带回去喂兔喂猪。

母亲最大的爱好就是越剧。祖母告诉我，母亲唱的越剧很好听。每年村里会邀请越剧团来表演一两次，但母亲从没去看过。其实当时一张门票就一毛钱而已，可是母亲始终舍不得花这一毛钱。祖母有时假装生气地责怪母亲："你就不会进去看一次吗？"母亲说看那么久会困的。其实母亲几乎每次都到剧团表演结束了才回家，她总是会站在剧场的大门外面，听着里面传出悦耳动听的调子，然后就跟着小声哼哼，那是母亲生平最欢快、最放松的时候。

这个世界上所有的人都有梦想，因为有梦想才有希望，有希望生活才有意义。可是生活在贫穷里的人，有一样东西是不能去想的，那就是时间。都说时间是公平的，可是时间对于富人来说，是那么短暂，对于穷人来说，却又是那么漫长。人一旦在贫穷里去计算时间，那将会是一件痛苦的事，因为穷人的时间就是一个黑洞，而穷人的梦想将在这个黑洞里变得遥遥无期。

岁月的风烟在摧残人的容颜时，往往也在击灭人对未来美好的期盼。当姐姐以为这个家很快就可以好转时，祖母的病情突然加重了，母亲只好让姐姐白天在家照顾祖母。姐姐开始憎恨这个世界，憎恨贫穷，如果能有一个方法让这个家脱离贫穷，那么无论什么她都愿意去做，哪怕付出生命也在所不惜。可是没有，等待我们的依旧是贫穷，依旧是数不清的黑夜。

但是，希望总还是要有的。当姐姐的梦想一个一个被贫穷击破时，当姐姐开始怀疑这个社会是否还有公平时，1982年，一个能改天换地的大好消息传来：国家要分产到户了。

期盼的梦想就要实现了，村里所有人的脸上都堆满了笑容。母亲也笑了，我知道那是对未来充满信心的笑，那也是我第一次看见轻松的饱含希望的笑容出现在母亲玲珑的脸庞上。母亲的笑就像春天的阳光，让姐姐和我感觉一切都是那么的温暖和煦。

四

东方的太阳还没有完全探出头来，熟睡的人们便被窗外的夏蝉声和鸡鸣声惊醒。大家不再像大锅饭时期那样成群结队地按时一起出工了，分产到户的实质就是自由做主。

我每天跟母亲与姐姐一起下地。有时候我会学着姐姐和母亲的样子同她们一起干活，有时我一个人坐在田埂边望着经过的孩子上学放学，偶尔我也会禁不住问上一句："读书是干什么用的啊？"可是没有人告诉我答案。

农村人与城里人最大的区别是，城里人工作一般都是在室内，不用日晒雨淋，而农村人是靠天吃饭，旱了或者涝了，一年的口粮便无着落了。有时雨天不能出去干活，姐姐便会去亲戚或者邻居家借来能够看得懂的书。遇到不认识的字，姐姐也会趁黄昏放学之际向比她小的孩子讨教。每当她面对他们时，会自然而然生出一阵羞愧。知识对姐姐而言，是一种希望，是一种可以改变贫穷现状的希望。有时姐姐在干活时，也不忘教我背上几句唐诗：锄禾日当午，汗滴禾下土。谁知盘中餐，粒粒皆辛苦。下马饮君酒，问君何所之？君言不得意，归卧南山陲。但去莫复问，白云无尽时……

其实很多时候姐姐还不能完全理解这些诗词所表达的意思，却仍然无比眷恋每一句短小而精湛的词句。姐姐是那么喜爱书上的那些句子，每当母亲听着姐姐教我朗朗背诵时，眼里总是充满了欣慰。

我们有一块菜地，不大，但里面种着各种瓜果，有黄瓜、番茄、青菜，还有黄花菜等。姐姐和我一直认为，除了家，那是最漂亮的地方。又是一个清晨，晨雾刚刚散去，母亲就去菜地摘了黄瓜与番茄回来。那带着嫩刺的黄瓜与鲜红的番茄真是漂亮极了，姐姐和我忍不住拿起就往嘴里塞。母亲也顺手拿了两个，背上竹篮与麻袋又要出门，并吩咐姐姐与我在家照顾好祖母。姐姐知道母亲又要去采草药了，叮嘱我不要乱跑，然后学着母亲的样子跟着出门。母亲一有时间就会去山上采药，她知道哪些草药供销社收购。草药虽然价钱非常低，但是多少能够贴补家用。炙热的阳光猛烈地燎烤着母亲和姐姐，仿佛可以将她们的皮肤烤焦，可是姐姐并不惧怕。因为她知道，多付出一份劳动，我们就能够多一份收获，我们的家就能够慢慢改变困境。

攀过一行行山坡，母亲忽然闻到一股浓郁的香味。母亲沿着香味寻去，只见那山崖中间悬挂着一簇簇黄灿灿的金银花，不由欣喜万分。母亲的初衷只是希望能多采些夏枯草，却意外得遇金银花，喜出望外。金银花不仅是夏枯草价钱的好几倍，而且还能够治疗头痛、发热、咽痛、便秘、炎症等一系列普通病症。在那个贫瘠年代，我们的小病小痛都是靠民间传统手法医治的。上山采药是一件充满危险的事，那些金银花长在一个更危险的地方，但是既然遇见了，就必须把它们采走。母亲让姐姐在山崖旁等着，自己则兴奋地抓住树枝攀爬过去把金银花藤拉近身边再就势采集。

姐姐两眼眨也不眨地盯着母亲，心也随着母亲的动作紧张起来。但是意外的事情还是发生了，只听见母亲一声叫喊，便滑下了山崖。在那一刻，姐姐愣了一下，然后便飞快地抱着树藤滑向母亲的方向。姐姐到了母亲身边，首先便检查母亲的伤势，当姐姐发现母亲除脚部被碰伤之外并无大碍时，悬着的心终于暂时安定下来。母亲看见姐姐急红的双眼，安慰说：“没事的。”在母亲说这句话的时候，姐姐分明看见母亲痛得皱紧了眉头。姐姐心痛得差点流出了眼泪，可是姐姐像母亲一样坚忍，不愿意在母亲面前流泪，特别是在这个时候。姐姐迅速把散落在四周的金银花捡起来，搀扶着母亲慢慢地向山下走去。回到家中，我看见姐姐搀扶着母亲，而且母亲一拐一拐地走着，就知道母亲一定受了伤，于是赶紧过去扶着母亲的另一只手，然后对母亲说："娘，以后我长大了做医生，那样就能够很快治好您的伤了。"母亲用手轻轻地摸了摸我的脸说："真是我的好孩子。"

母亲的脚伤远比姐姐想象中的更严重，好在现在不用参加生产队集体劳动了，而且姐姐已经基本掌握所有的农活了。姐姐要求母亲好好休息几天，但母亲总是一刻不停手，用麦粉自制糨糊，或是将一张一张的旧碎布粘起来，之后再用麻线一针一针地缝穿，一双鞋底很快在母亲手中完成了。姐姐好佩服母亲，那一双手布满老茧，却是那么灵巧。

蓝蓝的天空上有几朵白云飘过，姐姐时常望着远处起伏蜿蜒的山峰出神，或许是在想什么时候才能够穿越前面的崇山峻岭，什么时候才能够像白云一样悠游世界，什么时候才能够带着母亲乘上飞机，去看看外面的世界是如何的广阔，如何的精彩……

五

很多人都以为江南一年四季都开满鲜花，殊不知江南也有冬天，江南的冬天也会下雪，也会结冰。当姐姐透过窗户看见一片一片雪花从天空纷纷扬扬飘落时，也看见了一群年龄跟自己差不多大的孩子正在开心地追逐着雪花。那么洁白晶莹的雪花，却不属于年少的姐姐，因为无情的岁月赶走了姐姐的童心，姐姐唯一能做的就是把同龄人的嬉笑声存进自己的记忆里。有时姐姐觉得自己还是一个孩子，因为与姐姐一般大的人只需要天天背着书包上学就行了。有时她又觉得自己是一个大人了，因为她要承担大人才需要承担的一切。

屋檐角上的冰柱长长地挂着，我们一家人围在一个小炭炉旁。母亲有一手纳鞋的好手艺，这是方圆十里有名的，不少人慕名来找母亲纳鞋做嫁妆，整个冰冷的冬天母亲都在不停地忙碌。姐姐也跟母亲学着纳鞋底，母亲打趣她："等你长大了嫁人，自己什么都会做，才不会被夫家看不起。"姐姐顿时满脸羞涩地说："我才不嫁，一辈子陪着娘。”眼看着就快过年了，母亲跟姐姐说想把家里的两头猪卖了，一部分钱买回两头小猪，一部分可以用来还债。春节一直是我和姐姐渴望的日子，哪怕春节如平常一样清苦，我和姐姐仍一样期盼，因为每一个春节的到来，便意味着姐姐和我长大了一岁。我们多么希望能够快点长大，早点圆梦。

那年的春节是我和姐姐有记忆以来最难忘的，因为母亲不仅带我和姐姐去理发店修剪了头发，母亲自己也剪了齐齐的刘海，虽然没有漂亮的新衣服,可是俭朴的着装一样衬托出母亲的秀姿。母亲早早请师傅给我们缝制了新衣，还购置了一些年货，所谓的年货虽然不过是一点点猪肉和豆腐，但是我们觉得拥有这些东西已经很满足，因为在没有分产到户之前是万万不可能享受到这些的。母亲意味深长地对着我和姐姐说：“你们又长大一岁了，给你们一个压岁包，祝你们永远平平安安。”姐姐接过母亲递过来的压岁包，欲言又止。母亲似乎看出姐姐有什么话要说，满脸兴奋地拍着我说：“明年我们的债务剩不多了，你可以上学了。”我和姐姐高兴地抱住满面笑容的母亲，只觉着吃了一顿有史以来最开心最丰盛的年夜饭。

日子过得飞快，转眼之间开学的日期就到了，那天我比平时更早做好了早点，姐姐给我扎的马尾整整齐齐。当姐姐看见我背着她曾经用过的绿色军用书包时，笑得格外灿烂。我知道她的笑容中更多的是骄傲，因为我终于可以上学了，我不再重蹈她的足迹，更多的将是读书声和欢笑声。姐姐踏上曾经以为再也不会踏上的路，站在学校门口，心中无比欢悦。我一直一声不响地走在姐姐和母亲的中间，到了学校门口，母亲蹲下来用手摸着我的脸，我以为母亲要嘱咐我一些什么，但母亲只是简单地说了三个字："进去吧。"

听完母亲的话我转身看着姐姐，姐姐也学着母亲的动作在我的头上摸了摸，然后说："好妹妹，你一定要好好学习，知道吗？"我用力地点点头，姐姐用手转过我的身体，让我的脸面对着学校，然后在我的背上拍了拍，说："去吧。"

对于大多数孩子来说，最大的愿望或许就是生活在学校的围墙之外，那样就不会天天有老师看管了。可对于很多成人来说，最大的愿望就是能重新坐在课堂上听老师讲课，那样就不用承担生活的压力了。但是穷苦人家的孩子不一样，因为读书才是唯一可以改变命运的途径，早熟而懂事的我总是把作业写得清清楚楚，每天老师的批语都是个"优"字。一日傍晚姐姐在做饭，我则在旁边做作业，忽然间我莫名其妙地倒了下去。姐姐吓得呼天喊地，引来邻居帮忙。母亲很快被人找回来，母亲叫人帮忙去请赤脚医生，诊断后方知我得了肺炎。这个突变无疑加重了家里的负担，因为住院是需要花费不少钱的，但是病情急又不能拖。原本有所好转的日子因为我的病而再度蒙上了晦暗。有天晚上我看到母亲呆立在父亲的遗像前，默不作声却泪眼滂沱。

六

母亲一早说要去外婆家，整整40公里的路程，每次都是靠步行早走晚归。夜幕低垂时，风尘仆仆的母亲与外婆一起来了。我和姐姐泣不成声地扑倒在外婆怀里，这是除母亲之外唯一能够给我们温暖的怀抱。但显然外婆家的资助是杯水车薪，在全家人彻夜不眠的一个个日子里，母亲也很快倒下，幸好有外婆在此可以照料。这时姐姐提出去县城里打工的决定。县城离家虽然并不远，但母亲与姐姐还是发生了空前的争执。母亲的担心不无道理，可是姐姐怎么忍心我这个妹妹受疾病煎熬。其实姐姐又何尝愿意一个人离开家去陌生的环境，那种无助可能远比清贫可怕。可是如果想要安定这个风雨飘摇的家，外出打工是姐姐目前唯一的出路。在姐姐再三的游说下，母亲终于默许了姐姐的坚持。姐姐并不知道在她离开后母亲有多担忧，姐姐也不知道她进城后是否真的能够赚到钱给我治病，姐姐更不知道自己有没有力量可以融入城市，姐姐其实有很多很多的焦虑……

保险起见，母亲央求一个远房亲戚带姐姐一起走。临走那天，天还没有大亮，姐姐要赶上唯一的一班车。吃过早点后，母亲塞给姐姐从亲戚家借来的钱，姐姐只拿了车费，多余的不要，母亲还是把钱硬塞进姐姐的口袋，并嘱咐姐姐说："在外一个人要好好照顾自己，如果没有找到打工的地方或者太辛苦了就回家，妹妹治病的钱我会另外想办法。"这个世界上每天都有无数的谎言在重复，但有一种谎言让很多人乐意听，因为它是一种体谅，一种关爱。母亲哭了，这是我第二次看见母亲在我们面前流泪。我也哭了，但姐姐没哭，因为姐姐知道如果现在她和我们一起流泪，那么母亲更加不舍得她进城。姐姐忍住眼泪与母亲和我拥抱道别，但在转身的瞬间，姐姐的眼泪哗啦啦流了出来。

车子徐徐离开，姐姐已看不见那简陋的家，但是姐姐或许还能看见旁边的山坡上有一个清瘦的身影，看得见她的揪心之痛，那是她最纯朴最善良的母亲！朝阳升起来了，姐姐相信她的明天会好起来……

亲戚很热心，很快帮姐姐找到一个建筑工地。工头初见瘦弱的姐姐不愿意接收，但在亲戚的一再恳求下还是收留了姐姐，这让姐姐不安的心顿时踏实下来。

姐姐每天起早摸黑，在工地做着最辛苦的活，要将一桶桶的水泥挑给水泥匠。好在姐姐力气大，可是一天下来累得直不起腰，肩头的皮都掉了。姐姐咬咬牙，为了我坚忍着所有的折磨。

当姐姐领到第一个月工资时，姐姐把那些钱数了一遍又一遍。看着那些钱，姐姐开心地流出了眼泪，这不仅仅是姐姐努力的结果，更是我们一家人的希望。姐姐快步赶到邮局，把钱全部寄了回来，并在寄单上写了寥寥几字，写上满满的思念，尽管母亲不认识字。姐姐的勤快麻利赢得了老板的赞许，老板很快便给姐姐调动了好的岗位并且加了工资。老板问姐姐为何不给自己添置点新衣，姐姐说出了家中的状况。好心的老板又送给姐姐一些他家女儿不穿了的旧衣服，虽说是旧衣，却比姐姐所穿的要好上好几倍。从来都是在艰苦与无助中生活，老板的举动而言，那是一份天大的恩情！为了节约开支，也为了报答老板的恩惠，姐姐决定留在那里过年，这样可以让老板安心地回乡下过节。当姐姐看见千家万户贴新联，人人都穿新衣游乐时，大概只能独自热望家乡的天空。

姐姐在日复一日的劳苦中度过自己最宝贵的童年，我靠着姐姐的辛劳得来的钱得以医治而康复。母亲再也不忍姐姐孤身在外，终于将姐姐叫回身边。

七

若干年后，我初中毕业，终于来到人们向往的城市，举目都是耸立的高楼大厦，没有家乡残败的泥土房，比我想象中的更漂亮。街上到处都飘荡着音乐，更令我诧异的是，原来城市里居然还有一种汽车是沿着空中电线行驶的。街头那些年轻的姑娘优雅地行走着，有卷卷的黑发，还有红红的嘴唇，皮鞋声清脆而响亮。

什么时候我的祖母与母亲也能够一睹城市的风采呢？遗憾的是，当我开始谋生时，祖母难敌病魔，未及看看这美丽的城市便与世长辞。

记得临别时母亲一再叮嘱我，外面的坏人很多，但眼前这个憨厚的老板完全消除了我的担忧。我刚步入社会认识的老板就是一个好人，这无疑增强了我的信心。虽然他说只是暂时让我试试，但这个暂时给了我梦想腾飞的起点。在我准备离开家的时候，我做好了应对一切可能面对的困难的准备，可是当我真正一个人面对陌生的环境时，我被孤独和恐惧袭击得不知所措。不过当我想起姐姐曾经也经历了一人在外的艰辛，想起母亲的劳累，忧虑便被抛到九霄云外了。

望着窗外万家灯火，我在幻想自己的未来：这里一定会有我的容身之所，我也将会成为这个城市的一员，我的母亲也可以仰望城市的天空！日复一日，岁月带走了我幼稚的容颜，也带给了我成长的收获。当积存到一笔我自认为不少的资金时，我提出了辞职。在老板的无私帮助下，我从批发市场进了一批家用小商品，学着别人推着板车走街串巷。虽然风里来雨里去四处穿梭，实在辛苦，但是每天都有颇为丰厚的利润。

亲戚要回乡时，问我是否有话需要转达。我知道姐姐的生日快要到了，急忙跑到琳琅满目的商场，给母亲买了台录音机还有几盒越剧的磁带，同时也给母亲和姐姐买了衣服，托亲戚带了回去。我想象着母亲听越剧时开怀的样子，也想象着姐姐快乐的模样。她们的开心是我最大的激励和力量，让我时刻充满了斗志！

就这样，不知不觉几年又过去了，在我卖过各种各样的东西，走遍了这个城市的大街小巷后，我终于从一个走街贩卖的小贩成为一个可以承担铺面租金的小老板。这是我奋斗中最大的突破，立足于城市的目标愈来愈近，同时也意味着与母亲在城市相守的梦想愈来愈近。

有梦想，就有希望！有人说当你在一个地方生活久了，就会自然融入其中并把自己当成其中的一员。但我不是，直到今天我依旧不喜欢这座城市。虽然我的声音和习惯已经与这座城市有了某种程度的相同点，但我永远都无法彻底地融入其中，因为它永远缺少了一种乡音和乡情。

八

当我安排妥当店铺的事务回到家门口时，久违的乡情和乡音即刻充盈在我的周围。当我一身时尚装扮出现在母亲和姐姐面前时，她们用一种惊喜又诧异的眼光看着我，似乎眼前的我不是她们的女儿和妹妹。当我的视线投向母亲时，我看见了母亲原先乌黑的头发中多了许多白发，额头也布满了皱纹，虽然我只离开母亲几年，但母亲已是个老人。看见我突然出现，母亲不禁泪眼迷蒙，然后用她那布满老茧的双手轻拂我的脸庞，边抚边道："长大了，长成大姑娘了……"

这些年来我一直渴望能早点听见母亲的声音，我曾不止一次地想象看见母亲的那种场景，我以为我会开心地像只小鸟。现在我终于看到了日夜思念的母亲，可是我却笑不出来，反而泣不成声。我扑进母亲的怀里，就像小时候一样，每当遇到害怕的事，我就会钻进她的怀里，这个世界只有母亲的怀抱才是最安全的地方。母亲不停地用手拍打着我的后背，安慰我道："孩子，不哭！"

小时候，我一直学着母亲的坚强，不轻易落泪，可是此时母亲越是安慰我，我哭得越大声，似要把久违的思念全部发泄出来……

母亲知道我最爱吃她做的酒糟毛芋，所以一大早就去买了猪骨，毛芋是母亲种的。当还躺在被窝里的我闻到熟悉的香味时，便一骨碌爬了起来。在城里这些年，虽然我没有时常出入高档的酒楼，但也吃过一些价格比较昂贵的菜肴。可是我一直觉得那些花里胡哨的各色鲜汤大菜，永远也比不上母亲做的家常小菜。母亲见我起来，赶紧盛了一大碗酒糟毛芋端来床头给我，我顾不上洗脸，接过来就吃。嚼着这碗再普通不过的家常菜，突然间我理解了，我真正喜爱的并不是这道菜，而是我与母亲和姐姐间割舍不断的亲情。我津津有味地吃着酒糟毛芋，母亲站在一旁看我吃得如此开心，说道："你一个人在外要买点有营养的东西吃，不要总是舍不得，现在不比以前生产队的大锅饭了，家里什么都有，你不要担心。"

我点点头说道："娘，现在祖母也不在了，你在家也没什么忙的，求求你陪我到城里住段时间吧，我想多吃点您做的饭菜。""家里还养着两头猪呢，再说我也不认识字，去了还不被人笑？"母亲一边说一边笑。"娘放心好了，城里的人也不是个个都有文化的。再说了谁没有娘啊，所以你放心，不会有人笑你的。”我停顿了片刻，道：“不如把猪卖了吧，反正也赚不了几个钱。”“现在猪还小，卖不了什么钱，要是养到过年一定可以卖个好价钱的。”母亲似乎很满足这样的生活。这时候，姐姐也来了。听见我与母亲的谈话，很远就叫道：“娘，这些年您这么辛苦，也该休息休息了，就跟着妹妹一起去吧。”母亲一边给我盛锅里的毛芋骨头一边说：“等等再说吧。”姐姐现在比我更了解母亲，当她听到母亲并不十分愿意和我一起到城里生活时，背对着母亲给我使了个眼神，似乎告诉我母亲一定不会离开这个家，至少现在没有这种可能。我原本抱着很大的信心回来接走母亲，想带母亲去看一看城市里的高楼大厦，想带她去欣赏一下那些只有在电视上才能看见的七彩霓虹，可是任凭我如何相劝，母亲始终坚持等一些时日再作打算。我理解母亲的牵挂，可是不明白母亲为何连去外面见见世面的兴趣都没有。母亲不知道城市的道路有多宽广，更不知道城里有一种叫电梯的“楼梯”是不必花人力行走的，人只要站在上面，就可以被送到更高的地方。可是，谁不眷恋家乡呢？谁不说自己的家乡美呢？家乡的水也清，家乡的山也美，哪怕当再大官的人，拥有再多钱财的人，梦里回首的依然是故里。

家乡永远是美好的，因为家乡有亲人的惦念，还有童年的梦想，可是我必须再一次离开，那是为了明天更好的生活。

九

每次面对城市，我始终觉得有种陌生感。或许让我感到陌生的并非是那些错综复杂的街道，也不是那些难以沟通的距离感，而是心灵上的孤寂。没有接来母亲，我很失落。原先振奋的我好像经历了一次挫折，不觉忧郁了许多。每一个夜幕降临时，我都在心里默默地祈盼家中的几头小猪快快长大卖掉，这样母亲就能无后顾之忧地来我身边了。我希望在母亲来城里之前能够多挣些钱，可以让她过上好一点的生活。可是我忽略了自己的身体。终于，在一次拖着几袋沉重的货品回到店里时，我只觉得眼前一黑就什么都不知道了。医生告知我必须在医院里疗养一段时间才可以出院。听了医生的话，思念亲人的愿望愈发强烈，我多想此刻我的母亲和姐姐在我的面前，然而这一切是那么的遥不可及。可是另外一个念头却告诫自己，我不可以让家人为我担心，不可以让母亲知道我的病情。但是我生病的消息还是不胫而走，被母亲知道了。当母亲一脸憔悴千里迢迢赶来出现在病房时，我知道这个世界上还有一直关心着我的人，是他们把我的母亲带到了我的面前。曾经一再坚持不进城的母亲，这次心急火燎地赶了过来。记忆中的母亲一直是坚强的，哪怕再累再苦，她都会笑着面对，这一刻母亲却当着那么多人的面因我泪如泉涌！

“娘，对不起！”我隐忍疼痛强作轻松地叫道。“该说对不起的是娘，是娘没有照顾你，让你在外面受苦。”母亲满脸羞愧地颤抖着全身说道。自从母亲来了以后，我舒展了许多，病房的人都说我变了，变得爱笑了。其实我原本就爱笑，只是境遇夺去了我的笑容。我的病情比我想象的严重，不仅在医院住了很长一段时间，而且还要动手术。开刀的那天，母亲一直对着我微笑，我知道她的笑容中更多的是心疼和焦虑。而我却很放松，因为有母亲的时刻陪伴，我无以为惧。在我进手术房的那一刻，医生跟母亲说只是小手术不要担心。我分明看见母亲十指相合对着天空，口中念念有词，那一定是在祈祷神明保佑我平安。当我从手术房被推出来时，我看到母亲的脸上印满了泪迹，我已无法说出坚强的母亲这些天流了多少泪。不过我确定在我手术的过程中，母亲度过了她今生最漫长的一段时间。

手术后我在医院又住了一个星期才出院，当母亲和姐姐搀扶着我走出医院时，我第一次发现这个城市的空气原来也是如此怡人，我不由地深深吸了一口。这时我抬头看见正午的骄阳，似乎是在对着我颔首，我仿佛见到自己的青春正熊熊地燃烧。我看看身旁的母亲和姐姐，由衷地笑了起来。

虽然我住院不是一件好事，但因此提前实现了我们一家三口在这座城市的相聚的愿望，也很让人开心。我多希望这种日子能一直持续下去，那样我的笑声每天都会在这座城市响起。

十

往常母亲总是在8点之前就已经买菜回来给我做早点，可是那天已经10点了，依旧不见母亲的身影。我不停地在窗前徘徊，似乎预感到会发生什么，内心也开始忐忑不安。即使在那最孤寂最无助的岁月，我依然有着坚定的信念，但此刻的我完全失去了思考能力。我拖着尚未痊愈的身体开始往楼下跑，到了街口，我一时之间竟然迷茫地不知该往哪个方向寻找。人车如潮的街头让我有种窒息的感觉。我在母亲有可能去的菜市场和超市之间来回不停地寻找，却始终不见母亲的身影。心烦意乱的我流着眼泪呼喊母亲，我多么希望那个熟悉而亲切的身影即刻出现在我的视野里啊！

我坚信目不识丁的母亲并非有意迟归或者走远，当我确信在大街上已经根本找不到母亲时，下意识的恐惧感袭满了我的全身，我一下子预感到母亲已经发生了意外。当这个可怕的想法占据我全部的意识时，我一路跌跌撞撞地哭叫着，不由自主地从就近的医院开始一家家相继询问过去，到每一家医院的急诊室再到太平间一一排查。当我拖着疲惫不堪的身体，战栗着移步到市医院的太平间时，眼前的一张板床上躺着一个人，纵使躯体已是血肉模糊，可是我依然一眼就认出那是我最亲爱的母亲。我发疯般地搂抱着已僵冷的母亲，拼命地摇晃着。任凭我如何撕心裂肺地叫喊，任凭我心如刀割地悲号，母亲依旧丝毫不动。

“娘，娘，娘……”我已泣不成声。我掀起布满泪痕的衣角擦拭母亲那血污相缠的嘴角，并把自己温热的脸贴在母亲冰凉的脸上，想借此温热母亲僵直的躯体。此时此刻，孤立无助的我除了悲啼不知还能做些什么，突然间我狠狠地向墙壁撞去。我想让自己清醒，因为我不相信眼前的一切是真的。我无力面对眼前的事实，我还有什么颜面活在世上呢？我恨自己，是因为自己，母亲才风尘仆仆地赶来照顾我，可我却间接地把母亲的生命终结在这座陌生的城市。她还没有来得及享受城市的美丽，却永远地闭上了眼睛。

当我们蹒跚学步时，当我们咿呀学语时，当我们面对社会时，当我们成家立业时，当我们为人父母时，其间每一寸每一点都是用母亲的青春和生命堆积而成的。当我们尚有一丝生命存在时，我们就应该尽孝尽善，而我永远失去了这个机会。人的一生中有很多人都可以忘记，但有些你自始至终都不能忘记，也不会忘记，更不该忘记，那就是“母亲”。一个很简单的词，但它是累积我们生命重量的砝码。

2002年6月13日，56岁的母亲在这个陌生的城市遭遇车祸，就这么走了，带着她一世的悲苦走了；母亲就这么走了，带着她最大的遗憾走了；母亲就这么走了，没有留给我们姐妹一句话就悄悄地走了。姐姐来了，她哭红了双眼，我多么希望姐姐在这个时候狠狠地痛打我痛骂我，是我让她失去了母亲，使我们姐妹成了孤儿，但是姐姐除了恸哭什么都没有说。从此这个世界上，我只能与姐姐相依为命，已经没有比姐姐更亲的人。

父亲走得早，这些年来母亲一个人含辛茹苦地支撑着风雨飘摇的家，受尽了人间的冷落和风霜，我一定要把她安葬在父亲的身边，好让父亲在天堂可以给她温暖与爱护。母亲生前住的房子一直简陋残破，为了能够让泉下的母亲安逸，我特意请了最好的工匠师傅建造了高大的坟墓，冰冷的墓碑上刻着姐姐与我的名字……

秋叶落在父母的墓碑上，让人感觉这个世界无比凄凉。我和姐姐在父母的碑前种了两棵柏树，愿它们一片葱翠，愿父母在那里甜甜美美平平安安。我在心里默哀：娘，虽然您不曾带给我们荣华富贵，但您给了我们最宝贵的生命。我的生命里有你纯朴而又善良的基因。

舅舅

舅舅因得了肺癌而住院的消息传来时，我正在遥远的他乡。挂了电话，我立刻放下手中的事往老家赶。当汽车开动的那一刻，我突然意识到我将永远也见不到那个曾经十分疼爱我的舅舅了。

舅舅与母亲是同母异父的姐弟，很小的时候就被他自己的舅舅收为养子。在母亲七个兄妹中，这个舅舅排行最小，但是在所有的舅舅中，他是与我们家走得最近的。舅舅为人很老实，村里所有人都说舅舅是个有文化的好人，虽然舅舅因为家庭贫困仅仅读过几年书，但他明白不少事理，还写得一手漂亮的钢笔字。母亲在世时常在人前夸耀，说如果舅舅能多读几年书一定有大作为。舅舅长得眉清目秀，话也不多，平日里他基本上都在做着活计，为了舅妈和孩子，为了能过上温饱的日子而不停奔波，从没有一句怨言。

我的舅舅是茫茫人海中平凡得不能再平凡的生命个体，他的一生几乎没有什么可以书写的事迹，可不知道是什么原因，从我有记忆开始，我就很喜欢这个舅舅。小时候当我听说舅舅会拉二胡时，每次去舅舅家都会让他拉上一曲。我会挑选我最喜爱的越剧，哪怕他再累，天色再晚我也要听完才肯放过他。他也曾试着教我，记得当时我还真的学会了《妈妈的吻》，可是我始终没有舅舅的天赋与恒心，所以二胡只能成为我梦中的向往与遗憾。舅舅很照顾我们家，对我们姐妹尤其疼爱。我读小学的时候，舅舅买了手扶拖拉机给别人拉货，每次只要路过我们家门口，总会买些糖果来给我们姐妹吃，有时还会带上一些生活用品。虽然那些东西并不能给我们家的困境带来根本性的改变，但对于没有父亲的我们来说，这是一生都无法忘却的记忆。

舅舅有穿中山装的习惯，即使在经济腾飞的年代，舅舅出门也永远都穿着中山装。曾经有人问过舅舅为什么，舅舅只是笑而不答。其实我知道，那是因为舅舅被养父带来的时候，就穿着一件偌大的、很不合身的、他生父的中山装。舅舅从不贪恋酒杯，他说喝酒会使人误事，但他嗜烟如命，舅妈经常在他面前唠叨，说吸烟对肺不好，甚至让亲朋好友多次劝慰，舅舅依然不停止抽烟。他说抽烟是他平生最逍遥的时光，所以即使在舅舅倒下去的那一刻，他嘴里还是含着一支烟，还穿着那身不知穿了多少年的中山装。

52岁的舅舅就那么简简单单地走了，简单得几乎没有留下多少记忆的痕迹。他的生命就如他含在嘴里的那支香烟一样，如此的短暂。或许在舅舅闭上眼睛的那一刻，他也不会明白，正是他最嗜爱的香烟夺走了他宝贵的生命。他也不会明白，生命还是可以有另一种选择，另一种活法的。舅舅出殡的那天，工匠封上最后一块砖头时，突然有一只蝴蝶飞来，落在舅舅的墓碑上。我不知道那是不是舅舅的化身，但我愿意相信它是……很多人都说另一个世界是天堂，但是所有的人都知道，去天堂的路并不好走，而我只能面对着那只翩翩起舞的蝴蝶，祝我那平凡得不能再平凡的舅舅一路走好！

姐姐

我常常不由思索，谁是最亲的人？是有着血缘关系的父母与儿女，还是与自己有着肌肤之亲的枕边人？每当在《今日说法》《法治在线》等节目中看到骨肉相残，亲人与亲人为了一些蝇头小利而不择手段时，我的心就像把穿着线的针吞进肚肠里那般刺痛。由于父母的相继离世，比我年长4岁的姐姐，成为我心中永远的牵挂，成了我世间最亲近的人。她伴随我走过了一生中最艰难最漫长的岁月。

单从姓氏而言，姐姐就有两个姓。从出生始，姐姐就不跟父姓，也不随母姓，而是听祖母的话，从了不是亲祖父的祖父的姓，说这样才算给祖父延续香火。国家实行身份证政策后，工作人员未问清详情，自主将姐姐的姓改回了父亲的姓，这使得九泉下的祖父从此再无吴姓子孙。

姐姐出生后不好养，经常夜半无故哭闹。木讷的父亲不屑照顾,几乎都是祖母与母亲照看。8岁那年,姐姐得了肾病,危在旦夕，发病时刚好连日大雪纷扬，祖母与母亲踩着深及小腿的积雪赶往10公里外的医院。医生说幸亏及时,再拖延个把小时恐小命难保,所以人们都说大难不死必有后福。

由于父亲不堪生存重负，年纪轻轻就选择自尽，祖母病瘫不能自理，再加欠下不少债务，原本学习名列前茅且一直担任班长的姐姐只好弃学，与母亲参加生产队集体劳动。那个年代，不参加生产队劳动就没有工分，没有工分就没有粮食收获，意味着断食绝粮的无奈。若是姐姐继续学业，只靠母亲的工分根本养不起一家四口。我清楚地记得，因为工分不够，母亲挑着箩筐满心欢喜去生产队分粮食却含泪空担而归。母亲眼巴巴地看着别人挑着满满一担子的稻谷，而自己只能闻闻稻香，此番酸楚，岂是一个“苦”字了得?

姐姐的艰辛和苦涩是受时代与环境的影响，可她从不埋怨，只是每天低头默默地做事。姐姐与我分工明确，她主外我主内。姐姐天未亮先去山地割牛草与兔草，我则通常随母亲在厨房打下手。母亲将地瓜洗净，不去皮就切块下锅，然后用木勺从浅浅的米坛中取过少许米粒，小心倒进铁锅，生怕米粒长了翅膀飞走似的，叮嘱我继续添柴，等米煮得开花时就盖上锅盖焖煮。母亲匆匆挑上便料去自留地，而我灭火后则取过灶台上的钥匙挎上竹篮去放牛拔猪草。姐姐割草总比别人快，因为碧嫩的牛草在偏僻的山凹间甚或坟墓边沿特别茂盛，那些地方频繁有蛇出入，大多数人只能望草兴叹，而姐姐急于割回家以便去生产队劳动，根本没有胆怯的余地。有一次，她在泉涧间割一把葱郁的牛草时，一条胳膊般粗的蛇窜腾过来，吓得她魂飞魄散，脚腿发麻，欲跑无力，所幸那条蛇钻到了下面的稻田，才逃过了一劫。我们当地的蛇很毒，姐夫的父亲在青年时期去10多公里处的山上砍柴时被蛇咬伤，等被人背回后去医院已经毒发，被迫锯掉一条腿，只能依靠拐杖行走。姐姐一天的工分是一分，母亲是三分，而我放牛是按每天一分计算，这样的日子坚持到姐姐16岁那年。新政策要实行分产到户，祖母虽然病瘫，可是脑子清晰，家中事无巨细全由她主张，经过媒人撮合、亲戚商议后，家里开了一个空前隆重的会议，连我也成了有重要发言权的人物。

这里还得穿插一个内容，姐姐此生的包办婚姻是必然的。在她很小的时候，祖母的一个亲戚有两个儿子，由舅公做主，将比姐姐大一岁的老二许婚给姐姐，算是定下娃娃亲。因此，我们两家走得很近。每逢节日，就算家里再穷，也会将老二接来家里过节，好东西不舍得给我们吃，也要给老二吃，权当他是延续香火的接班人。在我的记忆中，我与这位老二哥哥总是意见相左。我们一同去铲蚯蚓，他不让我动铲子。我们一同去挖泥鳅，他不让我动铁锹。倔强的我百般抗议。直至有一次，我们为了院里的一棵桑果树争吵，他固执地将那棵他亲手种植的已高及墙檐的桑果树砍断，从此，发誓再也不到我家，任凭两家人如何力劝也难改其衷。于是，一段娃娃亲无疾而终。或许这就是命运，他即便不同我吵架，也许长大后也未必能与姐姐成亲。听亲戚说，现在那个娃娃亲老二，在许多年前就住着别墅了。在我记忆中，我们应该有20多年未见面了。

记得那个初春，天气尚有点儿冷，空中却有一轮清月，祖母几个兄弟姐妹以及母亲的几个兄弟在月朗星稀的晚上来到家里。母亲摆好桌椅，祖母被大家抱到太师椅上危坐，手中依然举着一柄三尺长的烟杆，接着隔着三户人家的邻居潘家六口人，也来到家里整整齐齐地坐下。我不明就里，问最小的舅舅，舅舅告诉我说我很快就有姐夫了，我莫名其妙，环视大家严肃的表情，才知舅舅不是开玩笑。

会议由祖母最小的弟弟当记录员，因为这个舅公读书最多，而且曾经当过不小的官。不到16岁的瘦黑的姐姐怯怯地落座在祖母身边，我则偎着姐姐，作为记录员的舅公坐在祖母身边。祖母宣布潘家老三要来我家生活，过几年后再与姐姐成亲。祖母问潘家父母与老三有什么条件尽管提出来，如果同意这门亲事，潘家老三必须依允几个义务，其中一个义务我记得最为清楚，那就是有朝一日我成亲必须给我一套正常水平的嫁妆。那时出嫁流行几大件，收音机、缝纫机、自行车、四床棉花被。祖母生怕未来姐夫委屈了我的嫁礼。谁又想到，如今我的生活虽然不算富裕但家具电器样样俱全，谁还要那几件当时喻为隆重的嫁礼呢？改革开放多年，真是发生了天翻地覆的变化，若是祖母活到这个年代，会是如何地感激政府？宣告没有任何争议，只是姐姐不知所措，对着皓洁的明月一脸茫然，我握了握她冰凉的手。

突然间家里多了个哥哥，原本清寂的家从此热闹了起来。俊秀的哥哥初中毕业，是我们家当时最有文化的人。家里买个草帽、置个锅盖，他都说要写上名字，怕别人拿错，他的细心程度远远超过我与姐姐。祖母让他在所有添置的物品上写上他的名字，这让哥哥很有归属感。姐姐随着哥哥早出晚归，事务安排再也不用母亲操心。这块地适宜种什么，那块田该何时锄草施肥，哥哥都安排得井然有序。哥哥嘴甜，不干活时经常坐在祖母床沿，按个腿梳个头，还不时说些冷笑话逗祖母，长年病瘫在床的祖母这时多了一分笑容。

28年前，对于一个年方二八的姑娘来说，爱情是没有任何具体内容的。姐姐只知道新来的哥哥能帮忙干活，减轻负担。一向埋头勤劳做事的姐姐在哥哥面前依然少言寡语，甚至不敢直呼对方名字，通常只在不得不与他说话时，远远地朝他“哎”一声。有一次，两个人推着满满的一车甘蔗去8公里外的榨糖厂，因为需排队到次日才会轮到，于是姐姐提出要回家，哥哥则说省得来回奔波，就干脆在榨糖厂和衣躺地上将就一夜。姐姐执意要回家，哥哥只好陪着。农历九月底的夜晚，再加上路旁都是山，松树在寒风的肆虐下发出悚骨的啸叫。哥哥远远地举着手电筒，两人一前一后急急地走着，直到到家也未曾说过一句话。如是换了今天，两个在夜幕下行走的人，哪怕说说话也能驱走寒冷与恐惧。

分产到户后，人们不仅责任心加强，对未来生活也充满了信心，大家干劲提上去了，粮食产量上升了，再也用不着饿着肚子煎熬，再也不用吃地瓜稀饭了。我读初中时因为住校，需要带米带饭盒去学校蒸饭。每到周六午后，姐姐将我一星期所需的菜炒好摊凉，然后装在罐头玻璃瓶里。姐姐生怕我长不高，总是省吃俭用，嘱咐母亲给我买些小虾米炒梅干菜；生怕我吃不饱，总是在米袋里多添几勺。下雪的日子，家家户户的女人做针线活，男人侍弄柴火，将大条的树干劈开堆置屋墙边。学做缝纫是当时最盛行的手艺，姐姐有心学而不敢开口，因为家里的债务未及还清。母亲看到姐姐从别处借来裁缝书，按着图样在一张张报纸上剪，于是极力鼓励姐姐去学。别人都学一个月时间，姐姐为了省钱，就报名学半个月，学期满后，母亲经祖母同意，毅然用家里一头生猪卖掉的钱买了一台缝纫机。姐姐喜出望外，去收购站讨要了一些报纸，闲暇时便画画剪剪。母亲将她结婚时外婆送的一床被单给姐姐学裁，岂料姐姐将粗布印花被单做成了衣服。布是蓝底白花，像极了时下贵州云南那边少数民族穿的花色。姐姐穿出去，立即让所有人惊叹。大家怎样也没想到她会如此聪慧！

最幸福的是，我初中时代的衣服裤子，全是姐姐亲手缝制的。那时流行绿色中山装与蓝色海军服，我们姐妹俩羡慕不已。姐姐带着盒饭，去20公里远的山上摘野菊花，连续奔波了好几天，然后挑往8公里远的医药公司卖，不舍得吃5分钱一碗的馄饨，而经母亲同意裁了两块的确良布并做成了上衣。中山装她自己穿，海军服则给我穿。姐姐的中山装平时是不舍得穿的，我穿上海军服去学校则引得许多同学羡慕不已。姐姐虽然没有文化，但是家中连续新建了两幢房子，所用水泥、砖头与钢筋等材料，尽是她一人计算，令人惊讶的是，结果往往不会过多，也不会过少。

祖母的身体每况愈下，算命先生言需冲喜。在祖母的命令下，母亲拿着姐姐与哥哥的生辰八字请算命先生择了良辰吉日。那个连续飘着雨夹雪的冬季，到了吉日居然放晴。因为是家里多年苦难后的第一场喜事，加上祖母亲戚特别多，整整开了27桌还是坐不下，于是又将村人和邻村的八仙桌与八仙凳借来，摆满了家里几个房间、院子以及邻舍。开宴那天，我向老师请了假，专门回家给姐姐祝贺。我被安排坐在姐姐新房的一张饭桌上，除姐姐与姐夫外，这一桌还有一改威严常态的祖母，满面笑容的姐夫的父母以及媒人。穿红棉衣红棉鞋的新娘子羞羞答答，着蓝棉袄蓝棉鞋的新郎欢欢欣欣。彼时，新娘方18岁，新郎23岁。一对连手都不曾碰及的新人，还不懂爱情的意义，已被命运宣告进入实质的婚姻。真的感谢媒人慧眼，姐姐姐夫俩也很争气，从而使得这场包办婚姻成了美谈。

姐姐怀孕期间，姐夫每天找空子去溪里打鱼，哪怕是寒冬腊月也照常去。姐夫是打鱼高手，从不空网而归。他将溪鱼去掉内脏后加片生姜清蒸，看着姐姐吃下方肯去做别的事。这份疼爱，祖母与母亲看在眼里，喜在心间。

姐姐临近分娩时，82岁的祖母几度差点离世。得知姐姐生下个曾外孙时，已是奄奄一息的祖母居然从床上爬起来要赶去医院看看。这是祖母卧床10年来最好的状态。为了能让祖母尽快见到曾外孙，姐姐生下孩子两个小时后便由姐夫兄弟俩从医院用担架抬回家，孩子由一床小棉被裹着由母亲抱回来。母亲抱着盼望多年的孙儿，用脸颊紧贴着孩子的脸蛋泣不成声，而祖母见到得之不易的嫡男时更是满脸热泪，亲手把一只从娘家带来的银项圈颤悠悠地戴在曾外孙颈上。祖母只要一听见孩子哭，就举着烟杆训大家，曾外孙是她的宝贝，一刻怠慢不得。小孩择了父母的全部优势，遗传了他父亲清秀的容貌，大大的眼睛，长长的睫毛，像个外国娃娃。我那几年在义乌闯荡，外甥跟着我奔走于大街小巷，后来回乡下，他居然不理自己母亲，非得跟我。也从那以后，外甥拒绝我姐姐给他洗澡，当着我姐姐的面不肯脱衣服，在我面前却会乖乖地听从。

祖母每天对着脸蛋圆圆的曾外孙喜笑颜开，姐姐出去干活时，就任孩子趴在床上让祖母逗着玩乐。祖母在曾外孙的陪伴下度过了9个多月的美好时光，终于含笑九泉。

我16岁出门打工，每次回到家里住不了几天就走，母亲常常脚抽筋，只能由姐姐在身旁照料。每次回家看到母亲眉舒眼笑，看到姐姐与姐夫和睦相处，我心里非常欣慰。姐夫虽然是入赘，却没有丝毫的委屈，在他心中抑或在我心中，我们的感情绝不亚于自己的同胞，甚至更亲近。大外甥从高中毕业就随我在闽地，户口也迁移至厦门，与他母亲聚少离多。我与他的感情竟超越了他们的母子之情。在外人面前，我与外甥亦是以母子相称，感情笃深。

姐姐虽然童年不幸，成年艰辛，但值得庆幸的是，她的这一桩先成亲后恋爱的包办婚姻中，没有怨言，也没有屈辱。忠厚可靠的姐夫虽然没有城里人的浪漫，不懂风花雪月，不懂甜言蜜语，但是令人欣慰的是他勤勤恳恳，兢兢业业，已经陪伴姐姐走过25个年头。如今姐姐的两个一表人才的儿子均已在厦门生活，一个工作，一个念大学。刚过43岁的姐姐已然当婆婆在即，后半生自然会更加美好。

朱姨的苎麻糕

如今市面上五花八门的糕点，虽然其香扑鼻，其色诱人，其形可人，但我始终难得食欲。真正令我口舌生津的还是朱姨的苎麻糕。那年，我刚刚中学毕业，在一个酷热的午后，我帮母亲将一捆捆得严严实实的苎麻背去离家不远的供销社卖，虽然只是1公里地之隔，可我一心念着快快卖掉赶回帮母亲做苎麻，不愿停下一步，来到供销社后才发现汗水已浸透了身上的旧衣裳。

供销社收购员是年已花甲面目慈善的朱伯，过完磅，一看足有18公斤重，朱伯夸赞我小小年纪好力气，可又心疼地感叹。的确，对于一个年仅16岁的女孩子而言，这并非是件易事。然而，在附近几十户人家的村子里，我家的窘境是出了名的，再因我长得与少时的母亲简直一个模样，所以几乎每个人都认识我。当从好心的朱伯手中取过那张收购单时，我满怀喜悦并感激地回望了他。我举着票据来到付款处换取30多块钱，谨慎地将其塞进深深的裤袋里，还仔细地将裤袋来回翻弄了几下，生怕有洞漏了出去。

我兴奋地一步一跳，正欲冲出供销社，这时朱伯急切地喊住我，让我等等。他说他们家蒸笼里正蒸着糕，让我稍等片刻吃了蒸糕再回去。在那样一个什么都需要以国家票据购买的年代，我们家最常吃的只有两样：地瓜干饭与地瓜稀饭，其他的东西平时几乎难得一尝。糕，只能是春节时象征性地蒸一点，用来招待客人，也有作祭品之用，是不可能敞腹食用的。

朱伯领着我穿过收购门堂来到后院，那是一间残旧低矮的房子，此时正雾气缭绕，原来朱姨正借用食堂的大锅蒸着糕。慈祥的朱姨一开口便是那夹生的兰江宣平普通话。在浙江，几乎每个县城的方言都不一样，甚至一个县城也有几种口音，但我们彼此还是能听懂。朱伯已经背井离乡在我们这个乡收购站任职许多年了，他为人温和谦顺，有时也会帮村人插个秧换个灯泡什么的，所以家家户户大大小小他都认识，他俨然已是我们村中的一分子。朱姨没有自己的固定工作，时常在老伴与孩子两边奔波照料。

不一会儿，朱姨掀开蒸笼竹盖，用一根筷子往糕里插了一下又立即取出看了看，只见筷子头部已不再黏稠，说明糕已经蒸熟了。朱姨麻利地用双手抬起锅里的蒸笼，又将一块方方大大的菜板均匀地涂上些许生菜油，然后将蒸笼以最快的速度倒置在菜板上，缓缓撕去底下的白色纱布，露出绿油油水灵灵的糕。我开始以为是艾糕，其色看着与艾糕一模一样。朱姨又取过一把蒲扇，用力挥动着，清香味随风窜进鼻子，直教我垂涎欲滴。朱姨轻快地切下一块，然后用筷子插上递给我，我伸手接过，吹了吹热气，急切地咬下一口，还是很烫，细细地咀嚼着，丝丝甜滑，寸寸清香。我好好地吃了个够，朱姨又将切好的几块用荷叶包好，要我带回给家人品尝。

我正欲讨教朱姨这是用何做成的，朱伯便开言了。这个时候我才知道，朱伯夫妻是离我们乡下有着百余公里的兰江人，他们的祖先是从中原逃荒来到江南的。逃荒之人来到人生地疏的地方，没有任何人可以依托，日子自然过得比其他人艰苦，常常无以果腹，只好四处寻找食物。就这样，他们来到青青绿绿的苎麻地，见到苎麻的叶子如此鲜嫩，心想这与平时吃的青菜有何区别呢？便采了些苎麻头回去，焯水拌盐充饥。没想到，吃下这些苎麻头之后居然神清气爽，通便利尿消滞，于是开垦大片荒地种植苎麻。

后来，他们的生活条件好转些，便掺和面粉蒸着吃，味道竟然非常好，于是苎麻糕便这样传了下来。倘若当年没有这些苎麻，朱伯的祖上说不准就饿死了，也就没有了今天的朱伯。因此，苎麻于朱伯他们而言，并非仅仅是苎麻糕，简直是他们祖上救命的圣物呢。

其实，制作苎麻糕的过程与做艾糕毫无二致。首先将碧嫩的苎麻头采下，用开水焯过两遍，反复冲洗，慢慢剁碎，再取适量的面粉与红糖及生水搅拌均匀，倒在铺有白色纱布的蒸笼上置于大锅中，用最旺的柴火烧近个把小时。焖上一会，基本也就熟透了。黏韧有度的苎麻糕呈墨绿色，未沾朱唇已留香，轻轻咬上一口，丝丝滑滑，温温软软，不舍即速吞下。

时至今日，我依然时常怀念朱姨的苎麻糕。那时节，朱姨的苎麻糕不仅成了附近乡亲交口称赞的食品，不少乡亲也争相模仿制作。如今，到我们家乡去，遇上采苎麻的季节，人们还会蒸上几笼苎麻糕热情待客。

外出工作后，母亲总是在我回乡时做热气腾腾的苎麻糕让我吃到过瘾。我定居闽南后，母亲还不忘将在家乡蒸好的苎麻糕放在有着空隙的竹篮里，千里迢迢设法递送到我手里，母亲的这份亲情让我铭感至深。时至今日，我依然盼望能吃到母亲蒸制的苎麻糕，伤心的是我们过上了好日子，母亲却早已离我们而去了。

去年春节期间回乡省亲，我专程在除夕前驱车140余公里，赶赴兰江拜望早已退休回故里的朱姨夫妇，想来他们已是80余岁高龄了。可惜的是当我来到朱姨夫妇当年留给我的地址时，那个原来的旧址古街的低檐瓦房早已不见，面前高楼林立，朱姨夫妇不知去向，唯有兰江滔滔……

卖鸡胎的阿婆

客居芗城，每晚9时左右，总能听见窗外传来喇叭播放“盖阿胎——盖阿胎——”的声音，由远而近，然后渐行渐远。

“盖阿胎”是本地方言，意为鸡胎。鸡胎其实就是鸡蛋孵化几天未及成形的鸡非鸡、蛋非蛋的东西。其实很多地方都有鸡胎卖，只不过有的地方把它称为旺鸡蛋、毛鸡蛋或活珠子罢了。旺鸡蛋与活珠子最大不同点在于，旺鸡蛋是没有孵出来的死鸡鸡蛋，而活珠子是用正常健康的鸡蛋烧制而成的。

我与小女都颇为钟爱此物，每当“盖阿胎”的声音隐隐约约传来时，我和小女便会下楼买几枚。买了几次后，我发现每个小贩卖的价格都不一样，有的1枚1元，有的却要1.8元，理由是饲料鸡与土鸡生的蛋有差别。开始我也信以为真，后来一位卖鸡胎的缺了只手的残疾阿婆告诉我：鸡蛋都是一样的，有些人耍小聪明，将鸡蛋按大小分开，大的就以普通价钱卖，小的就说是土鸡蛋。

一个风雨交加的晚上，阿婆的叫卖声如期而至。当我跑到楼下时，看见瘦弱的阿婆裹着一件单薄的衣服站在屋檐下。看见我，阿婆微笑着把已经包好的鸡胎递给我，不知为何，突然一股酸楚涌上我的心头。我取了鸡胎对阿婆说："你等我一会儿。"阿婆还没弄明白怎么回事，我已匆匆上楼，当我再次出现在卖鸡胎的阿婆面前时，手上多了一件衣服。阿婆很惊讶我会送她衣服，嘴里不停地说着感谢的话。她接过衣服时，用她那布满皱纹的手很小心地抚摸着，并且喃喃自语："要是我女儿还在的话，也和你差不多大……"原来阿婆唯一的女儿多年前患了白血病，家里变卖了所有值钱的东西，依旧没有留住女儿的生命，她丈夫又得了肺痨重疾，一个家仅靠她卖鸡胎度日。与其他用喇叭播放"盖阿胎"的小贩不同，阿婆仅靠喉咙叫卖。在这样的城市，在这样的夜晚，在这样的街头，这样充满凄凉的声音让人唏嘘。看着阿婆摇晃的背影迈入黑夜的雨中，我的眼前已是一片模糊……

一段时间后女儿和我吃腻了鸡胎，可我依旧每晚坚持在阿婆路过时购买6枚鸡胎。阿婆有一次曾问我：天天吃不会厌吗？我说不会，她沉默了。数年中，我每天购买阿婆的鸡胎，从不间断，买残疾阿婆的鸡胎已成了我生活中的一个内容。直至有一晚，我如往常一样缓步走到窗口等候阿婆的叫卖声，可是直到夜深人静，阿婆的叫卖声始终没有出现过。从那晚开始，阿婆再也没出现在我的窗外，阿婆的叫卖声似乎也从这个世界上消失了。

迄今，我已经很久没有吃过鸡胎了。每次当窗外传来喇叭播放“盖阿胎”的叫卖声，我都会不由自主地跑到窗前看看……

一把钥匙的重量

那一年我还小，结束穿开裆裤的日子还没多久，有一天，母亲从生产队长那儿得到一把钥匙，然后把它交给了我。我小心地将它放在灶台的灶孔里面，那是平时专放火柴盒的地方。

母亲将它交给我时表情很严肃，脸绷得异乎寻常的紧，再三嘱咐我要好好保管，千万不能弄丢了。原本不知天高地厚的我一下知道分量了。事实上就是如此，当同龄人还在长辈怀里撒娇的时候，我已经要对一把钥匙负责了，而这把钥匙并不普通，放在我手里很沉，压得我有些不堪重负。因为这把钥匙不仅锁住了一扇门，还锁住了一头黄牛。那个时候，农村最值钱的就是牛了。

天蒙蒙亮，我依稀听见母亲窸窸窣窣穿衣服的声响。我不明白年幼的我反应何以如此敏锐，只要身边有丁点儿声响，我便立马知觉。无须母亲叫醒，我就跟着母亲起床并利索地穿好衣服，然后来到灶台前，踮起脚丫从灶孔取过钥匙，走出门穿过一条坎坷不平的泥土路，来到间隔五百米左右的生产队牛棚。当我用那把钥匙打开牛棚时，眼前的情景让我惊慌失色——数以万计的蚊子一窝蜂地朝门口窜来，而里面的那头黄牛像发疯了似的，我还来不及在牛角侧取过绳子，它便要往外冲出来了。我趔趄着向后退，但还是被它那蛮横的姿态吓得全身颤抖。我以为黄牛会继续向前奔去，没料到那头黄牛却忽然低下头，用它那厚厚圆圆的嘴唇亲了亲我的手臂，似是阔别已久的好友一般。这是我人生初次面对一只庞然大物而产生的情感经历，既紧张又惶惑，既意外又欢欣，心底还萌生出一种似是自己征服了一只猛兽的自豪感。黄牛继续和善地舔着我的衣角，我趁机将拴在两只牛角上的麻绳解下，然后牵着它走出了牛棚，并悠悠地走向茫茫山野。此时，朝霞正慢慢泛红了半边天，我看见自己瘦小的影子与一个庞大的影子照在地面上，那种感觉顿时让我体会到美感和诗意般的浪漫。

这头黄牛是生产队十八户家庭唯一的耕牛，队长之所以将这头黄牛归我们家来养，说句实在话，既是对我们家的信任，也是对我家的帮助，至今我还铭感于队长当年的恩情。当年，母亲年仅33岁，却已经是个寡妇，尽管如此，母亲不但没有改嫁，而且还要服侍病瘫在床的60多岁的老人，抚养两个年幼的女儿。母亲每日天蒙蒙亮便背上锄头或担上便料去自留地铲草浇菜，然后摘点蔬菜回来，还得采些野菜给十来只小白兔喂食。

正是在这种情况下，队长决定把黄牛交给我们家养，因为养黄牛每天可以获得一分的工分。那时，母亲参加生产队劳动一天也就三分的工分，相对母亲一天到晚脸朝黄土背朝天的辛劳，这已是份莫大的关照了。幼小的我，就这样承担了这份重要工作，在此之前，我每天只是做些家里的杂务，此外，就是给奶奶捶捶背、洗洗脚、端端茶、递递饭、烧些柴火之类的。而我学会了放牛，也等于能给母亲减轻负担了，这让我不由自主地心生骄傲。

为了让牛能安心地睡觉，我将牛棚满是蚊子的事告诉了母亲，请她想办法。当天，母亲去山上采了一种树叶回来，在我黄昏放牛之际，将树叶置于铁盆中，然后在牛棚里慢慢烤，这样蚊子就自动飞走了。牛其实与人一样通情达理，对我细心的关照似乎抱有感怀之心，每当听到我开锁的声音，便立马爬起来站在门边等我，而且居然将头探过来，以便我解开它牛角的缰绳。

牛与人，人与牛，其实是一样的，一日三餐，再加点宵夜便算是福分了。牛的宵夜是双季稻存留下来的稻草，或者是平时采割的一些青草之类，如同贫苦家庭偶尔做些面条改善生活一样。就这样，我必须在每日清晨与黄昏，在所能走到的田野或山坡，牵着那头黄牛去野外吃草，日复一日，年复一年。

一个冬日黄昏，我将牛放养在一片植有苎麻的山坡上。冬日很多植物都已枯零，唯有苎麻还青绿如旧，不过我听母亲说过牛不食苎麻，这让我能够安下心来。我提着竹篮四处找野菜，没想到在苎麻地里意外寻到一片难得的碧嫩猪草，我高兴得忘乎所以，居然忘了看好牛，等我意识到时，已不见牛的踪影。我四下寻找，正当我急得不知所措欲哭出来时，远远看见牛在山凹下，正低头猛嚼着绿油油的麦子。这还了得！我知道这块地的主人正是与我祖母有过节的那家，就赶紧拎起篮子一边大声喊着一边飞奔而去。牛毕竟是牛，不愿意听人训。此时此刻，恐怕放再大声的高音喇叭也没用，它正甜滋滋地享受美食，再大声它也听不见，听见也不会回头瞧一眼，哪怕是相依为命的主人也不会管。牛乃庞然大物，食量大，在那物质贫乏的年代，没有什么比食物更令它钟情的了。我奔跑在山路上几次差点摔倒，脚下的一只布鞋掉了也顾不上找回重新穿上，一门心思在想：这下惹大祸了，可怎么办才好？回去肯定会被骂死，甚至被打。我没命般地边跑边喊，希望能赶快牵走那头可恶的牛，它简直太贪吃了。我近前一看，只见大片半尺高的麦子已进了牛腹，立即放声大哭起来。我气愤得举着鞭子一边捶牛屁股，一边继续号啕大哭，我知道，这下肯定惨了。可是任我使尽力气，还是拉不走那头黄牛。小小年纪的我又如何拉得动正在美餐的黄牛呢？捶打与号叫乃至痛哭都是没有用的，牛继续慢吞吞地吃着美味的麦草，那神情简直是对我的嘲笑与藐视。

焦躁无奈之下，我拾起地面上的一块石头，对准津津有味咀嚼着麦子的牛唇砸了下去。这一砸可不得了，原本与我亲如密友的它突然性情大变，发疯似地用它那两只尖尖的牛角没头没脑地朝我猛撞。我穿着姐姐的旧裤子，裤管原本就大，被牛角一撞一翘，轻而易举就被顶破了。我的一条腿露在寒风中，我又惊又怕，不知该怎么办，眼望四周不见有人，孤独无援。

我继续使出吃奶的力气，倾斜身子硬拽着牛绳，也许是那头可恶的黄牛终于吃饱了，它终于被我牵出了麦地。而我望着那片被它啃得一片狼藉的麦地，心里怕得要命，不知如何面对这一切。惶恐中，我忘记回头寻找丢失的布鞋，犹豫着不敢走向回家的路，一直徘徊在山口。暮色低垂，天已渐暗，我才慌慌张张地将牛牵回牛舍。迈向家中的步伐，越发地沉重起来。

将牛关进牛棚后回到家里，透过半掩半启的门扉，我看见里面亮着一盏昏黄的煤油灯，平时不谙厨事的姐姐此刻正在灶台前忙碌着。我轻轻地推开门，悄悄地走进侧屋，赶紧从箱子里找了条裤子换上，将破了的裤子悄悄藏了起来，然后故意欢悦地走向灶台。看到我回家，姐姐立即问："娘找到你啦？这么晚回来你就不怕鬼？"这下我懵了，原来母亲因为担心我去山上找我了。或许母亲走的是前山，而我刚好是从后山下来的。

我一边添着柴火，一边暗暗自责，若不是自己拖拖拉拉，母亲就不用去找我了。我们做好饭菜依然不见母亲的身影，这下轮到我与姐姐替母亲担心了。我们决定去山上找母亲，我和姐姐点燃一支麻秆引路，带上火柴又各自抱着一把麻秆，一边在山上奔走一边大声喊叫，"娘，娘，娘……"却始终无人回应。我向来怕黑，更害怕一座座砖垒成的墓碑，此刻却空前大胆起来，明知那边有坟墓，可我寻娘心切，毫不顾忌。姐姐说母亲方才挑着一担刺藤回家，听说我没回就匆匆出门找我了。这一说似乎提醒了我，母亲会不会又顺便去挑刺藤了呢？我提议去我曾经跟母亲砍过刺藤的那块山崖找找看。冬夜凛冽的寒风穿透我们的身体，此时我与姐姐却因担忧与奔走而汗流满面。母亲是我们家的顶梁柱，如果没有这根柱子，家便不复存在。我恨自己不好好看牛，恨自己那么迟回家而令原本疲惫不堪的母亲又多添一份辛劳。在寻找的过程中，我流着泪，忍不住如实告诉了姐姐今天的遭遇。姐姐并未责怪，反而一直安慰，且用力握住了我颤抖的手……

茫茫夜色，我们的麻秆火把明明灭灭，我们的声音一阵一阵响彻山谷。不知为何我始终抱着坚定的信念，认为母亲就在不远处。我和姐姐屏住呼吸，终于听到一声微弱的叫唤。那是母亲的声音，那声音多么熟悉而又亲切，我们急忙寻声找去，果然在山崖边的一个泥坑里，找到我那瘦骨嶙峋的母亲。我和姐姐哭喊着冲过去抱起母亲，一声声呼唤着母亲。我们这才知道，母亲因劳累过度，腿脚抽筋，然后饿昏了。我和姐姐寻不到任何东西可以给娘填腹，后来就在泥坑上方的岩孔里，用双手交叠着捧了一捧水，喂进母亲嘴里，轻轻地揉捏母亲的双腿。渐渐地，母亲恢复过来了，我们母女三人相互牵着手向家的方向走去。

牛偷食这件事最终没能掩盖住，有人看见了那天是我在那附近放牛，并且找到我那只鞋子作为证据。原本麦头不消几天也就会长出来了，可就因为与祖母曾经的过节，那个女人找上门来强行要我们家赔二十斤麦子。母亲知情后对我毫无责备，为了息事宁人，从几户亲友家借了麦子，赔笑认错地赔了去。这二十斤麦子，意味着我这么多天放牛的辛苦算是白费了。

冬去春来，百花盛开，我朝朝暮暮与牛相伴。那时候，我最盼望的不是春节，也不是中秋，而是春耕。因为春耕时就不用放牛，生产队会好生犒赏劳作后的牛。在我12岁那年，国家政策变了，实行分田到户责任制。我原以为我的放牛生涯从此画上句号，没想到同村的姐夫兄弟四人，又合议共养一头牛。而我是生产队里唯一有经验的放牛娃,大家一致商定将这重大任务交给我。我13岁时，上了初中要住校，他们才重新找了别人来放牛，我终于结束了这一生永远难忘的放牛生涯。

寻梦季节

人的一生，从出生至离世，不知会经历多少个第一次。第一次哭闹，第一次微笑，第一次说话，第一次做家务，第一次离开家人，第一次朝拜，第一次迷失，第一次受伤害，第一次痛苦……而所有所有的第一次中，我对第一次工作记忆犹新，那是个寻梦的季节，即便已经过去了整整二十四个春秋……

我的童年与少年一直生活在农村，因此从小就对都市充满了无限向往。偶尔有县城的亲戚来做客，他们时尚的打扮令我着迷，我甚至连不同的方言也感觉好新奇（我们当地一个县城就有好几种方言）。我盼望自己快快长大的心就像紫菜浸了水一样，骤然膨胀！由于家境特别贫困，我时常被人欺凌，自卑感日趋强烈，便渐渐对学业失去了兴趣，日里夜里梦想离开家乡，摆脱一直压抑的氛围，以致中考时连个职校都进不了。我便认命，寻求进城找工作的机会。

记得十六岁那年刚刚离开学校没有多久，早上广播结束时有个通知，说县城一家工厂招人，我便去邻村邀约一位同学进城报名。当我与同学乘上那辆唯一的公共汽车时，我似乎看到自己光明的前程，我看到自己学会了城市的口音，更似乎看见自己如城里人那般装扮后的风采。我与同学按着地址辗转寻找报名地点，那是一家剧院，沿街却古旧。报名处就设在剧院门口，那里搭着几张写字台。居然有很多如我这般年龄、这般土气的少男少女拥挤在那里，好不容易排队领好一张报名表，才知需交一张黑白寸照，然后安排第二天考试。如被录取则需交两百元的押金。在那个一斤猪肉六毛五的年代，两百元对我而言是多么令人惊讶的数字。我与同学心里没底，无奈之下只好将报名表小心翼翼折好慎重塞进裤兜，似乎这张表格就是决定我人生方向的命符，然后恳求报名处批准我们第二天上交表格，快快回家与母亲商量。

母亲得知是化工厂在招工后坚决反对，可我仍然坚持，觉得自己非得先迈出去，离开多年被人鄙视的地方，离开这穷山僻壤，才会迎来光鲜的日子。如今细思，我依然没有后悔当年的执着，我甚至佩服自己坚定的信念。母亲拗不过我，于是连夜去几家亲戚家借钱。或许这些亲戚也相信我进城能立马风光起来，这回母亲借钱尤其顺利，不像当年父亲去世时相借无门。

次日，我翻开毕业合影，正好有一张黑白寸照，便整整齐齐将报名表填好，贴上寸照，身上揣着那两百元钱，提着简单的行李，挺着胸膛，迈着激昂的步伐，与同学再次向县城挺进。我这次进城无疑更增加了一份自信，穷苦即将过去，锦绣前程已向我频频招手。

从家到县城四十公里的路程中，我就是一直这么想的。经过城中心那幢仅四层之高却堪称县城最高楼的武阳大楼时，楼下的饭店飘出诱人的香味，很多食客一边慢吞吞地嚼着馄饨或汤圆，手里还抓着包子或油条，我咬咬牙狠狠对自己说：这些东西算什么？以后我吃得比这些都要好。果不其然，如今谁会对这些垂涎三尺呢？当我们毕恭毕敬地将表呈上去时，负责人将我们所有人安排到一个学校教室去考试，说是考上的当场公布录取。我一看试题，居然都是语文与化学试题，天佑我也！

本人虽然连职校都没考上，可恰恰这两门是我的强项。最终我是全场第一个交试卷的。监考人是个戴副眼镜的年轻斯文的男子，我步出教室时，感觉到身后有道注视的目光。全场考试结束，一小时后宣布录取名单，大家便散布在操场等候。考生们有的交谈甚欢，有的独自沉默，我与同学相伴蹲在一棵树荫下，几分兴奋几分焦虑，似乎即将接受一场命运的洗礼。当眼镜依次念到我与同学的名字时，我与同学难掩兴奋，当场激动地拥抱在一起。

城市，我来了，我投入你的怀抱，我将在你的怀抱里自由翱翔，我将在你的怀抱里实现梦想。城市，我来了，我的双足已经沾上你的尘土，我要踏遍你的每一寸肌肤。武义奔流化工厂——我的梦想在此启航。

当我满心以为可以饱览城市风貌穿梭于大街小道时，眼镜却叫我们三十多个女孩子与三个男孩子爬上一辆大货车的车厢，汽车由县城渐驶向乡村。汽车呼啸而过，阵阵尘土飞扬，一团接一团，又随风飘散，似乎在发出无力的呐喊。道路两旁笔直的白杨，似乎一路向我叮嘱要坚强。这个距离县城十公里的地方，名曰石龙头，工厂周边尽是果园，还有一个水库。两幢低矮的平房坐落在山脚，呈七字形，还有一座高高的宽大的棚房。这平房一幢是厂长办公室与食堂，另外一幢是工人宿舍，棚房则是生产车间。

接待我们的是厂长本人，他高大英俊，特别是他那撮黑黑粗粗的胡须，还有一口带有磁性的声音，足以令在场的少女心情澎湃。而厂长夫人却是个瘦弱的女子，听说她原本是李厂长父亲的养女，后来不知为何就妹妹许哥哥了。此时厂长夫人挺着个大肚子，一脸幸福的笑容，看她行路不便，我走过去搀扶着。

工作并未马上进行，我们有两天休息时间。我与其他的同事相互认识了，三十多人中仅三名男性，一个是司机，一个管后勤，一个则安排在车间。那个眼镜原来是厂长的弟弟，叫李惠，在国营棉纺厂工作，特来帮忙几日。虽然不在市内，但与自己的家相比，显然这里离城里近多了。我向果园农主探问，得知若是走小路，翻过两座小山便是县城，步行也不到一小时。

我因有同学做伴，便丝毫不觉寂寞，新的场所给了我希望，一切都新鲜，还认识了水库边养鸭的一对小夫妻。每日晨昏，我便跑去鸭场逗他们两岁的孩子，或帮忙喂饲，或帮忙捡蛋。小夫妻对我一如亲妹妹，每天都会专门为我煮上两只荷包蛋，美味无穷。尽管那里鸭屎的味道浓烈，但记忆中，我此后再也没有尝到那么好吃的荷包蛋了。当时，所有的粮食都要凭票购买，我从家里带的粮票少之又少，经常挨饿，因此荷包蛋成了我滋补的唯一的好东西。那对小夫妻的身影至今在我心中仍然清晰。如今天各一方，恩人何处？

司机用手扶拖拉机，从有机化工厂一车一车运来氯化酸，工人们将其倒入几口大锅，然后用煤猛烧，随着温度升高，白雾徐徐升腾，渐而散开，发出一股难闻的气味。我对气味特别敏感，一个劲儿地想吐，坚持几天仍然无好转，又听果园农主说这化工气味有毒，闻久了会令女孩子不能生孩子。不管这是否是戏言，我真的无法忍受这气味了。有几个娇气的女孩子不停地怨骂，我与同学猛生辞职的念头，可我想到那两百元的押金，那是母亲再次丢失尊严借来的，我何忍母亲为我再被漠视与羞辱？合同上分明写有自动辞职，押金不可退回，所以我又犹豫了。

同学还是毅然辞职了，可我实在不甘心，不仅仅一无所获，浪费时间不说，最重要的是押金问题。有一回，正当我蹲着欲呕难受时，眼镜走了过来，轻柔地问我何故，我便以实情相告。当晚，厂长夫人将一把钥匙交给我，要我接管饭菜票，这无疑给了我莫大的照顾。可是也正因此，同事们开始敌视我，就连三个原本比较要好的，与我一同被公称为“四花姐妹”的同事也开始排斥我，认为我与领导为伍，高高在上。

此后，我们渐走渐远，她们甚至频频到我抽屉偷取饭菜票，简陋的平房门锁很容易打开，抽屉更加简单。她们一开始不敢偷多，饭菜票只是几两一斤地少。进账单上可以查出所有员工购买的数目，而她们却出示大量饭菜票，明明已经吃饱，有时看见食堂没米饭、没菜了却故意要两斤米饭和几碟菜，害得炊事员叫苦连天。在明知她们百般刁难但苦于没证据的日子，我只能自己尽量少吃去填补。后来她们居然整捆窃取。那些一两、二两、三两、五两、一斤的饭票，我依次一捆一捆用橡皮圈捆绑，五十张一捆，一捆丢失，意味着至少丢失五斤饭票，这是多么大的损失与罪过啊！在我实在无法凭个人力量处理时，我无奈如实向厂长相告。厂长得知后除了惊讶居然还十分佩服她们三个的胆量，认为她们有魄力，于是做了一个令人意想不到的决定，当晚召开会议宣布她们其中一位担任车间主任。

于是，“四花姐妹”中的老大方萍当了车间主任。这让全体员工与她自己都极其惊讶。直至会议结束，厂长依然丝毫不提关于饭菜票被窃的事情，末了只是微笑着送给刚升职的方萍两句话：以身作则，带头做榜样。如今回想起厂长当时这个决策，我依然十分叹服他的心思缜密。

在车间主任的美名下，次日方萍主动带领另外两个同伙，交出所有偷走的饭菜票，并带来一块绣有青竹图样的手帕，以示重结友好。我泪珠纷飞地接过手帕，郑重地叠好揣进我的衣袋。我们四个人抱头痛哭，我多日来被孤立的委屈得以安抚。再次成为盟友，我们的友情更加坚固了，从此彼此以诚相待，且个个忠于职守，产量日渐提升。在惩处与嘉奖之间，厂长是何等聪慧。

清晨，我们会调皮地在果园嬉戏，故意对农主说帮忙采摘，实则垂涎那鲜红香脆的苹果。农主见我们几个嘴巴甜手脚又勤快，主动让我们任意享用。傍晚，我们一同去鸭场帮忙之余，趁着夕阳的余晖观赏尽情跳跃的鱼群。我望向山的那边，那里就是我们的县城。城里有飘香的饭馆、漂亮的衣服，有高层的楼房、各式的汽车，有动人的音乐、璀璨的霓虹，何时我可以像鱼一样，在繁华的城市自由自在地生活呢?

眼镜几乎每星期六下班后就来工厂，那晚我刚在灯下清点票据，他递给我几份报纸。我迫不及待地翻看，原来都是棉纺厂厂报，无意中发现有篇文章署名李惠，忙问彼李惠是否是此李惠，他轻笑着颔首。这不由让我一惊，原来这个斯文书生还真不是徒有虚表。李惠扶了扶眼镜，一边又将底下的报纸摊开指给我看："这篇也是我的，你空闲时看看，最好大声朗读，多看书对你将来有好处。那天看你试卷上清秀有力的字迹，我便知道你爱好文学。"我一下子满面绯红，眼前这个男孩子陡然间给了我向上的力量！若是有朝一日，我的文字也能成铅字，那是多大的欣悦啊！事实证明，人只要坚持不懈，成功便会向你招手。

此后，我一有空闲，便怀揣报纸，去无人打扰的清静处大声朗读。果不其然，大声朗读的效果明显比默读强。一日晚饭后，我突发渴望，想去城里买书，于是便约方萍商量。方萍当下赞赏，并愿意约上另外两人陪我同往。可是，怎么去呢？既没自行车更没汽车，除非徒步翻山去。虽近一月，但工资尚需足月后结算，我带着仅剩的微薄的零花钱，再次探问了路线。四姐妹趁着暮霭，手拉手翻山越岭迈向县城。

牙月当空，虽不皎洁，但依稀可辨别道路。乡野的山路崎岖，又坑坑洼洼，我们一路走一路询问，经过一个村子就问县城去处。当我们走过一个名叫西门头岭村的村庄时，村民告诉我们过了不远处的那座西门岭城门，便是县城所在。我们听后脚步也不由自主轻快起来。事实上也不算远，约莫一个小时便到达城门了，此时天际方真正暗下来。可是正因为天黑，走出城门便眼前一亮。城市的灯火闪烁不停，车笛声飘扬。站在城门上方，县城一览无遗，我们便再也克制不住喜悦，四人齐声欢呼。

踩着石阶而下，渐渐靠向县城脉络，进而再次走进城市的心腹，由西门岭一直往前走，经过两旁一垄一垄的田野，便是最为熟悉的解放街。闻名的第一百货商店就坐落在解放街。听说当时所有准新娘都要上第一百货商店采购布匹与双喜字被单，小小年纪的我们就心存幻想，盼望早日与心爱的人上百货商场。懵懂少女非怀春，正是浅知落庸俗。

尽管商店里琳琅满目的物品十分诱人，可我们不敢贪恋，稍微转了一圈即寻找书店。面对书店一柜一柜的书籍，可怜囊中羞涩。我取过一本《唐诗宋词》，可我口袋里的钱还是不够。方萍见我犹豫的眼神，马上心领神会，她们三个主动拿钱出来将我喜欢的《唐诗宋词》买下相送，我们当下感动地拥抱在一起。我们舍不得买个烧饼充饥或买杯汽水解渴，便匆匆踏上归途。此时夜已渐深，蛙声四起，更有不知名的夜莺，一声短复一声长地鸣叫，声声皆催人紧张。

回途因熟悉路况，我们健步如飞，一路欢声笑语。我时不时地嗅嗅书香，并高声背诵《将进酒》，挚爱一句“天生我材必有用”，仿佛真的看见自己美好的未来。四姐妹中数我最小，可是我却能背最多的诗词，使得全厂同事对我羡妒有加。感激牙月朦朦胧胧，恩赐我们辉光，让我们顺利地返回工厂。虽然贫穷，可我们已经拥有太多：健康的身体，亮丽的青春，姣好的容貌，挚诚的友谊，我们的理想之花一定芬芳盛放。

我总是不轻易放过任何一段闲暇时间，痴迷于阅读《唐诗宋词》。因为有自己独立的办公室，我往往看书至深夜，因此执书入眠成了我的习惯。然而，世上许多事情其实是永远无法预料的。我做梦也没有想到，两个多月后我就离开了这个地方，踏上了人生的另一趟列车，开始人生另一段难忘的旅程。只是在多年后的今天，当我重新回首时，才猛然一醒，当年夜莺的那一声长一声短的鸣叫其实是有命运暗示的，人生往往就在偶尔的低眉处写下未来的注脚，而擦肩而过的除了留下些许遗憾，其实也是富有诗意的。尽管那诗意多少令人徘徊，但人生不正是在这种缠绵中前进吗？

第一个电饭锅

在这科技腾飞的时代，电子产品日新月异，新事物层出不穷，很少有什么东西值得讶异与惊奇。而在这小小的村落，我家几乎是全村除电视外所有电子产品的首用户。我家是全村首户将土房改建成砖瓦房的，并安装了电话，拥有了电饭锅、照相机、电炒锅、电视、煤气、摩托车、音响、BB机、手机、摄像机、冰箱、空调、洗衣机、电动车、汽车、电脑、微波炉、消毒柜……所有的这些，都不抵当初的那只电饭锅那么让人难忘。

在浙江度假的时候，家里的电磁炉坏了，拿去镇里又说修不了，一楼有灶台的厨房也借给邻居暂用了，姐姐拎着一只满是铁锈的电饭锅来煮玉米。我大吃一惊，这么破烂的锅怎么煮呀？姐姐笑吟吟地说：“这是你当年从杭州带回来的电饭锅，比其他的电器都耐用呢！”这不提便忘记了，一提倒让我忆念无穷……

记得我16岁那年，一个教政治的老师说要去杭州上班，我征询了他的意见，他同意我随往。老师的外甥女婿在杭州西湖中队下属的一个餐馆任经理，他要聘请老师为会计。

临走，母亲给我打点行装，用姐姐结婚时用过的大红喜字被单给我缝好一床八斤重的棉被，又将棉被叠得四四方方，将我的几件简单衣服塞进被中央，用一条麻绳捆得严严实实。在那个秋风萧瑟的日子，我背着简单而笨拙的行囊，母亲含着泪眼一路叮咛，感激地对我老师一谢再谢，将我送上开往县城的公共汽车。上车时，我接过了母亲背上的棉被。这床棉被，我从山沟沟背到了县城，又从县城背到了金华，而后到达杭州。我坐在拥挤的汽车上回看，母亲仍然站在尘土飞扬的路口翘望。渐行渐远，我看见母亲几度哽咽泣不成声，我发誓要改变家庭的困境。车轮滚滚，将我从寂静山庄辗转送到五光十色、车水马龙的杭州城。

因为老师的面子，老师那身为经理的外甥女婿安排我借住他家，老师则住在餐馆办公室。一间狭小的平房，不到30平方米，有两间房，一间给他们夫妻与刚读幼儿园的孩子住，一间有一张高低床，上面是堆积如山的杂物，下面供我屈身，厨房与卫生间均小得转不过身，但无论如何，我算是在省城安身下来了。我那时的愿望很简单：要是能拥有这样一间平房得多幸福！

老师的外甥女叫萍，我们管她叫萍姐。虽然她没有在我们那个乡下待过，可她从小听着父母说家乡话也能大致说一些。这不由让我感受到乡情，第一天去我就帮着打扫卫生，洗衣。那天正是周日，临近午时，萍姐买回了菜，我忙着洗切，心里纳闷她怎么不先生火做饭，可是又不敢问。过一会，只闻得有米饭的香味从杂物房飘出来，我心想煤球炉都没生火，怎么会有米饭的香味呢？我一边疑惑一边寻香而去，原来房间里有一只正冒着白雾的锅。这是一只电饭锅，只要将米淘洗好放进锅里，加上适当的水，插上电源，按下启动开关，就可以煮出香喷喷的米饭了。这是我平生第一次享用电饭锅做的米饭，且不说有多好吃，这种便捷是乡下人难以想象的。

我们一年到头只要不干农活时，就得步行十多公里去砍柴。条件好一点的家庭有手推车，一车可以拉上五六百斤，而我们家买不起轮胎，靠的是母亲和姐姐的力气。母亲和姐姐的肩膀不时脱皮，就是因为挑重担。柴挑回后，粗大的树枝还得劈开，堆在屋檐底下，母亲每晚临睡前将一天要烧的柴抱到炉灶前。早晨母亲出工去，我就在家做地瓜饭，先将米淘好放进大铁锅，舀上几大勺水，盖上锅盖，挑几张大一些的树叶，划了火柴生火，然后慢慢添柴，直到炉灶烧得旺旺的。待米开花，倒进地瓜再烧上一会，然后就连米花带地瓜用漏勺捞到一个铝锅里，再将火炉里红红的柴炭用铁锹掘出放到炉灶前的柴灰上，铝锅就放在炭中间，一边烧柴一边在铝锅的周围添柴炭，饭慢慢就焖熟了。如今，居然一插电源就有饭吃了，这让我惊讶不已，欣羡不已。

经理见我生得灵巧，便给我安排了一份体面工作——收钱开单，即客人点菜后算好钱付清，再由我将单子从窗口传给厨子。餐馆在浙江大学的后门文三街，我每天早晨从住地文一街步行到文三街。

之后的每天，我都享用萍姐家做法简便而浓香的米饭，我暗暗发誓要给母亲买一只电饭锅。春节回家前，我怀里揣着钱，专程去杭州解放百货大楼，挑选了一只二十四寸的电饭锅。我小心翼翼提着这只电饭锅转了好几班车，整整一天时间不敢合眼，生怕锅被人偷走。直到夜幕低垂，我才回到了母亲跟前。当我将电饭锅的用法演示给母亲看时，母亲非常诧异。第二天一早，母亲按着我的步骤煮饭，直到电饭锅开关跳到保温状态。

我们一家吃着香甜的米饭，村人羡慕不已。母亲平时不舍得用，偶尔来客人或农活忙不过来时，才用电饭锅。而因为有了这只电饭锅，母亲的眉头舒展了许多……

断指

岁月总是将身上的东西一点一点地剥去，例如青春，例如头发，例如牙齿。那天去做美甲时正是周六，好几个女孩在等着。因为与店主熟悉，我便自行先将指甲洗干净，这样轮到我时只要涂一涂就快了。几个女孩见我带着孩子，又知我只需上色而已，便主动把优先权让给我。店主帮我涂甲油，大家都在一旁观看。突然间，一个女孩像发现新大陆似的大叫起来：“奇怪，你的小指怎么少一截？”我顿时惊得脸红耳赤，简直无异于被人家说破戴了假发。

是的，我的左小指比右小指少了一截。那一截，遗失在我童年的故乡。思绪不由带我回到了过去……

由于父亲自杀留下重债，祖母又体弱多病，原本学习成绩比我要好得多的姐姐参加了生产队劳动。姐姐身小，力气可不小，农忙季节挑谷子、挑稻草，不比成年人差。可是她的工分只是成年女人的三分之一，成年男人的工分是六分，而母亲只有三分，姐姐的工分是一分，而我管一头牛每天也是按一分计算，我们三个人的工分加起来也不抵一个男人的。因此每个季节生产队分口粮时都要被队长扣，更别提能分到余粮了。

又一个割稻季节来了，早晨的太阳就已火辣辣的。母亲与姐姐早早随队出工了，我放牛回家后吃了地瓜饭，取过楼梯底下别在墙架上的镰刀，戴着一只斗笠向田间奔去。当我举着镰刀站在社员面前时，大家都很惊讶。年仅9岁的我没有事先与母亲打招呼，而是径自走到队长面前说：“我也要割稻子，我也要赚工分。”母亲跑过来叫我赶紧回去，我执意不肯。不知是我超常的勇气感染了队长，还是队长平日就觉得我颇麻利，当即答应我以一分的劳动力计算。于是我站到母亲旁边的位置，学着大人模样两只脚分开站立，躬下腰，左手横向张开，握紧稻秆，右手握镰刀，以从右往左的姿势，一株一刀，割了四株后将稻秆尾部的部分稻叶以绳子的方式卷起，然后再接连割下四株，卷好后成一捧，有序地堆叠，以便打稻师傅下手拿取。打稻师傅的脚踩着打稻机是不停的，他一边从下手接过稻束，一边将打完穗的稻草扔向旁边，下手一捧捧递给师傅，不会有一株零乱。

一开始大家以为身为小毛孩的我不会割稻子，没想到我非但割得好，卷得齐整，且不亚于大人的速度。我在本村干活是出了名的麻利，在同龄的几个孩子中，无论是拔猪草还是耙松针，我总是最多最快的。

七月的太阳是毒辣的，有的社员资格老，故意拖拖拉拉地去阴凉处慢慢地喝水。母亲那带着几层补丁的襟裳，已经完完全全贴在身上，脸上沾着泥水、头发上零落着打稻师傅那儿飞溅过来的稻草、扁谷、小虫。那一刻，我恨不得变成孙悟空，多变几个我出来为母亲减轻负担。眼看临近中午，我更加快了速度，低着头，簌簌有声。田间的蚂蟥从我脚板游到我小腿上死叮着，稻叶下一条条游动的分不清是水蛇还是黄鳝，一只只青蛙争窜，从这边窜向那边，从这田窜向那田，它们一边时刻寻食，一边寻找栖身的地方。

我呢？我割了这行还有那行，出了这田还有那田，田田相连，可我却不能如青蛙，自由地愿意窜到哪都行。我挥着镰刀的手不容发酸，我只想将这行长长的水稻早点割完。握紧稻穗，我仿佛闻到了米饭香，能多赚一些工分队长就不会扣住人口粮了，我们就不用餐餐吃地瓜饭了。一闻到地瓜味我就反胃，可是我不敢对母亲说，因为我不吃的话只能饿着肚子，因为我说了只会令母亲更加痛心。这一刻，我割着稻穗感到很幸福，我觉得离白米饭更加近了。

突然，我的小指好像被什么扎了一下开始剧痛，我自己也不知是怎么回事，便“哇”一声大叫起来。当我举起自己握着稻草的左手时，才发现小指头已少了一截，鲜血正汩汩地从指间流出来，落在田里，染红了一片。原来是我那把光亮的镰刀将我的小指头割了下来，鲜血沾在稻草上，沾在衣服上。母亲撕下衣角，紧紧地扎住我的小指根部，然后二话没说背起我越过稻田，往诊所跑。我趴在母亲湿透了的身上，狠狠地自责，痛得泪水直流，泣不成声。我对母亲低声道歉，是我不好，是我不小心，反而帮了倒忙。母亲不停喊我宝贝，没说任何其他话语。那一刻，我紧闭牙关，忍住泪水……

在医生为我清洗与包扎小指的过程中，我没有皱一下眉。我清楚地知道，小指头虽短了一截，但我拥有母亲对我滔滔不绝的爱……

落地重生

经过十余小时的征途，抵达家乡时已是午夜。在车上很快我便沉沉地睡去，直到一声长一声短的鸡啼唤醒了我，才猛然意识到已经回到了故乡。拉开厚实的窗帘，我看见蜻蜓飞立树梢，听见蝉儿嘶鸣，烈日舞动着晶光。来到庭院，我看见姐姐姐夫已经摘好了半篮子花生。

花生是姐姐清明回来祭祖时特意为我们暑假回家避暑时食用而种的，没想到不曾施过任何肥料却长得如此均匀肥硕。我来不及清洗就将花生剥壳生吃，嚼上一口，却不忍吞下，只觉得少年时的记忆阵阵翻涌。与自家院子一墙之隔的屋子，就是当年的公社，社员每天的工分要当天在这间屋子记账，无论春夏秋冬，无论刮风下雨，这间屋子总是闹哄哄的。社员间的争议很多也发生在这间屋子里，每次决议与分发粮食，也都在这栋屋子。屋子里时常锁着一些粮食，是按照口粮与劳动力分发后所剩下的。家里仅母亲一个劳动力，劳动的工分显然不足，工分不足就不能分得足够的口粮。因此，尽管墙内时常有稻谷、番薯、玉米、马铃薯等,我们却只能眼巴巴望着或是闻着从墙内吹过来的好闻的味道。

那一年，生产队的花生长得特别好，叶子浓绿浓绿的。我时常牵着牛在有花生的山地走，牛是不吃花生叶的，我放心地一边让牛吃地边的草，一边跑到花生地里拔猪草，那里的猪草长得特别茂密与青嫩。收采花生时，一些社员可以随意地剥了塞进嘴里，而母亲只能低头拼命地采摘，一个没有老公的女人是没有任何地位的，加上因为祖母得罪过人，就连掉落在地上的花生，也不敢尝一颗。母亲采着肥肥壮壮的落花生欣喜万分，别人都远远地扔进箩筐，而母亲则小心翼翼，如同对待圆圆胖胖的婴儿。

社员将花生一担担挑到公社后，由队长率领几个社员将花生逐一分发到户头，家家挑着担子兴冲冲地回家。母亲左手挎着一个小篮子右手牵着我，看着墙角还剩的几筐花生满怀喜悦，向队长欲言又止，最终讷讷：“队长，你看今年能不能……”一个专喜欢欺负人的社员没有等母亲说完，就大声呵斥：“你就那么一点工分，还想吃花生？”母亲满脸悲怆，走出公社的门，用那布满粗茧的手抚着我的小脸蛋，轻轻地对我说：“娘以后给你们种一大堆。”我紧紧拉着母亲的手说：“我不吃花生，花生苦，花生不好吃。”母亲对着上空清明的月亮，长长地叹了口气。

次日一早我正要去放牛，却见天井旁菜篮子里有半篮落花生，我喜出望外。母亲告诉我，是队长送的，我顿时百感交集，十分感激队长。母亲一脸自豪地扛着锄头走出门，我就这样举着篮子坐在石板上闻了一遍又一遍，尽管花生的香味夹杂着泥土的气息早已让我口舌生津，我却不舍得先剥上一颗，我与姐姐在任何时候面对吃的东西，总是彼此一起分享。只听得外面有脚步声渐行渐近，我以为是姐姐，飞快跑出屋，没想到是邻居，险些碰头。邻居围裙里有一兜落花生，手里拿着一贴膏药来找母亲。我问何事。邻居告诉我昨晚母亲去捡落花生回来时在屋后面摔了下来，他知道母亲买不起膏药，特意早早去给母亲买了送来。天！母亲不是说是队长送的吗？我怎么会如此轻易就相信呢？邻居告诉我，母亲为了给我们解馋，就等我们熟睡后，趁着昏淡的月色去山地一锄一锄挖地摸捡。花生拔出后根须断开，往往会留下零零落落的花生，我手里举着的，正是这些落花生。

母亲背着锄头回来，看见邻居一脸惊异。我急切地拉着母亲坐下，卷起母亲的裤管一看，果然膝盖上满是淤紫。我看见母亲别过脸对邻居耳语，显然母亲对邻居致谢的同时又对其吐露真相而有所微词。母亲不愿让我们知道花生的真相，更不愿让我们知道她因此受伤，我更加心痛起来。我边哭边小心翼翼地将膏药贴在母亲膝盖上对母亲说："我不要吃落花生，我不要吃落花生，落花生不好吃，落花生是苦的。"是啊，这些花生就是落在地下的，母亲如此费力伤神而得的花生，怎能不"苦"呢？母亲亲了亲我的手说："娘又没什么，不痛，娘好好的，娘这就去煮落花生。"母亲两只手支撑在凳子上，咬着牙，一拐一拐用水缸里的水冲洗花生，花生露出白白的颜色，母亲再将花生倒在小锅里，洒上些姜丝与粗盐，用旺火煮。火烧得旺，锅沿冲出热气腾腾的白雾，白雾弥漫下，是一阵阵落花生的香味。我透过这袅袅升腾的白雾，似乎看见母亲在寂静的山地，披着月光挥着锄头，捡起一颗颗落花生。

如今，我手上沾着淡淡的泥土，思索着，或许我爱的不是花生，而是花生壳外故土的芳香。

一双田径鞋

暑假期间回乡下避暑，因为底楼借给了邻居一家子住，我便将杂物间收拾出来让他们堆放东西，期间在一只竹篾编织的老式鞋盆中，发现一双白色胶鞋。这双鞋子当时大家都唤作田径鞋，或许是因其轻便，特别适合体育运动时穿，或短跑或长跑。鞋面两侧是像小白兔的耳朵一样的松紧带，所以无论穿鞋脱鞋都简单方便。

这双鞋子是三十五码的,我清楚地记得是我上四年级时买的。那一年春天的一个星期四下午，班主任对着全班学生严肃地看了一次又一次，最后点了五个学生，由他们在星期天晚上七点去给参军的兵哥哥戴大红花。这五个学生都是女生，其中一个是我。然后老师又说：“希望几个同学穿戴整齐，头发梳好看点，鞋子一律都穿田径鞋。”这让我又欣喜又慌张，欣喜的是可以上台直接接触兵哥哥，慌张的是我没有田径鞋。

那时的兵哥哥可了不得，谁家有被选上的，就好像考了状元一般，神气十足，公社领导则派人敲锣打鼓从这村敲到那村作宣传，每村必到。若谁家的亲戚参军了，也可以立马沾光威风起来，准会在村中最热闹的地方大肆宣扬：“我家某某的儿子当兵了！”那傲态不亚于古时候有亲戚当朝执政。

我背着亲戚送的那只已洗得发白的军用包，满心欢喜地对母亲与姐姐说了情况。老师怎会选中我呢？是因为我平时与人团结相处，还是我干净的外表给他留下了印象？不管如何，老师给我这个机会就是对我的认可，我不由对班主任感激起来。母亲和姐姐听后也很高兴，毕竟当着全村人的面上台去戴花是件很荣耀的事。

平时姐姐都与我和奶奶睡一间，那一晚姐姐要求和母亲睡，我不知何故，只隐约听见妈妈生气的声音。随后的两天姐姐突然不知所踪，我问母亲姐姐去了哪里，母亲告诉我说去一个名叫周处的姑公家了。星期天傍晚，姐姐回来了。姐姐不仅回来了，而且怀里还抱着一包东西。包东西的是一块红色丝线方巾，那是当时流行的“即造手提袋”。姐姐递给我说：“打开看看。”我接过时发现姐姐的手心与额头都是汗，而当时正值严冬。我小心翼翼地将方巾的结打开，一双雪白的田径鞋映入我眼帘。姐姐轻轻地说：“妹妹，穿上试试。”我激奋不已，穿上跳了起来，那轻盈的身姿仿佛长了翅膀。姐姐不顾辛苦，没喝上一口水，就张罗给我扎头发。我长长的头发被姐姐扎成两条辫子，然后姐姐又用几根毛线结成两只线球，在我辫子上各安上一只。姐姐看看我说：“妹妹你真漂亮。”其实漂亮的是姐姐那双满是粗茧但灵巧的手啊!

我换上了一件紫花色的哔卡上衣，脚上是一双洁白如雪的田径鞋，一蹦一跳地急急回校。老师见到我的装扮很满意，微笑着拂了一下我肩头，交代我们上台时的表情以及听着歌曲所要做的动作。

我们几个跟着老师走向音乐激昂的戏院换衣间，台下早已围满了人。我得意地从他们身边走过，似乎我就是今晚的主角，所有的音响为我高歌，所有的音符为我跳动，所有的群众为我欢呼。

当台上陆续站好一队穿着绿色军装的兵哥哥时，我们几个同学就按着老师的指导，每人举着一朵红纸剪成的大红花。踏着国歌的节拍，我穿着那双洁白的田径鞋庄重地向军人走去，含着笑容，庄严地将大红花戴在他胸前的第二颗纽扣上，他则给我行军礼。这一刻，我觉得自己仿佛也因此高贵起来。

结束后，我一再寻找母亲和姐姐的身影，但最后并没找到。等我跑回家才发现，姐姐正躺在床上，母亲正在石樽上锤一剂草药，用来给发高烧的姐姐退烧。事后我才得知，原来当晚姐姐要与母亲睡觉是因为她想与母亲商量去砍柴卖钱的事。母亲告诉我，姐姐次日天没亮就赶去五公里远的亲戚家，然后跟随亲戚到十公里远的深山去砍柴。山上遍地藤刺，姐姐要挑选出一根根像样的柴，捆好，又要挑去十公里远的地方以每一百斤五毛钱的价格去卖。年仅十五岁的姐姐挑着七八十斤重的柴火，奔走在寒风凛冽的茫茫深谷。三天后，姐姐终于换到了三块两毛钱，又接着跑到五公里外的柳城镇，为我买回一双田径鞋。她用她虚弱的肩膀为我换回一份尊严，一份自信。

这双田径鞋，浸透着她的血汗、她的爱心、她的奉献。这双田径鞋，我视如珍宝，只有在走亲戚与重要的日子才穿。每次洗后，我都会用从教室里捡回的白色粉笔头，将鞋面擦一遍，之后在鞋面上盖上一层草纸，将其安放在屋檐下晾晒，田径鞋干后因为粉笔的作用显得特别白净。

我捧着它，就如捧着姐姐的心……

声声慢

春风拂绿，春光明媚，草长莺飞，蝶舞蜂鸣。又是一年一度清明节，每年这个时候，都是我心中最纠结最疼痛的日子。母亲过世整整十年了，我始终未能走出自责的阴影。

十年前的端午节，母亲得知我患病卧床，即日动身，千里奔波到漳州，为我侍食熬药，却在去菜场的一个清晨，不幸命丧车轮。那些日子里，我悲痛欲绝，彻夜难眠，以泪洗面，浑身不停地发颤，多年来均保持在一百斤左右的体重忽而消减至八十多斤。

我甚至不敢站在阳台上目视前面的马路，虽然不曾目睹母亲僵瘫在街头的情景，却能想象母亲那一刻的不甘以及对人世的留恋。我不敢关灯独对，时常怀抱母亲的遗物，几度欲随母亲而去。母亲临火化时，工作人员取下她颈项上的一条翡翠坠金链，我阻止工作人员继续取她指间那枚金戒指，因为她的指节因多年的辛劳而变得特别的粗，便让它随母亲而去。我握住她那僵硬的手。那是一双布满皱纹、老茧和伤痕的手，上面刻着为了不是母亲的母亲，不是婆婆的婆婆，既为人女又为人媳而遭受苦难辛酸的印迹。

往事历历在目。祖母年轻时生活相当不错，祖父任大队会计，因为不曾生育，才将母亲从外公家里带来作养女。虽说不是亲生，但祖母视其为命，宠若掌上明珠，小时候的母亲享受尽了浓情厚爱。母亲真正的灾难实则是自成婚开始。父亲是个上门女婿，愚拙而墨守成规，只会蛮干粗活。祖母生性霸道，占尽上风，唯我独尊，使得母亲左右为难：一方面得听命于祖母，循规蹈矩，另一方面又得暗地维护丈夫的自尊。

姐与我相继出世，父亲私自做了结扎手术继而又劳动受伤后，所有苦累的活全压在母亲身上。母亲不仅要参加劳动赚工分，耕种自备地，从事繁重的农活与家务，还得侍奉卧病在床的养母与丈夫，过着暗无天日的日子。祖母心头溢满对没有男孙的怨愤，那柄长长的烟杆，成为父母心头恐惧的魔棒。

记忆中有一段时间，母亲宁愿拼命在外挑沙担土，不得已才战战兢兢走进家门。父亲因病休养，偶尔只能拄着拐杖做些轻活，祖母切齿冷眼，出语即伤人。父亲又是不开窍的葫芦，不知以柔攻坚，而是反唇相讥，无异火上加油，两人更是水火不容。父亲欲弃家返回原来亲人身边，然而老家除了更偏远、更贫困不说，那里也早已无他容身之所。奶奶早早过世，年迈的爷爷守着一间草棚陋舍，兄弟各立门户，自扫门前雪，也无能相助。父亲户口一迁，田地随人，在那仅靠农田为生的年代，无房无田何以存活？祖母的骄蛮使父亲颜面尽失，却又无力另起炉灶。母亲成了日夜转动的机器，一家五口的生活令她心力交瘁。父亲终于以自杀的方式来求得解脱。而他的“结束”实则又是全家新的绝境的开始。这种伤害，影响了家中每个人的一生。那是全家最艰难的六年。

母亲侍奉祖母十年如一日，端屎倒尿，喂饭擦背，梳头剪甲，苦心安慰。鸡啼三遍，母亲的双手便忙开了，她悄悄起床，急急穿好那件缝了又缝的大开襟上衣，为我姐俩裹好被子，静静离开卧室奔向厨房。晨星未隐退，她就挑着水桶去后院取井水，然后开始生火做饭。母亲去盛米时，总是小心翼翼掀起泥盖，生怕惊醒熟睡中的我们。我常见母亲舀米颇为犹豫，有时从淘米盆舀些回米缸，有时又从米缸舀出少许。

不懂事的我，哭闹着再也不吃地瓜稀饭。当米煮至米花时，母亲将米花捞出几勺到瓷杯，再用柴炭沿着瓷杯烤熟。瓷杯烤出来的米饭香喷喷的,那是母亲为我做的天下最香美的“宫廷御饭”。而锅里继续烧的是地瓜饭，母亲特地加了碱粉。加了碱粉的米花如爆米花，非但清香好闻，更重要的是能够将米最大化，煮起来分量特别多，一小勺米就能煮一大锅。我那时不懂母亲的苦，还打趣母亲有膨化米粒的神奇妙方，殊不知母亲是为了节约粮食而让米最大限度地发挥填腹之用。

一只锅里煮着饭，另一只锅里是沸腾的猪食。猪食是母亲利用生产队劳动停工时，急匆匆地从田头地尾采摘的野菜。原本野菜可以生食，但是母亲为了一年能够卖两回猪，让猪六个月就出栏，便将野菜煮熟后喂猪，这样能够促进猪的食欲与消化，长起来也就快。忙好了厨房的事，母亲赤裸着双脚从猪栏里取肥挑往自留地，首先是摘菜，继而除草、铲土、下肥，完事后带上菜奔回家炒好，再给祖母打洗脸水，梳洗喂饭。她趁着喂猪喂兔间隙自己胡乱扒拉几口饭，又背上农具赶上生产队出工的队伍。就是这样，她的手还少有空闲，有时候她一边急走一边还在为我们团毛线。夜间，母亲的腿脚与手指时常抽筋，腿肚肌肉收缩成坚块，却不敢喊出声。朦胧中我见母亲艰难地移步下床，一手扶住床沿，一手竭力摩擦，双脚奋蹬。母亲如此痛苦而顽强的情景，在我心中长久萦绕。

母亲最盼望春季了。生产队播下谷种不消几日，在尚未发芽时，为了防止麻雀偷食谷种，队长须安排社员驱雀。尽管这种安闲轻松的活不是每年都能轮到，但好心的队长偶尔也会安排给母亲。这时，母亲会多扎几个稻草人拴在田间绳子上，再安插几个在田埂上。一旦看见有麻雀飞过来，母亲一边举起长长的竹竿挥舞，一边张口作长哨声，借此吓走雀贼。母亲见田间太平后，就可私下织毛衣，绑鞋垫。好几回，趁母亲忙于赶雀时，我偷帮了几针，母亲居然没发现，直到后来我主动“自首”，母亲还直夸我小手灵巧。这时，我就双手扶着母亲的肩，边捶边撒娇。

夏枯草生长在山岭陡崖上。毒日猛炙着我们，母亲背着麻袋，翻过一坡又一坡，将绵柔的夏枯草采进麻袋。她弓着腰，肩上扁担的一头是夏枯草，另一头是捡来的松蛋。母亲的双手，粗糙得如晒干了的夏枯草与松蛋，是苦难生活镂出的印记。

秋临大地，山菊花像城里女人的香水，肆无忌惮地让山野染上了沁人心脾的芬芳。母亲去采割山菊花，俨然一幅侠女装扮，头顶笠帽，身系草绳，腰别柴刀。她将山菊花连茎一起割来，菊花卖钱，菊茎烧炉，一举两得。

母亲虽然大字不识几个，却会写自己的名字。因为她自己名字中有个“囡”，便以“小囡”唤我，直到我为人母，也不更叫法。小时觉得母亲怎如此的土，如今回想起来才知这称呼沉浸了多深的爱意与浓情。

冬雪茫茫，寒气逼人。母亲坐在一只小炉旁，在八仙桌上修改亲戚家送的旧棉袄。母亲将旧袄一针针拆开，剪短几寸，在前后两边加进几团棉花，又一针针缝合。我亲眼看见母亲将一床破旧的蓝底白花被，剪下部分，双层合一，缝补在她自己几番修制的卫生衣上。

1982年国家政策发生变化，按人口分田地到个人，耕种由自己支配。在这节骨眼上，祖母看中了邻居潘家的老三，欲将对方入赘与大孙女婚配。姐姐当年才十五六岁，哪懂什么婚姻，只以为来个哥哥帮忙耕田砍柴。

邻居潘家四子一女，相貌最出色的就是老三，清俊斯文，腼腆稳重，托人媒介，不料潘家也存此念想，于是一拍即合。在一个月朗星稀的夜晚，两家人请了重要的亲戚，各自分坐堂屋，无任何手续也无任何操办就算达成了“过户”。从此“尼姑庵”不再，我与姐姐有了哥哥。

哥进门时，母亲已经还清了所有父亲遗留下的债务。母亲将哥哥视如己出，甚至从那以后将所有的家当都注上哥的名字。这让哥很有归属感，更有成就感。哥对祖母、对母亲唤得格外亲甜，使得祖母逢人便夸，见人即赞。哥的诚实勤快很得人心，同村老少无不称道。自那时起，坊邻伙伴再也不敢冷语相欺，恶行相加。姐姐长至十八岁，遂奉祖母之命与哥成亲，从此哥哥成了我的姐夫，但我直至今日也以哥相唤，不曾叫过一回姐夫。

姐夫的加入是我们家的幸运。姐夫来到我们家也是幸运的，他享尽了尊严与疼爱。母亲那双终日劳碌四季不曾停歇的手，为我们建立了一个坚固安定的家园，牵引着我走上人生征途。母亲的手如一团火焰，辉耀我一生。

温暖的隐痛

除夕，是个温暖的词语。无论是在外漂泊的游子，还是留守在家的亲人，一年到头盼望的，就是这一日的天伦之乐。这一天代表游子归家，这一天代表亲人相聚，这一天代表除旧迎新，这一天代表抛却所有的哀伤与不悦。每个人的心情就像炉子里的柴火，红旺红旺的；就像灶上的油锅，滚烫滚烫的。

家家户户一早就围着灶台不停地忙碌，切、削、揉、捏、剁，案板叫喊着，锋刀吟唱着，那是人们心头最激奋的歌谣。热腾的白气飞舞在整个厨房，它们有的从细微的门缝中潜逃，有的从烟囱的壁墙凌空驾腾，有的则痴缠成一团嬉戏。煎、熬、炸、炒、蒸，炉锅全然没有丝毫喘息之机。咸、甜、酸、辣，摆满灶台案板。

记得那年买不起年货，母亲只能将自家养的一只鹅杀了过年。可我终是不舍，因为鹅是我喂大的。鹅每天看见我放学回家便亲昵地扬长脖子，急切地欢呼，仿佛我是它的救星。我会马上放它出窝，然后一边赶鹅一边牵着牛，慢悠悠地走在门口的机耕路上。鹅经常吃到脖子粗粗也不肯罢休，一边拉屎一边食草，因此鹅养三个月就很大了。母亲杀的鹅并未成为我们的佳肴，而是用来待客。鹅在除夕当日被杀了祭祀，然后切好用竹笼悬于房顶。春节客至，母亲夹出两块早已剁好的鹅肉，煮好一碗面条铺上鹅肉。大多客人了解我们家境，食前就将鹅肉夹出，仅吃完面条。尽管夹出的鹅肉令我们垂涎三尺，但我们都会乖乖地听从母亲，待客人走后鹅肉被母亲夹回竹笼。

后来日子稍微宽缓了些，母亲总会在冬至后想法买回一只猪头，先将猪头内外抹上一层盐，用麻绳穿过猪鼻，高高地悬在厅堂的檐下。我们每天从猪头下走来走去闻着猪头的香，巴望新年快快到。除夕当日，母亲不惧寒冷，大清早去屋后的水井挑水，将水缸装满，一直沉寂的大锅终于开始工作，一口用来炒八宝菜，一口用来熬猪头。所谓的八宝菜，就是将豆芽、酸菜、海带、豆腐、红萝卜几样均切成细丝混炒，别有风味。炒好后的八宝菜装进泥坛，放几个月都不会坏，临吃的时候从坛里抓出一碗，即可配饭。

腌制风干已久的猪头在沸水中慢慢熬出香味，灶前添柴火，那是我最欢快的事，因为可以一边添柴一边猛劲地吸气，仿佛能将猪头的味道统统吸进肚里。母亲屡次将筷子插进猪头肉里试看，估计已是熟透方捞出热气腾腾的猪头摆到案板上，切出厚肉部分。骨头旁边有些难以用刀切下的剩肉，成了姐姐与我的福利。母亲专挑猪嘴的那一块给我，因为那一块剩肉较多，并且我喜欢吃齿边那些白色的嫩骨，咬在口中，脆脆的，香香的，让人舍不得咽下，恨不得香味永远留在嘴里。

其实母亲出身的家庭堪称“贵族”。在母亲未出生前，曾经在上海拥有两家纺织厂的外公已育有六个儿子。听舅舅回忆说，外公在上海的住宅有很大的庭院，家具几乎都是白藤制品，外公流浪时曾经随身带一台放唱机谋生。六十多年前可以拥有这样的条件的，非一般人。若不是出自舅舅之言，我很难相信这是事实。因为我只知外公生活在农村，靠打铁卖铁具为生。因此，母亲出生前外公的所有情况，我只能从舅舅口中得知。外公是浙江永康人，永康人历来就有走南闯北从事铁业的传统。如今，永康的五金产品遍布世界各地。

外公姓沈，有弟兄五人，他排老大，年轻时就独闯世界，于上海立足，创办了两家纺织厂。最小的弟弟留学俄罗斯，外公承担了弟弟所有的费用。弟弟留学回国后，被分配在上海机电设计院。战乱时，外公前往江西创办锅炉厂，生意正做得风生水起时发生意外，只好丢弃所有产业偷偷离开江西返回浙江，落脚于永康的邻县——武义县。

外公的家坐落在武义县一个叫溪口的村庄，有非常大的庭院，很宽敞的天井，里面种有花木藤草，足有几百平方米，只是这座庭院非外公家所独有，而是住着好几户人家，他只有其中几间。随同外公的是他的第二任妻子沈氏，多年没有生育。外公的第一任妻子与六个儿子均定居上海。为了膝下有伴，外公决定借妻生子。于是，已经结婚并已育一子的刘氏因家道赤贫而决定被外公“借腹”生子。为了生存，刘氏忍辱负重，与外公的第二任妻子共侍一夫。不久，生下了我母亲。母亲长得清秀，外公夫妻欣喜若狂，百般娇宠，视母亲为掌上明珠。之后外公将刘氏还与原主。从此，尽管母亲吃穿富裕，但却失去了亲生母亲的呵护。

母亲长至五岁，沈氏生下一个女儿。有了亲生女儿后，沈太千方百计辱待母亲，不让母亲吃饱不说，还动不动就打骂。过了两年，外公又添丁，这下沈氏更是变本加厉。外公惧内，无奈之下，将母亲送给了吴家当养女。吴家少夫老妻，妻子比丈夫大了12岁，未有生育。母亲自小离开她的娘亲，唤一个不是亲生的娘为娘，如今再次唤另一个人为娘。命运弄人，我的母亲几易娘亲，就像一件衣裳那样让别人换来换去。我时常想，若是当年外公不将母亲送人，或者让母亲回到她亲娘的身边去，无论哪一种，都不至于让母亲遭受后来的苦难。可是幼小的母亲的命运握在别人的手里，只能任人摆布。有一回，母亲亲口告诉我，她多想一辈子只唤一个人为娘啊。可见，在母亲的心底，隐藏着深深的身世悲凉！

在吴家为女后，母亲的日子倒是过得稳定。养父让她去上学，她却偷偷去看人家做针线活，到了放学时间才回家。任大队会计的养父和善老实，养母却是个急性子，对母亲娇宠疼爱的同时，只要稍不如意，便用她那柄长长的烟杆“伺候”。母亲的养母不让母亲与自己的亲生父母来往，若发现母亲偷跑去见亲父，就会用烟杆“伺候”母亲。生母逢节托寄东西给母亲，都被养母拒绝。

心灵手巧的母亲在纺织丝带时轻快地挥动梭子，如同在弹奏一曲《春江花月夜》。那丝带主要的用处是背孩子。大人忙于活计时，便用丝带将孩子捆绑在背上，既能时刻随身看管，又不耽误干活。记忆中最深刻的就是看电影结束时，我假装睡着，母亲只好手上提着板凳背上背着我往家走。母亲走在崎岖不平的夜路上，小声哼着越剧唱段，那是我人生最美的享受。

鞭炮声此起彼伏不绝于耳，使逼仄的山乡之夜显得辽远而空阔，令人思绪翻腾。多少个这样的寒夜，我与母亲共守青灯。上床后，母亲总会爬过另一头，将我冰冷的双脚抱在她的怀里，用她的体温烘暖。她一边与我叙说家常，一边用双手揉我的双腿。半夜，母亲悄悄地煮好一碗米粉，端到我的床前，静静地看着我吃完。清晨，当我还在梦乡，母亲早已忙碌在炉灶边，用粗大的柴烧火，为的是可以生炭。待炭火生成后，娘将其装进火笼里，然后塞进我的被窝供我取暖，随后打好洗脸水，端在床前的椅子上，我一边用火笼烘脚一边洗脸。

如今与母亲阴阳两隔，伸手失空，唯有从那冰凉的瓢盆上，依然可以追寻母亲的痕迹。

路那头的战栗

在这科技日新月异的电子化时代，人们通过手机不仅可以对讲、发信息，还可以看见对方。这在二十年前，是多么令人不可思议。而今，众多事情都可以用电子设备来完成，比如炒股、银行业务、窃听……先进的电子产品足以叫人望而生畏了。

从当年的手摇电话到程控电话，继而从模拟电话到数码电话，期间的更替相当惊人。有消息称，中国的手机用户数量是全球最大的，无论清洁工、卖菜的、掏粪的、捕鱼的、踩三轮的、摆夜摊的，个个腰袋装一部手机，随时随地边干活边通话，真是天涯海角皆咫尺。记得孩提时，看到银幕中最先进的就是手摇电话。等到了自己成年外出谋生时，除了写信，如有急事则以电报联系。

记得20年前的8月，我孤身赴京。为了方便开拓业务，第二天即请朋友陪同，冒着大雨，到北京当时最大的一家邮电局，排长队，挑号码，买了一部堪称派头十足的大哥大。那是我生活中拥有的第一件最先进、最令我自豪的电子产品。为了节约费用，同时又置一台BB机。因为BB机有一个好处，单向收费。而大哥大的话费是双向收的，无论接听还是拨打都需付费，并且要承担月租费。

当我接过工作人员调试好的大哥大时，尽管有砖头那么沉，握在手中还是欣喜若狂，恨不得马上和家人朋友通话。可家里何曾装电话呀，又有几个朋友能随时随地接听呢？于是，我分别给家人与几个重要的朋友写了信，告知对方只要我身携大哥大在北京，拨此号码一般都能联系到我。家人得知我拥有大哥大后，眉头舒展了。那时的网络极其有限，即使在北京，很多地方也是收不到信号的，例如在地铁、电梯，或是较为偏僻的地段。

大哥大的出现意味着由手摇电话进入程控电话后的另一科技产品——模拟电话的问世。那时乡村电话尚未普及，家乡除了乡政府、供销社与诊所，唯一的一台电话是在我同学开的化肥店里。我母亲与姐姐成了我同学店铺里的常客，就是因为有那台电话机。

同学对我母亲与姐姐的叨扰毫不厌烦，他为人一直很仁善、忠厚、热心、谦逊。我与家人商定好，在固定的时间打过去，母亲与姐姐按时接听。那台电话机是我的“恩人”，它缩短了亲人之间的距离，让我享受了无尽的亲情。

当母亲第一次从电话里听到千里之外我的声音时，对着话筒不停地呼唤我，而且似乎怕我听不清楚，一直用很大的声音说话。那一刻，我能真切地感受到母亲握住话筒的手在颤抖。在以后很长的一段时间里，每个星期的某天某个时间，母亲都会风雨无阻地去我同学店里等我电话。

有一回，我还是如常打电话到同学店铺，可是一直无人接听。我心急如焚，却又苦于无其他联系方式。整整一个下午，我就这样独自一个人在陌生的街头游荡，尽管寒风刺骨，我始终不愿放弃希望，于是一次又一次地拨打，直到傍晚，电话那头才有人接。让我意外的是接电话的人竟然是我的母亲。我问母亲怎么知道是我的电话，母亲说她来的时候我同学去城里进货了，店主不在，原本她想等上一会儿就回家，可是在门外等的时候却听到电话每隔一段时间就响一次，所以她确定是我打的。想着母亲在寒风中等候的情景，我的眼泪不由自主地落下……

那年回家后，第二天，我便瞒着母亲揣着几千块钱骑上自行车，到八公里外的镇邮电所申请装电话。办完手续的我满心欢喜地踏上回家的路。我知道从此之后，我可以随时打电话给母亲，母亲也无须再受等我电话之苦了。

电话终于装好了，这是全村上百户人家唯一的一部程控私人电话。装电话的时候，我特意跟师傅说将电话安放在母亲的床前，这样母亲躺在床上就可以接听了。母亲学会了拨打电话。为了节省费用，偶尔打给我响几下就切线。我的大哥大显示出家里的号码，这让奔波在外的我有了最切实的温暖。

自从家里装了电话，同村在外打工的人，都会把电话打到我家请母亲转告，或者如我当初一样约定了时间，让自己的亲人在我家接听。母亲是个热心肠的人，遇到这样的事总是特别开心。原本寂寞的母亲，因有了这部电话，生活仿佛充实了许多。

如今各种电子产品普及到家家户户，老老少少不消说人在国内，就算远在异邦也不用再担心失去联系。

那年豆花香

在老家四楼的一间杂物房里，有一副制豆腐用的板。板面已有些残痕，颜色发黑，已经存放很多年头了。

印象中，豆腐板的年龄应该比我大。每逢春节，因为买不起年货，母亲就会做上一石豆腐。自留地的边角种黄豆，收成后，除了有时要招待客人去兑换一点豆腐，其余的均留到春节。母亲将黄豆变换几种吃法，权作春节改善伙食：除了做豆腐，还有炒着吃，非常香脆；做豆冻，又是一番滋味，通常在春节前十天熬上一锅，至黄豆熬到稠状，加好调味品，然后盛到木盆里，自然结成冻，那是一道非常美味的菜。

原本已很拮据的日子，父亲的自杀无异于雪上加霜，留下一笔重债。母亲不得已，便决意做豆腐卖。通常一斤黄豆兑换一斤半豆腐，这没有多少赚头，主要是赚了豆腐渣，用它来喂猪。豆腐渣是猪的一等饲料，猪吃了不仅长势快，而且猪肉特别好。邻里要是得知谁家的猪是用豆腐渣喂养的，等到屠宰的那天，经济条件好的人家都会抢着购买这样的猪肉。

做一石豆腐约需八斤黄豆，将黄豆洗净后浸泡一整夜。鸡啼三遍，母亲起床，开始一边在事先洗净的石磨上添豆添水，一边转动颈上挎着的磨担。圆圆的石磨分上下两层磨盘，下磨盘是固定的，上磨盘可以转动。上磨盘开有一个拳头般大的孔，黄豆放进孔内并注入水，磨盘随着母亲肩上的磨担旋转，将黄豆就被碾成浓稠的浆状，缓缓流进一只摆放好的木桶里。母亲推磨的样子宛如舞蹈。她肩荷磨担，双脚一前一后站稳。推磨时，整个身体会随着手臂一伸一屈而前俯后仰，乌亮的秀发随之有节奏地飘舞。

黄豆磨好后，用一只大麻布袋摊在一只直径约一米的圆桶上，将豆浆倒在麻布袋上，然后用沸腾的开水冲刷，将豆渣过滤掉，然后拧干。外婆曾经用豆腐渣加盐搓成汤圆状晒干当干粮，母亲也偶尔做一点早上吃粥时当配菜食用，余则用来养猪。将过滤后的浆汁从大圆桶里一勺一勺舀进锅里，差不多满满一锅，再用旺火烧开。此时浆汁因为沸腾很容易溢出，需要一直守着并且用勺子轻搅。沸腾一阵后，再将白白的浆汁一勺一勺舀回大圆桶。做到这步算是完成了制作豆腐的一半过程，母亲这时就会支走我，答应等会儿让我吃豆花，我便喜滋滋地站在远处观望。

大圆桶里的浆汁加入盐卤后，两者便会发生反应，使豆浆凝结成花。盐卤要逐次添加，每添加一次，就要盖紧圆桶焖上一会。盐卤加入过多或过少，加入的时间过早或过迟，调配时的速度过疾或过徐，都会影响豆腐的质量和产量。这时，母亲全神贯注，表情显得有些严肃，调配盐卤时的手势像是在对待刚刚出生的婴儿，轻柔谨慎，生怕有闪失。经过七八回的调制，浆汁由洁白慢慢变成淡黄，继而慢慢凝结成乳白色的豆花。到这时，母亲便取来两只碗，从大圆桶里舀上一勺，在碗里加几滴酱油，些许葱末，一碗端给炉前的祖母，一碗端到灶台前给我。我看着眼前热气腾腾的豆花，馋涎欲滴，恨不得一口吞下，又恨不得永远吃不完。我问不停忙碌的母亲：“娘，您怎么不吃豆花呀？”母亲仍旧低头做自己的事情说：“这东西是给老人和小孩吃的，娘牙齿好，嚼起来没意思，不如吃豆腐。”其实母亲哪舍得自己吃。

母亲将四四方方的豆腐板洗干净，板台上铺好纱布，板台下面放一只大口径的平底桶，从大圆桶中一勺一勺舀出豆花倒在板台上。每舀几勺，母亲就将纱布抬一抬，沥一沥，以便让豆花尽快沥出流进桶里。经过几番小心翼翼的挤压，及至所有的豆花都已经舀进板台后，母亲包实纱布，盖上木板，取过两块大石头，压在木板上。此时豆花在方形的板台上乖乖地浓缩，安身立命。

母亲烧上一支香，插在灶上的蜡烛台上，等香燃尽，搬开豆腐架上的石头，翻开纱布，切下一块豆腐查看，要既没有小孔，也不会太老，母亲才能伸直腰板，真正喘口气。紧接着，母亲又匆忙准备担子，一边的箩筐上放置一石豆腐，另一边挂上秤，箩筐中放块石头以便平衡担子。趁着炊烟四起时，母亲挑着担子踏上土石路。“换豆腐啰，换豆腐啰……”母亲的担子在我眼前渐行渐远，她肩挑豆腐担，也挑着一家人的生计……

猴性

少年时喜读《西游记》，对孙悟空喜欢得不得了。悟空上天入地，嫉恶如仇，敢闹天宫，凭自己的真本事行走天下。随着年龄的增长，了解猴事多了，我渐渐不喜欢猴子了。它有什么呢？不过是聪明活泼，手脚灵巧，能握能抓，还能直立，脸部表情丰富，抓耳挠腮，挤眉弄眼，显得滑稽，还善于登高跳跃，做出高难度动作，但这些能有什么用呢？只能在扮演小丑时给人们增加点笑料罢了。

陪孩子在海沧动物园观看马戏团表演时有这样一幕：驯兽员解开猴脖子上的铁链子，朝一辆倾倒的小三轮车指了指，轻轻吆喝了一声，猴子就心领神会，轻叫一声，从幕侧跳将出来，麻利地扶起歪倒的小三轮车，轻捷地骑上去，蹬起就跑。它在场上骑着小三轮轻松自在地转圈，转着转着，突然冲上跷跷板。这可是个不太容易表演的动作。最难的是骑小三轮蹬上跷跷板中间的支点时掌握平衡和顺势完成全套动作。只见这只猴子把小三轮猛蹬到跷跷板中间的支点上，跷跷板开始翘时，它两手灵敏地握紧小三轮的两个把手，身体轻微后仰，立即有惊无险地保持住了平衡。它两只脚下蹬的小三轮异常平稳地顺着跷跷板急速滑了下来，落到地面。可是从上向下滑落是有惯性的呀！只见小三轮直向前快速地冲刺，就在在场的人因吃惊而惊呼时，猴子猛拐小三轮的车头，“吱溜”，车儿就似跳着优美的华尔兹一样，两个轮子着地，一个轮腾空，在原地整整旋转了一圈。那动作连贯、协调、紧凑，让人无可挑剔，叫人不能不鼓掌，不能不喝彩。

好戏还在后头。只见驯兽员手腕扭动，对猴子打了一个倒立的姿势，然后口哨一吹，好像告诉猴子：现在开始。猴子得令，立即蹬上刚才的小三轮，又一次骑着冲上跷跷板。刚到中间支点时，它老练、沉着又纯熟地按住车把，腰板有分寸又非常灵敏地向后一挺，腾空而起，身体立马倒立了起来。这个动作是多么惊心动魄呀！一辆三轮车立于跷跷板的中间支点，三轮上倒立着一只猴子，平衡和时间的掌握稍有一点闪失，都会导致成套动作的失败。然而这只猴子却能掌握得准确无误，丝毫不差。当跷跷板向另一端倾斜时，猴子轻巧稳当地倒立在三轮车上，没有丝毫偏差，让小三轮顺着跷跷板的斜坡自然往下滑去。当三轮车滑到地面因陡然的撞击而发生摇晃时，猴子却仍然稳稳控制着自己的身体倒立在三轮车上，然后，一个腾空翻从三轮车上轻盈平稳地落到地面。这不得不让人佩服猴子的聪明和敏捷。

猴子本来就是树栖动物，攀爬腾跃，是它擅长的功夫。它们可以轻易地从这棵树的树枝上跳到另一棵树的树枝上。它们有时在树梢荡秋千，悠来悠去，悠着悠着，突然一下能轻松地悠到另一棵树的树枝上。因此马戏团常让猴子爬上高高的竹竿，向空中扔小红帽让猴子接。

只见猴子搂抱在高高的竹竿上，驯兽员手里拿着一叠小红帽，拿一个小红帽向空中一扔，小红帽似红色的飞碟在空中飘转着。说时迟，那时快，就在这刹那间，竹竿上的猴子迅捷地一蹬竹竿，身体就如弹丸一样弹向空中飘飞的小红帽。在同小红帽的交汇点上，猴子两条后腿一蹬，两只前爪一伸，闪电般抓住飞行中的小红帽，迅速稳稳扣到自己头上，立即又像鸟一样滑翔而去，及时准确地落到对面的竹梢上。虽然惯性使它在竹梢上转了一圈，它还是不失风度地搂住了竹梢头。就在这时，驯兽员又扔起一顶小红帽，刚刚定神的猴子又立即猛蹬竹梢头，借着弹力纵身跃向空中，稳稳地接住了小红帽，又立即且稳稳地戴在自己头上。就这样，猴子来不得半点喘息，总是不停地来回飞。那动作之利落，那姿态之优美，令在场的观众无不拍手惊叹。

再好的马也有失前蹄的时候。猴子没想到，它也有接不到小红帽的时候。驯兽员手里拿着小红帽向空中一扬，猴子立即从竹竿上飞身扑向空中，它哪里知道驯兽员手中的小红帽并没有立即脱手。在猴子飞离竹竿后，小红帽才被驯兽员抛向空中。仅仅很短的时间差，就让猴子扑了空，猴子飞到对面的竹竿梢上，小红帽却悠然落到了地上。

表演停止了。驯兽员用手中的棍子无情地抽打着猴子，而猴子只有不停委屈啸叫，而没有半点抗争和辩解的权利。它是被役使者、被戏耍者，是弱者。它只有默默忍受，别无选择。

猴子也有不听使唤的时候。一只猴子，非常漂亮，全身长着纯黄色的毛，唯有头顶上的毛洁白如雪，两个眼珠蓝晶晶的，清澈明亮。无论远看还是近瞧，它那全身的毛都如丝绸般柔软，锦缎般光滑，加上匀称的身材，可称为美猴。

而它做起事来却不漂亮，狡猾得不得了。一次排演，驯兽员让它在隐蔽处用一根鱼竿偷偷地钓走一个小丑的一小篮水蜜桃。刚开始，猴子非常高兴。水蜜桃鲜甜可口，是猴子的最爱，做好了它能吃到水蜜桃，能不卖力吗？排练前驯兽员还给了它一个水蜜桃吃呢，美味极了。这边水蜜桃的甜味还在口中存留着，那边又放了一小篮，猴子看到后一直表露出急不可耐的样子。它趁小丑在台上表演的当儿，费了好大的力气，把一篮水蜜桃钓走了。偷到一边，它不由分说拿起一个就咬，可这桃不仅不甜，连咬也咬不动，原来是塑料做的。它觉得这个便宜没能占到，受骗了，就生气了，扔下鱼竿，“嗖”一下蹿到排练房钢梁上不下来，无论驯兽员怎么吼叫，它也不听。它还在钢梁上攀爬腾跃，手舞足蹈，时不时给下面着急的人们扮鬼脸。直到一天后，它饿急了从房梁上下来找吃的，才被捉住。被逮住后，体罚肯定是免不了的。但顽皮是猴子的天性，刚遭皮肉之苦的它只安稳了一会儿，便将挨揍的事忘到九霄云外，乘人一不留神，它就去把水龙头拧开，自个儿得意地站在那儿看。

猴子见什么都想尝尝，只要是它们喜欢吃的，两只眼就紧盯不放，千方百计都要拿到手。它们先会厚着脸皮伸着爪子向人要，要不到就偷、就抢。数年前我游峨眉山，一路向山峰爬去，从半道开始就不断在路边碰到三五成群的猴子。它们有的蹲在路边，两眼瞅着过往游客，看到谁手中拿着好吃的东西，就老早站起来，露出媚态，想讨点吃；有的爬到树上蹦跳腾跃几下，然后翻身跳到路边，站立着伸出两个前爪，似乎在说：看我给你们玩了几套功夫，该给点报酬啊；有的直接从游客手中抢。游客给它们了，它们拿着好吃的，又怕别的猴子抢，就迅速爬到树上，或跳到悬崖上，自个儿独享。有的游客如果手里拿着东西但不给它们分享，那可要小心了，它们随时会从你手上把好吃的食物抢走。它们突然袭击，游客躲闪不及，身上衣服被猴子抓破撕烂都是常有的事，还有女人的花裙子和上衣被撕烂的呢。有些饿急了的猴子要不到东西吃，就趁人不注意把游客的照相机抢走挂到悬崖峭壁的树枝上，让人哭笑不得。我清楚记得在峨眉山洗象池看到的景象。洗象池海拔2000多米，猴子最爱在那玩耍，因此是猴子最集中的地方。由于从洗象池再往上走还有1000多米的高度才能到峨眉山的最高峰——金顶，一般游客畏险畏高，攀登到洗象池就折回山下，所以这里人多食物也多，猴子来到这里每天都能得到一定数量的美味佳肴。猴子们要到食物吃完后就开始打斗玩耍，从这座房子的窗户飞跃进去，然后又从另一座房子的窗户飞跃出去。

别看猴子个头矮小，没有狮子和老虎的威猛之躯，可它们特别爱逞能。也正是这一点使它们经常吃亏，甚至丧命。在一条干旱得快现底的河床里，很少的水里隐藏着数条凶残的鳄鱼。牛群来了，不敢去河里喝水；鹿群来了，不敢去河里喝水；羚羊群来了，也不敢去河里喝水；唯有猴群来了，敢冒这个险。一只猴子刚走到河水边，正要伸嘴喝水时，一只藏在水底的鳄鱼突然伸出长长的嘴巴咬住这只逞能的猴子的一条前腿，其他猴子见状立刻作鸟兽散。眼见这只猴子就要成为鳄鱼口中佳肴的时候，猴子用另一条未被鳄鱼咬住的前腿迅速、准确、用力地蹬鳄鱼的头部。鳄鱼没有想到猴子会这样突然袭击它，被搞晕了，一下把嘴松开了，猴子趁机迅即把前腿从鳄鱼嘴里拔出，闪电般地逃上岸去。是聪明救了它一命，可是它的逞能却险些丧了它的小命。古代有个寓言：吴王命人向林中射箭，其他猴子四散奔逃，只有一只硬充英雄，不慌不忙，用手接住空中的飞箭。它因此得意扬扬，骄傲得不得了。但它不知道吴王会命令士兵乱箭齐发，结果自己终于死于不合时宜的过于张扬的炫技。这种逞能和炫耀在人类中不是也普遍存在吗？

如今我极厌猴子，就在于它们太像人了。它们刁钻，耍小聪明，凡事讲报酬，逞能，还贪心。印度南部的马哈尔丛林里，人们就是利用猴子的好吃、贪心，制作了一种奇特的狩猎工具捕捉猴子：一个固定安装的盒子里面装有猴子爱吃的核桃，盒子上开了个小口，刚好够猴子的前爪伸进去，可猴爪抓住核桃后不放掉的话就抽不出来了。自以为聪明的猴子常常中计，就因为猴子的习性，实际上也是它的弱点：不肯放下已经到手的东西。

这猴子多像人！许多人自诩聪明，而认为猴子愚蠢，但其实在这事上，人与猴是一个半斤一个八两，彼此彼此。听说有一个人在科研上颇有成就了，上级看上他后让他当上了单位领导，又被定为某行政级别。结果他官没当好，科研也荒废了。还有的人拼命挣钱，为了钱不顾身体，结果为钱丧了命。这同抓住核桃不放手的猴子毫无二致呀！人的脑子比猴子的发达，喜爱的东西更多，贪的欲望更强烈。你是法官，若放不下亲戚朋友而徇私；你是公仆，因放不下红包而违规，都可能锒铛入狱。人生之船载不动太多的物欲和虚荣，该抛却的不坚决抛却，翻船的命运势必在前面恭候。

猴群跟人群一样是有统治者的。谁当上了猴中的“皇帝”，其余的猴子都要俯首称臣。猴“皇帝”享受的不是岁岁来朝的待遇，而是所有的猴子必须时时朝贡，比人帝还贪婪。人当皇帝，可以有三宫六院七十二妃；猴子更甚，它一旦当上猴王，猴群中所有的母猴只能和猴王交配，其他公猴如若偶然得到机会偷情，就要冒生命危险，一旦东窗事发，常常付出生命的代价。

因为猴王有其余猴子无法逾越的特权，于是就有了夺权的血战。老猴王渐渐老去的时候，年轻的公猴们就跃跃欲试，做起当猴王的大梦来。当然，这要靠实力说话。猴子也是划地为王，如果把几群猴子弄到一块，它们必然发生恶斗，直到产生新的猴王。

前些年新华社报道：辽阳动物园从河南新引进三十只猕猴，这些猕猴个个都身强体壮，精力充沛。它们原来分属不同的“帮派”，各派都有自己的“帮主”和“掌门人”，如今人为地把它们放在一块儿，混乱的局面就产生了。谁都想让别的猴子听从自己的指挥，可谁都不服谁，自然要通过比试拳脚的方式选出统领各派猴子的新王。不曾料到，本来是单挑，谁的个人实力最强，谁就成为猴群的至尊，结果演变成帮派与帮派之间的实力比拼。也不奇怪，人们为了争夺大大小小的“王”，大都会不择手段，使尽伎俩，何况猴乎！

最先发难的是一只瘦猕猴。野心强弱不在于年长年幼、个大个小或是胖瘦。这只雄性猕猴四五岁许，它的野心膨胀得极为厉害。它和同伙吃罢地上的玉米后立即转身冲向南面假山上另一个猴群，意图来个先下手为强，伸出爪子去抓一只体形颇大的猕猴。大猕猴回头一看是个小瘦猴，哪里会瞧得起，当然更不会示弱，立即回击，张嘴就去咬瘦猕猴的尾巴。双方猴群的猴子们看到各自“掌门人”开战，纷纷加入战斗，两派群猴你追我赶，你撕我咬，扯腿的扯腿，抓脸的抓脸，咬脑袋的咬脑袋，顿时大乱起来，一阵阵愤怒的啸叫声不绝于耳。经过好一阵子激烈搏斗，大猕猴竟然被瘦猕猴从一个七八米高的笼网顶部掀下，坠地重伤。同群的猴子发现自己的“掌门人”落败受伤，纷纷向笼网一边逃窜。人说，“树倒猢狲散”，一点不假，这就是猴子的势利。

胜利总是让人喜悦的。大猕猴的败阵让瘦猕猴很是得意。它在笼子里颇像得胜的将军一样大摇大摆转了两圈，像是展示自己的英武，又像是检阅自己的部队。它像想统治世界的希特勒一样，按捺不住征服别国的欲望，几分钟过后，它又率领自己的猴群向另外一个猕猴群发动进攻。猴笼再次乱作一团。

就这样，三十只猕猴不停地进行一轮又一轮大战。据说，这三十只猕猴中有七只公猴，经过数轮激战，一只战死，三只主动放弃王位，还有三只势均力敌。这三只势均力敌的猴子谁能最后称王，不得而知。但有一点可以肯定，它们还要继续大战下去，直到产生新的猴王。

有猴王，就有背叛。一只年轻的公猴与老猴王争夺王位，一旦决出胜负，本来坐山观虎斗的众猴就会一拥而上，争相撕咬失败的一方，一齐驱逐它远离猴群，即便它是原先统领它们的猴王。一旦你战败了，失势了，你不仅什么也不是，一文不值，而且当时的“同志”还纷纷来落井下石。如果老猴王不能及时逃脱，它的身上就会留下它曾经的子民的无情齿印，最后会鲜血淋漓，孤独地毙命。这些乌合之众之所以争先恐后地对老猴王下此毒手，不是出于对老猴王统治的不满，积怨太深，而是以对老猴王残酷绝情的行动来表达对新猴王的忠心，借此去讨得新猴王的欢心。我之所以对猴子特别厌恶，原因即在于此。

有了猴王，自然就有了献媚者。在猴群中有一只小猴，父母都战死了，只剩下孤苦伶仃、孤立无援的它。以大欺小，是猴子的恶习之一。故平常的日子里，谁都可以任意欺辱它，谁也不会保护它。它每天都忍受着煎熬，提心吊胆地过日子。终于有一天，它找到了生存大法，即紧跟猴王不掉队，追随猴王不变心，想猴王所想，急猴王所急。猴王最爱吃新鲜的果子，它就积极地爬到树上去摘，然后拿到猴王面前，献给猴王享用；猴群倘若有猴子打架，发生了不和谐，它第一个向猴王报告；猴王身上痒了，它就急忙跑去给猴王抓痒痒……日子久了，猴王把它当成自己的贴心走狗，对它倍加爱护。这样一来，有猴王的大伞保护，再也没有哪个猴子胆敢欺负这只小猴子。

在强者面前当孙子，在弱者面前当老爷。这一点，在猴的世界被演绎得淋漓尽致。北京八达岭野生动物世界，有一年关着三只小狮子。它们是被母狮抛弃后到这里来的。饲养员找来两只刚生育完的母狗当“奶妈”。狮子虽然本是凶猛的攻击性动物，但因为幼小短时间不能表现出力量来，就常常遭到猴子的欺负。附近猴山上住着一群猴子，为首的一只年纪已经相当大，至少有五岁。它身体肥硕，生就一派英武非常之貌。三只小狮子刚来，它就发现了，时常下山来到草坪寻衅滋事，进行骚扰。不是隔着护栏大声叫唤吓唬三只小狮子，就是隔着护栏用小石头砸三只小狮子。它见三只小狮子毫无还手之力，更助了威风，索性跳到护栏里，揪着小狮子的耳朵使劲摇晃，居然还扇起小狮子的耳光来。每每“得手”之后，猴王会跑到旁边一个企鹅状的垃圾箱上，一脸得意地啸叫着，好像它真是森林之王、野兽之霸了。

这让我想起另一件事情：武汉森林野生动物园从内蒙古购回一批草原狼，其中两只小狼一时无处可放，饲养员竟突发奇想，将狼崽关进了猴子的大笼子里。狼崽虽然很小，但猴子开初见到它们那尖牙利齿，还是很有点胆怯的。猴子是个聪明的主儿，它开始不断试探，骚扰后立即顺着钢丝笼子爬到笼的顶部，小狼崽只能气得嗷嗷叫，却奈何不了猴子。尽管小狼后来长大了些，还是无法用自己尖利的牙齿咬住猴子，反而不断遭受猴子的进攻。猴子频频出手，一会儿这只猴子从笼顶跳下来，对着狼崽咬两口，一会儿那只猴子从笼顶跳下来，对着狼崽咬两口，搞得狼崽顾左顾不了右，顾前顾不了后，防不胜防。如此反复，日复一日，见狼崽无计可施，猴子们愈发胆大起来，对狼崽的进攻更加频繁，更加凶狠。而两只狼崽则被猴子们折腾得精疲力竭，食寐难安，万般无奈，只好向猴群俯首称臣。如此一来，狼崽生存的环境更加糟糕。游客给的食物，总是先被猴子抢了去；猴子心情不顺时，就逮住狼崽又咬又抓，发泄心中恼气。更奇怪的是，天冷了猴子竟然钻到狼崽怀里睡觉；倘若狼崽不从，猴就挥舞利爪又是抓又是打，有一只狼崽的耳朵竟然都被撕裂了。笔至于此，我忽思：如果让猴子变成狮子和老虎，它们会怎样？或许答案只有一个：它们会比狮子和老虎更加称王称霸。

猴子的复仇心极强，谁惹了它们，必定得到报复。抗日战争时期有一个老人卖蛇药。他的蛇药治蛇毒极灵验，将蛇药放在自己口袋里，毒蛇拿在自己手上，只见毒蛇退而不咬。他把蛇药从口袋拿出来，毒蛇立即咬他一口。这时，他把蛇药放在酒里，然后喝一小杯，就安然无恙。为了吸引买蛇药的人，老人带两只一大一小的猴子，并在猴子脖子上都挂着一个小小的蛇药袋，让猴子玩耍毒蛇。老人表演过后，卖掉了一批蛇药，就叫猴子表演。就在猴子表演在兴头上的时候，来了一个日本鬼子，牵着一只高大的军犬。那军犬吐着血红的舌头闯进人群，见猴子正在表演，那鬼子一声吆喝，军犬“呼”地一下猛扑上去，一口咬住小猴子的脖子不放，尽管小猴子发出凄厉的惨叫，拼命挣扎，也无济于事，不一会儿小猴子就一动不动，气息全无。见此，那鬼子发出一阵得意的狂笑。这时，只见那只大猴子突然一跃而起，从蛇袋里抓出一条毒蛇，扔到了军犬的鼻子底下。军犬用鼻子去嗅那毒蛇，一下被毒蛇咬了鼻子，痛得一跳老高，怪叫不止。接着在地上不停地打滚，很快一命呜呼。这时一不做二不休的大猴突然高高跃起，闪电般扑到鬼子的头上，一下子抠瞎了他的两只眼睛。顿时，那鬼子满脸是血，痛得大声嚎叫。老人也配合猴子，从袋里拿出一条毒蛇扔在鬼子头上，鬼子挨了毒蛇一口，哀号一阵后倒地死去。老人和猴子逃之夭夭。

在场的人都拍手称快，直到现在当地还把猴子杀鬼子的故事当作美谈，把猴子当成抗日英雄呢！其实不只是日本鬼子，无论谁惹了猴子，它们都要报仇的。在海南海天大酒店前，一只小猕猴觅食时被一辆出租车撞死，随后出租车离开现场，但山上数十只猕猴见小猕猴被撞死，便立即下山将猕猴尸体围住，不让他人靠近半步，同时还对其他出租车进行攻击。

猴子乍看上去是可爱的，但其劣性也着实可憎。

苍穹之王

浩浩大漠，有一座村庄，就像一望无际的大海中的荒岛那样孤立着。大风从早到晚呼呼地刮个不停，流沙涌动，人们随时有被吞噬的威胁。沙土在它的周围如雨般向下飘落，然后又被狂风卷起，重新飞扬……

在这里流传着一个鹰孩的故事：很久以前，这里是土地肥沃、水草丰美的风水宝地，人们的生活悠闲自得，美满和谐。附近有一座大山，山上有一只奇特矫健的雌鹰。有一天，风口破裂，出现了一个巨大可怕的黑洞，那里的狂风卷起沙石尘土，吞噬了周围的一切。大地遭受了沉重的灾难，人们惨遭劫难，流离失所，四处逃散。在被沙石吞噬的废墟中，雌鹰发现了一个男婴，就将他叼进自己生活的大山中抚养。随着时间的流逝，男孩长成了壮实强健的少年，甚至长出了一双翅膀。有一天，雌鹰告诉他："你属于人类，我们脚下这片被沙漠埋着的大地就是你的故乡。风口处有一个大洞，如果你能堵住那个大洞，你的村民就会摆脱苦难而获救。"鹰孩就朝那个风口飞去，并最终到达那里，用自己的翅膀堵住了那个巨大的黑洞，顿时风沙停止，人们从灾难中被解救了出来。

第一次听到这个故事时，我浑身热血沸腾，激动得难以成眠，总想像鹰孩一样长出双翼，翱翔在蓝天下。日复一日，一双如鹰般的翅膀终究没有长出来，但鹰孩那大无畏的英雄形象时时浮现在我的眼前。我对鹰充满了无限的崇拜之情。我特别喜欢天高云淡，关河冷落，雄鹰充满豪情和英气飞翔的场景。

我发现被称为"苍穹之王"和"空中霸主"的鹰，它的精神风貌和健壮的体魄较之于兽类似乎同狮子相仿，它与空中其他鸟类比，力气最大，有种独有的威势，如同狮子在走兽中所拥有的威势。狮子大人有大量，绝不轻易同小动物计较，而鹰也很有气量，一般情况下不屑于和那些小鸟们计较，除非那鹊呀、鸭呀等过分吵闹，干扰它太久，或者它处于饿急了的状态，不然，决不惩罚或是处死它们。狮子很少从别人口中夺食，不仅如此，还常常把自己捕来的食物留下一些给别的动物吃。而威震长空的鹰也是这样，它要享受，必靠自己劳动，而且还不会把自己捕的食物吃得一干二净，总会留下一些给别的动物。狮子作为兽中之王是有领地意识的，为防止敌人来犯，它必须日日巡视领地。而鹰也是有领空的，并且牢牢把守领空的入口，不准任何外来者入侵它的领空捕猎。正如在同一个地区很难发现两群狮子一样，在同一片山野很难看到两只鹰和谐相处。两只鹰总是相离较远，以便在各自的领空捕食生存。它们通常以自己生活的需求量来决定自己王国的面积。鹰的眼神和眼珠的颜色也与狮子极为相近。它的叫声骇人心魄，具有巨大的威慑震撼力量，加上它十分强劲的翅膀和双腿，结实的骨骼，轩昂的姿态，看一眼都让人心里发慌、发颤，仿佛是异域来的怪客，神奇而威猛，让人滋生无法言喻的敬畏。

由于鹰的身躯矫健，翅膀强劲，肌肉厚实，羽毛坚硬，所以它飞行的速度极快。在所有鸟类中，它飞得最高。古人称鹰为“天禽”，在鸟占术中，鹰被当作大神朱彼特的使者。它在云天飞翔，飞得人眼都看不见它的影子了，还在向高处飞。它起飞时最壮美，它那雄健的身躯，昂首的样子，绝对是全副武装的将军风貌。它那两只强劲有力的翅膀突然展开，仿佛能让人听到其羽毛鼓动的声音。它那长达两米多的翅膀扇动着起飞，先在天空高高低低地盘旋，然后毫不留恋夏日泛滥的绿浪和鲜花，呼啸着向清澈的蓝天深处飞去，然后升高再升高，极像一架现代战斗机。这让我想起庄子的《逍遥游》中对鲲鹏的描述：有鸟焉，其名为鹏，背若泰山，翼若垂天之云；抟扶摇羊角而上者九万里。好厉害的大鹏啊！比翱翔蓬蒿之间的斥鷃小雀，真不知伟大到哪里去了！我不知道想象力丰富的庄子描写的大鹏时是不是从雄鹰身上得到最初的启示，但如果说有什么鸟类能与庄子的大鹏相比的话，恐怕也只有鹰了。没有鹰的天空，是呆痴的、单一的、平面的，是很寂寥的，缺乏生命的灵动。

人们说到动物之最的时候，总是赞赏豹子的速度和鹰的眼睛。是的，鹰的眼睛又大又明亮，简直就是高倍望远镜。它能在极高的高空发现地上一条蛇的游动和一只小老鼠的奔跑。人们发现如果鹰在很高的高空起伏盘旋，一定是它发现并锁定了猎捕的目标。它以迅雷不及掩耳之势俯冲下来，一招中的。它能很轻易带走鸡、鹅、鹤、野兔之类，但对小山羊、小绵羊，它就得先放在地上试试战利品的重量了。至于小鹿、小牛，鹰就带不动了，但它们也照样猎捕，得手后当场喝小鹿、小牛的血，然后再吃肉。吃饱喝足后，带点肉块回去喂小鹰，剩下的都无偿地奉送给地上走的、天上飞的其他“朋友”。

再伟大的将军也有打败仗的时候。人们也曾亲见苍穹之王鹰猎捕时遇到了强劲的对手，最后空手而归。冰雪覆盖山野，有的动物冬眠，有的动物储满供自己享用的食物，也不轻易出来觅食。鹰饿了，它们的孩子也饿了。茫茫天地，哪里有猎捕的目标？这天，鹰飞到一座楼房的上空，发现楼上有一只带雏的白母鸽。它盘旋几圈，然后向楼房顶压下来，正要扑下去，骤然间“呼呼啦啦”，满天飞起密密麻麻的鸽子。人们从来没有见过这等场面，鸽子怎敢见到苍穹之王不飞走，反而群起而包围之？鹰是苍穹之王，岂会惧怕这些鸽子？只见它两翼平展，不停盘旋，双目凝视下方那只白鸽，距楼房顶始终保持几十米的高度。就在鹰准备向白鸽俯冲扑击时，密密麻麻上百只鸽子带着尖利的鸽哨声和“呼呼”的扇翅声，从鹰的背脊上一掠而过，还下了许多白色粪雨。鹰一惊，赶快猛抖翎毛，偏侧身体，倾斜双翼，向一旁躲闪。蓦然间，又有一大群一大群的鸽子，从另外的地方冲杀过来，它们一会儿一冲而过，又一会儿向上冲起，到处都能听到“呼呼啦啦”异常激烈的扇翅声。鹰连忙紧收肚腹，猛攥双爪，狠提身躯，直往上飙升，然后用足力气，向鸽群逼压过去。它向一群又一群鸽子“唰唰”地杀过来，又杀过去，而鸽群上、下、下、上，高、低、低、高地冲击、反冲击。虽然鸽群被鹰冲击得满天乱扑腾，空中的鸽群被鹰驱赶得成了转着圈子的大旋流，可是无论鹰怎么拼命左冲右突，上下翻飞，就是冲不散鸽子群。真是一员猛将难抵百万兵啊！

谁也想不到会出现这样的局面，竟然有几只“舍身求义”的鸽子，盘旋于高空，然后直线往下坠落，用身体轮番砸向鹰王的颈、背或翅。这种进攻对鸽子而言是冒险，对鹰而言更是凶险。冒险的是，进攻的鸽子，因为近身作战，随时有可能被鹰歼灭；凶险的是，鸽子的进攻一旦成功，鹰的椎骨或翅膀就会立即脱臼，重者立即丧命，轻者终身残疾。好在经过几个回合，双方只是互相咬掉一点点羽毛。砸而不中的鸽子们，大都直落下方，然后立即融入群体之中，飘然而去，而后又回过身来飞上高空同其他鸽群汇合，继续轮流向鹰发动进攻，或挑逗，或骚扰，让鹰无法集中目标捕捉其中一只鸽子。鹰不停地猛冲、突击，结果总是如同快刀斩水，刀劈水分，刀收水合。真是以刀砍水水复流啊！看样子，鹰王有些力竭，行动也不如先前利落，好像哪里受伤了。这时它或许想，不要顾“苍穹之王”的尊严，还是走吧！只见它一声狂啸，迅即冲天而起，猛蹿高空，瞬间消失在茫茫的天际之中。这场鹰鸽之战，让所有在场的人都惊呆了。

鹰在所有鸟类中，寿命是最长的。它生悠悠四十载，外加漫漫三十年，可达人类的古稀之年，大抵是中国人的平均寿命。鹰从来到这个世界直到40岁，始终不停地翱翔、寻觅、搏击，它的容颜明显出现了衰老。往日锐利的喙，已变得长长的，都到了胸前，不用说捕猎，就是站在那撕咬已经捕到的猎物都已困难；当年它最厉害的搏击武器——爪，已不再锋利有力，因为其爪上已生出厚厚的角质；过去华丽的羽毛，也已变得密密层层，异常厚重，再难敏捷地竞技蓝天。

在这生死抉择关头，就这样闭上双眼，在风吹日晒中坐以待毙吗？自己本应活70年，现在才40年，如能再获新生，还能继续奋斗30年呢！鹰不属于懦弱的一派。为了搏击长空，追逐太阳，它毅然决然飞回山崖之巅的巢穴，勇敢而坚定地直面一次剧痛中的生命蜕变。它紧闭双眼，甩起头，将喙用力砸向坚硬的山岩，霎时，鲜血四溅。就这样一次次一天天，长得长长的笨拙的喙，全部断裂，落下峭壁，新生的喙经过一段时间后与鹰青春时的一样锋利。然后，鹰再用新生的喙，猛力地啄向爪上生出的厚厚的趾片，将连着血肉的厚趾，一片一片撕扯下来，日复一日忍受着巨大的疼痛，终于一点一点把曾经铁靴般束缚它动作的角质撕扯殆尽。为了重上蓝天，它又忍受着巨大的疼痛，用锋利的爪拼命撕扯身上厚重的羽毛，一根一根全部拔光。这样的蜕变，前后整整要熬过五个月！经过这样的蜕变，鹰又换取了新生命，一如既往地翱翔九霄，与万里蓝天为友，与变幻莫测的风云为伴，依然所向披靡，威猛无敌于霄汉，直到风烛残年。

“苍穹之王”连窝巢都有王者气派。哪一座山峰傲睨乾坤，哪一座山峰高耸入云，哪里就是鹰的家。有人观察过，鹰选择做巢的地方都是山崖最高耸、最险要、最巍峨、最峻拔处。鹰通常把巢建在两个山岩之间，在干燥而极陡峭的地方。鹰做这个巢是一个浩大的工程，它要建得差不多如楼板那样厚。它先用一些长达两米的小棍子架起来，小棍子两头架实在两边山崖壁上，中间横插一些坚韧的树枝，然后再在上面铺上几层灯芯草、树枝之类。这样的窝能有好几尺宽。也难怪，鹰展开双翅就两米多啊！而且这种巢非常牢固，完全承受得住鹰和它的妻儿的重量。鹰巢上没有覆盖任何东西，只凭伸出的岩顶掩护着。雌鹰下的蛋都放在巢的中央。雌鹰只下两三个蛋，听说孵化出小鹰要三十天的工夫，而这几个蛋还不能全部孵化成雏，所以人们通常看到窝里只有一两只雏鹰，而绝少见过一窝有三只的。

小鹰出世后，像一个肉团团，眨着眼，长着一身毛茸茸的羽毛。雏鹰长得非常快，几天前还软耷耷瘫在窝里，站也站不起来的小东西，经过短短几天，就变成目光炯炯、威风凛凛的小鹰了。

长得快，吃得就多。小鹰总是向天空扬起脖子，把嘴张得大大的，“叽儿叽儿”地叫。鹰爸鹰妈轮番出去捕食，仿佛工厂的工人接班一样。每天天刚麻麻亮，它们就匆匆冲上天空，在黑蒙蒙的群山上空盘旋，整天睁大眼睛在山峦间、大地上寻觅，天黑了才恋恋不舍地收翅回巢。它们为了自己的孩子，不停地和兔子搏杀，和毒蛇拼命，和山鸡斗智……捕猎是很危险的事，莫说毒蛇，就是兔子也不好抓。它们会和鹰捉迷藏，往荒草荆棘里钻。弄不好，鹰的脖子和翅膀就会因此被撞折或撕裂。即使按倒了兔子，这东西也不好对付。稍有不慎，那有力的四腿都可能使鹰肠断肚破。这就是所谓的“兔子蹬鹰”的绝招。

留在巢中守护小鹰的鹰爸或鹰妈，总是监督雏鹰站在崖壁边练习拍翅膀。从小鹰翅膀上刚长出几片硬翎开始，鹰爸鹰妈就不允许它们过分玩耍打闹，必须天天练习拍翅膀，一天，两天，十天，半月……天天练，吃饱了就练。倘有偷懒现象，老鹰就用铁凿子般的嘴、钢板般的翅膀拍打小鹰。在弱肉强食的自然界，一只鹰如果没有钢铁般的翅膀、锥子般锐利的眼睛和锋利强硬无比的爪，怎么有资格当苍穹之王？

因此，鹰对小鹰的要求是非常严格的。一阵冰凉的雨腥气刚刚吹上崖顶，蚕豆般的雨点就紧随着一声似乎能震裂大山的霹雳猛砸下来。炫目的闪电在低低的乌云中炸开，像巨大蟒蛇吐出的舌头到处乱舔。小鹰吓得直往鹰妈鹰爸的翅膀下钻，但鹰爸鹰妈绝对不会再娇惯已经渐渐长大的小鹰，它们要让自己的孩子敢于迎接暴风雨。连暴风雨都怕的鹰，还配得上“苍穹之王”的称号吗?

小鹰渐渐长大了，羽毛丰满了，鹰爸鹰妈就带着小鹰飞。小鹰夹在鹰爸鹰妈的中间，如同护航，一会儿逆风飞，一会儿并拢翅膀直线下坠，一会儿又鼓动双翼直线上升；或者鹰爸鹰妈并排在前，小鹰并排在后，上升、下降、向左、向右，不停翻飞。到一定时候，鹰爸鹰妈会把小鹰翅膀上的羽毛一根根咬断，让羽毛重新长起来，这样羽毛会比原来坚硬十倍，然后就把两只小鹰推出悬崖绝壁，让它在峡谷飞翔，迎着狂风搏击，并从此拒绝它们回窝。经不起风浪，不能独立猎捕，就死去；反之，就生存下来，成为真正的“苍穹之王”。

王者就是王者，鹰的死都与众不同。它们会自己悄悄地离开巢，向远处飞去，在那浩荡的天宇，一次又一次冲击，直到耗尽全部精神和力量，然后突然收拢巨大的翅膀，如箭一样向下直射，扎进瀑布冲泻的深潭或悬崖绝壁下的深海。那水深得连羽毛都无法浮起来的水域，就是“苍穹之王”最后的、最好的归宿地。“质本洁来还洁去”，鹰的死法很壮烈，震撼人心。它生而不凡，连死也拒绝平庸。

当然，鹰也有年纪轻轻就死去了的。那是被枪打死的。丹麦作家彭托皮丹记述了这样一只鹰的故事：一个牧师收养了一只雏鹰，悉心照料它。这只小鹰就像童话故事中的丑小鸭一样，在嘎嘎叫的鸭子、咯咯叫的母鸡和咩咩叫的绵羊中间长大。它的翅膀被修剪得很漂亮，平常的日子里就在路面上摇摇晃晃地走动。它的天性渐渐丧失了，看样子它这个被囚禁的天空骄子已不觉得天空是它的天堂了，只是在起风的日子或雷雨到来之前，显现出一点朦胧的渴望。有时它突然张开翅膀，勇猛地冲向天空，像是要永远拥抱蓝天了。可是这种时间总是很短，它很快就回到了地上，然后像平常一样摇摇晃晃漫步于院中的其他家禽之间。

小鹰渐渐长大了，终究天性还是没有全部丧失。忽一日，伴随一声快乐的、野性的尖叫，它扶摇而上，向着苍穹越飞越高，飘然陶醉于广阔的天空和自己翅膀的力量。可是，它过平常的日子太久了，面对浩渺的虚空，它害怕了。它觉得孤独，又感到筋疲力尽，翅膀沉重。它想搜寻可以歇息的地方，但是找不到任何一处庇护之所。

晚霞笼罩群峦，预示着暗夜的降临。这只鹰或许是因害怕孤独，或许是因感到恐惧，或许是因受不住高空里狂风的吹打和寒冷的侵袭，或许是又因此想起温暖舒适的家禽小院，它竟然鼓动翅膀偷偷地回去了。它被那平庸而温暖的家禽小院吸引，经过一夜执着不息的飞翔，第二天早上就飞回到牧师住宅的上空。它盘旋一会儿，正欲下落时，灭顶之灾来临了。一个雇工发现了它，拿出枪，只听一声枪响，“天空中飘荡着一些羽毛，死鹰就像石头一样笔直地落在了粪堆上”，这只鹰死了。

鹰们是无法明白这只鹰死于何因的，但听到这个故事的人们却无法平静：丧失自己，是要上演悲剧的；应伟大却变平庸，就等于死亡；有飞翔的心，还要有坚持的精神，才会有飞翔的成功；与平庸为伍，丢失的只有自己，死亡的也只有自己。

古人云：瓦罐不离井上破，将军难免阵中亡。再勇猛无敌的将军，也难免血染沙场。就算鹰们不能善终，可战场仍是它们乐而忘返的舞台。高尔基写过一篇苍鹰和黄颌蛇的故事。一只鹰在激战中不幸身负重伤，摔落在海边的峡谷。它意识到死亡的逼近，但回顾平生，却感到一种由衷的欣慰：“我痛快地活过了！……我懂得幸福！……我也勇敢地战斗过！……我看见过天空……”临死前，鹰还在抖动翅膀，看峡谷和蓝天。而黄颌蛇无法理解濒临死境还那样酷爱天空的鹰。鹰对于天空的热情和对于战斗生涯的憧憬，在它看来未免愚蠢可笑："无论飞也好，爬也好，结局只有一个：大家都要躺在地里，大家都要做尘土！……"

在地上爬的永远也飞不起来，故而黄颔蛇永远不知道飞翔于云天的自由豪迈。黄颔蛇虽然能安享天年，但一生只配仰视鹰而却做不出鹰的姿态，永远也不能拥有如鹰般荡气回肠、精彩壮丽的生命诗章。

鹰的血液中涌动着一种永远向上的奋进力量。它以洞察世界的目光，俯瞰着迷茫、困惑、慵懒的芸芸众生，它深深地为一切失去生活本能的灵魂和可怜的没落而悲哀。它直射苍穹，如一支疾箭，从万米高空俯冲而下，一声长唳山鸣谷应，那气势，仿佛天地都为之屏息，给人多少生命不息奋斗不止的激励。它始终以一种亘古不变的高度，保持着它不屈的斗志，它连在巍峨巨峰上稍息都保持着直冲云霄的姿势。

这一切，让我看到鹰的不朽的精神、燃烧着的不死的激情、不屈的傲骨和生命的光芒。

少年旅伴

夏日的一个夜晚，我难得得空去往郊野观赏湖光山色。一群男女在水库里自由自在地游泳，其中一个男子在前面游，后面用一个带底的游泳圈带着一只狗。他将绳的一头拴在游泳圈上，另一头系在自己身上。男子快乐地看着狗，一路畅游；小狗在后面跟着，威风且快乐地直立在游泳圈上。

太有趣了！这让我观赏了好久好久，不禁又想起我曾喂养过的小狗亮亮来。

亮亮是我从舅舅家抱来的。一天，我到舅舅家去，发现他们家的母狗生了一窝小狗。刚刚满月的小狗，捧在手上，柔柔的，暖暖的，让人不忍放下。舅舅看出我的心思，就同意让我抱一只走。就这样，这只小狗就来到我家了。看着它长得胖乎乎的，圆滚滚的，全身的毛黑得发亮，两个眼珠更亮，像又黑又大的葡萄，我就给它起了个名字叫亮亮。

彼时正是初春，风有些料峭。纸盒里的亮亮冻得直哆嗦，缩成了一团。我买了热水袋，灌上热水，放在亮亮旁边。这个小家伙对热水袋情有独钟，亲热得很，只顾趴在热水袋上不下来，直到水凉才离开。

小亮亮初抱到我们家时，尾巴一直发抖，眼神怯生生的，小眼珠不时从这个人的脸上移到那个人的脸上，好像我们的面孔都很狰狞。我想，它也许受到惊吓了吧。是怎么受到惊吓的？是不是老母狗不疼爱它，像我们一些大人一样偏爱一个子女，却冷落甚至虐待另外一个子女？我不得而知，但小狗亮亮一时还不知道它来到我们家是会受宠的。

我看着它，用手抚摸它，挠挠它。开始，它是警惕和恐惧的，有些害怕地往后退缩。我想，自从见面以来，我对它够友爱的了，怎么还不相信我？我又用手轻轻揉抚着它的头、它的身。也许它感到了我的手传递给它的温情，就不退缩了，而且还老实地蹲坐在地上，腼腆地伸出它嫩红的小舌头，在我的手背上舔两下。兴许它真正感觉到这个环境对它是安全的、温暖的，它才以这种友好的方式回敬我。它一定明白在我面前，它这样舔我的手是被允许的。我的手背让它舔得痒痒的。我不动了，它更殷切地舔起来，舔得我的手不忍抽回去，恐怕惊吓了它，让它误以为我不乐意接受它的此类举动。

半年后，亮亮个头长大了。它睡觉少，就像调皮的孩子，不到十分困乏不睡觉。它整天疯玩，出去找它的小伙伴疯。有时找不到小伙伴，它就追小猫玩，小猫被它吓得夹着尾巴直窜。有几次猫急了，就爬到树上、房顶上，它无奈只好站在地上昂着头，“汪汪”直叫，有时坐在那儿等。等一会儿，它耐不住了，就悻悻地走了。无聊至极的时候，它竟然还去追蜻蜓和蝴蝶，累得“哈达哈达”直喘气。它有时将小鸡追得满院咯咯直叫，四处乱飞。它很快乐。看到鸡吓得乱跑，它高兴地在地上直打滚，打过滚竟又起来去追，弄得院子很不安宁。我就吼它，叫它停下，可它忘乎所以起来，只拿我的话当耳边风，我就逮住它，没轻没重地揪它的耳朵，逼着它老实点。只有到这个时候，它才能老实一时半会儿。不消很长时间，它就像顽皮的孩子一样，忘记挨过打了，重新疯玩起来。看着它的顽皮，我觉得又好笑又可气。

它成了我们贫困家庭的活宝，给我们带来无穷的欢乐。它常到野外玩，找小狗伙伴玩，戏弄小猫小鸡，但更多的是同我们家人玩。它快乐时满地打滚，高兴时两个前爪往我们身上一趴，让我们用两只手接着，引领它扭来扭去地走，有时它趁人不注意时伸出那嫩红的小舌头去舔家人的脸蛋。它还和我们一起看电视，当电视播放《动物世界》，出现狗和狼的故事时，它会靠得很近，特别专注，巴不得自己融入电视里的动物世界中去。

因为全家都爱它宠它，就任由它搞些无关痛痒的小破坏。蹬了鼻子，它就上脸。有一天，下了大雨，它从外面玩耍后跑回家，浑身淋得像落汤鸡，四个蹄爪沾满了泥水。也许是有点冷的缘故，它突然跳到床上，还直抖身上的泥水，弄得满床都又脏又湿。母亲生气了，一巴掌把亮亮打到了床下，并用脚踢了它一下，还警告说："下次再这样，看我不打死你！"亮亮一下傻掉了，它没想到它的忘乎所以、任意胡为，会惹得主人如此动怒。此后它可学乖了，再也不敢上床了，就是把它抱到床上，它也吓得立即连滚带爬跑下床来。见它这个样子，母亲觉得很是愧悔，觉得当时不该那样狠打。

不久又发生了一件令亮亮不愉快的事。它平日夜里睡觉要拉屎尿，就跑到床边喊我们。可是那次我们全家都睡沉了，它一个劲“呜呜”叫都不醒。它实在熬不住了，就在门边方便了。第二天一清早，姐姐不慎踩到了。母亲生气地说：“亮亮又想挨打了，看我怎么打你！”母亲一边说着，一边把亮亮拉过去进行惩罚，把它的鼻子尖死死地按在排泄物上：“看你还敢不敢在屋里尿！”问一句，它的脑门子就被打一棍子。从此无论如何，它再也不敢在屋里睡觉了。也许是它怕在屋里憋不住，会再被我们痛打。

到深冬了，我们怕冻坏它，要拉它进屋，可它直摇头，两腿直往后退缩，表示抗议。有一天夜里气温很低，漫天大雪，地冻天寒。早上起来，我看到了一地亮亮踩碎雪留下的蹄印子。我想它一定一夜都在跑着取暖。于是，我就把原本锁上的厨门打开，让它在灶前卧睡避寒。或许是因为天太冷，亮亮冷极了就拼命往灶口拱，弄得浑身脏兮兮的，像个丑小孩。

亮亮长到两岁时，已是像模像样的大狗了，依旧淘气，时时围着我们转，要我们逗着它玩耍。但是它居然咬了邻居一口，母亲只好带邻居到防疫站打针，这让母亲尤为恼火。亮亮似乎知道自己犯错了，垂着耳朵跟到防疫站。我建议也给它打一针，谁知这家伙就是不听话，几个人都按不住，又把打针的医生咬了一口。这下更不得了了，母亲追赶着要往死里打它，我一边心疼一边咬牙切齿对亮亮说："你再也不要回家！"怨怒之下，我跨上自行车，一溜烟回了家。到了家里，我立即后悔起来，当时不该那么冲动，丢下亮亮不管。它万一找不到家，丢了咋办？想到这里，我立马骑车出门，顺着去防疫站的道路找。半道上，我看见亮亮正翘着尾巴往家的方向跑来。见到它后，我原本以为它会很亲热地迎向我，因为我毕竟又来找它了，说明我还是要它的。可它没有这样！它停下，趴倒，一动不动。我说："亮亮，咱们回家吧！"它的眼皮动也不动一下。我又说："怎么啦？亮亮生气啦？是我不好，不该丢下你。可我现在不是来接你了吗？"我摸着它的身子，揉揉它圆乎乎的脑袋，看着它两眼露着埋怨和委屈的神情。我知道，因为我从来没有这样对待过亮亮，突然这样对待它，它受不了。现在我来接它了，它就像被丢弃的孩子一下见到妈妈，怎么也控制不住发泄内心的委屈和痛苦。于是，我又摸摸亮亮的耳朵，轻轻地抚它，说："这儿不是你的家，跟我走吧！"我说完，亮亮的眼皮朝我翻了翻，但它是懂我意思的，虽然它当时没有立即起来，但稍过一会儿它就伸伸身子站了起来，跟着我回家了。

亮亮对饮食的要求不高。因为家境艰难，哪有钱给它买上好的东西吃？只能粗生粗养，给它丢点剩饭剩菜，还时有断顿。给它吃食的时候，它的头早早地昂起来，两眼直勾勾地盯着我的手，馋得一跳一跳的，恨不得马上一口全部吃到嘴里，脸上呈现出特有的夸张的感恩之情。有时候仅仅是一碗糙米饭，加上一点点肉末或油腥，就能令它开心快乐，神采奕奕，奔跑如风！要是没有吃的，亮亮就昂着脖子等，饿极了就埋头呼呼大睡。尽管如此，它从无怨气，也没想过离家出走。我暗自想，亮亮真好！

我见过一个富人家的狗，主人每天用上好的骨头和肉款待它，有的时候甚至还做羊汤、买牛奶给它喝。可是，渐渐地，它除了精肉细骨一概不食。再到后来，它挑食到了细中之细、精中之精的地步，超市买的高价狗粮，它甚至连看都懒得看上一眼，同满身怨气的贵妇和娇生惯养的小姐差不多。对它如此百般照顾，它还是那么慵懒和冷漠，表现出深切的不满和厚重的怨气。

有个朋友给我讲了个故事：在俄罗斯，有个人叫谢尔盖·拉图申斯基耶，他曾喂养了一条名叫马斯金诺的猛犬，是多次狗博览会的冠军。他同这条狗和睦相处五年。后来，他结婚了。妻子马琳娜美丽贤淑，生性快活，热爱动物。可是，马斯金诺从一开始就对马琳娜看不顺眼，经常冲她发威吼叫，还试图咬她。当他们生下了小乖乖安德烈，这条狗更不接受了。一天晚上，马琳娜正在厨房忙活，小安德烈在院子的童车里睡觉。突然，院子里传来孩子的一声尖叫。她跑出去一看，马斯金诺张开大嘴咬住了孩子的头。马琳娜冲向穷凶极恶的狗，可它变得更加凶暴。安德烈已经不再喊叫。邻居闻声赶来，帮助马琳娜，却没救活小安德烈。当时来的一位医生说："我也是爱狗的人，知道就是最好斗的狗也不会轻易攻击主人家的小孩，更不用说去咬了，为什么会发生这样的惨剧呢？"若是主人在家，马斯金诺绝不会如此胆大妄为、疯狂失性。狗的等级观念是最强的，当主人还单身时，等级排列中主人是老大，马斯金诺就是老二。主人妻子进入这个家庭后，等级发生了变化，而马斯金诺又不愿让出自己的老二地位，所以它常对主人妻子马琳娜怒吼。当主人和马琳娜生出小乖乖安德烈后，马斯金诺更为恼火。过去五年里它独享主人的爱抚，如今主人妻子和儿子出现后，它显然愈发被主人淡漠了，所以才做出如此异常的反抗举动。

这个故事让我很震惊。我知道他是和我开玩笑，却让我有一种毛骨悚然之感。可是当我见到亮亮，看到它亲切温顺的样儿，摇着尾巴围着我欢喜地转悠，我又不由地喜欢起来，舍不得疏远它，更舍不得丢弃它。后来，我读到美国作家杰姆·威廉斯的一篇文章。文中说，一只小狗顽皮滑稽，为主人带来快乐，主人也视它为最好的朋友，甚至把它唤作孩子。就算小狗调皮捣蛋过分了，主人也只是对它摇摇手指说："你怎么可以这样呢？"到最后，主人还得半喜半怒地向小狗投降。主人忙碌的时候，小狗会把家里弄得一团糟。它还经常倚着主人撒娇。主人经常带它到公园散步，互相追逐。每天傍晚它还迎接主人回家。这样的亲密无间，并没有影响主人后来结婚生子。渐渐地，主人把更多的时间花在恋爱上了，它仍然耐心地守候着主人。它天天摇着尾巴，欢蹦欢跳的样子，好像为主人恋爱感到无比欣慰。主人的妻子并不是爱狗的人，可狗总是很敬爱主人的妻子，绝对服从她，千方百计让主人的妻子知道它很爱她。后来主人家添了小娃娃，它也跟主人一起雀跃。因为怕小狗把小娃娃弄伤，主人就整天把小狗关在门外，小狗虽然很急，但还是默默服从。主人的孩子慢慢长大了，小狗也成了这孩子的好朋友。孩子喜欢它，它也喜欢孩子。

这让我觉得，狗和人一样，人和人是不同的，狗与狗也是不同的。俄国安娜·谢利瓦诺娃写的马斯金诺犬是一种狗，而美国杰姆·威廉斯笔下的又是另一种狗。而我坚信我疼爱着喂养着的亮亮，就是杰姆·威廉斯笔下的这种狗。我如果不在家，它就会在家门口坐着等我回来，就像当年祖母每周六在村口巴望着我回家一样。它摇着尾巴在村头迎接，见到我就蹦跳，两个前爪向我身上扑来，亲热一阵后，就在前头跑，引领我往家里走。

我每次出门，它总是千方百计缠着我，跟着我。我走它就跟着走。一年冬天，天正下着雪，我要上山砍柴。亮亮一定要跟我去，怎么办？赶又赶不回，我就装作不走了，回到屋里。趁它到别的一间屋玩耍时，我跑出了屋，直奔山坡。我想，这下亮亮追不上我了。可就在我得意着摆脱了它的时候，回头一看亮亮正从山下狂奔而来。雪齐它的胸，可它的前肢像破浪一样将雪劈开。见状，我是又高兴又气恼。还有一次，我和同伴结伙去县城打工。亮亮十分敏感，看我拎着行李知我要出远门，紧跟不离。我走的时候，它悄悄尾随。无奈，我让母亲逮住它，才上了汽车。车开动时，我看见它面对汽车远去扬起的沙尘一脸迷茫，定是不明白我为何无缘无故抛弃它吧。

汽车行走在蜿蜒的山道上，最终出了毛病，全车人下来在路旁等候司机修理车。大约修了半个多小时，终于修好了。正待大家要重新上车时，我突然发现亮亮坐立在汽车跟前，伸出舌头大口大口喘息，直望着我，那眼神分明是在哀求我带它一同上路，哪怕远走天涯，它也不怕奔波。

从家里到修车地点，足足有10多里地啊，它竟然就这么追过来了！幸亏车坏了停下来修路，不然它还要跑得更远，倘若追不上我乘的车，找不到我，又回不了家，咋办？弄不好会被狠心人逮了杀掉吃了。我只好带着它回头了。

亮亮虽然不是名狗，也不是狗博览会上的冠军，但它的身躯一样矫健、丰满，身上的毛乌黑油亮，两眼炯炯有神。三岁后的亮亮再也不是当初的小不点，再也不用怯怯地遛墙根了，它走起路来大步向前。小跑时，它的尾巴高高地翘着，头高高地昂着，四蹄翻滚，放大了看，活似一匹神采飞扬的战马。倘若猛跑时，它就把两只耳朵紧紧向脑后贴伏着，尾巴向后拖着，好像它也明白这样可以减少阻力一样。

永远值得我夸耀的是它看家护院的本领。一个秋末的晚上，我领着亮亮闲遛一圈回来。刚走到家门口，亮亮就警觉起来，它伸长脖子东闻闻西嗅嗅，显出一种发现敌人的严肃神情。突然它猛地向上一跃，翻过院子的矮墙头，我还没来得及开院门，它就蹿到院子里凶巴巴地吼叫，原来是两只贼头贼脑的黄狗正在猪圈旁偷吃，发现亮亮后立即狼狈逃窜。亮亮的勇猛和警惕性，一点不亚于人。

后来的一天，我终于离开了亮亮。为了生存和发展，我还是决意离开偏僻的山野乡下。临走时天蒙蒙亮，母亲送我到村头路口，亮亮也紧紧跟着。我上车了，母亲对我招招手，亮亮也抬头看着我乘车离去，它的眼神里显然流露出不舍。说来也奇怪，亮亮这次并没有跟在汽车后追赶，只是呆呆地在路边站着，昂着头目送我消失在它的视线之中。为什么呢？也许它觉得我不能因为它而耽误我的人生前途。可我怎么也不会想到，我这次离家居然成了它与我的永别。

当我从城里打工回家，母亲异常难过地告诉我，亮亮已不在了。母亲说，我走后，亮亮天天魂不守舍，每天傍晚都在村头路口等我回来，无论刮风下雨，每天都兴冲冲地去，耷拉着脑袋回。终于有一天，再也不见亮亮回来。母亲到处找，村头、山坡、树林，都不见亮亮的影儿。我心里难过极了。我恨自己没有带走亮亮，奈何我只身闯天涯，不知何处是我家。

在我过去的岁月里，我因为喂养了亮亮而快乐，也因为失去亮亮而痛苦。它给我的快乐与辛酸，将一律埋藏在我记忆深处，如同我自己终年不能忘怀的过去。

第二辑

花间呢喃

情花

一

你的吻痕,是我身体最多彩的图案,那是一朵永不凋谢的情花。

你是我从降生就开始的梦，直至遇见你，我才在梦中笑了。相遇与相识的人漫如繁星，唯有你，是皓空的一轮明月，将圣洁的光洒进我的清梦。

你孤独地踏上归途，其实正是来路，我就在莫愁湖等你。你带着满袖秋风奔赴，我变成秦淮河畔的古柳林，青青垂杨便是我的依依叮咛。

想你的时候，即便孤独，也不再有寂寞的感觉。

恨君不似江楼月，南北东西。南北东西，只有相随无别离。恨君却似江楼月，暂满还亏。暂满还亏，待得团圆是几时?

你在，无论阴暗还是阳光，心底都是晴朗；无论白天还是黑夜，心底都是安宁。你无奈地离去，非是叛离我，而是为了来日更久长地厮守。

二

从别后，忆相逢，万回魂梦与君同。

从清晨睁开双眼到午夜合上双眼，梦中呓语都是念叨你；从朝霞升腾到夕阳西下、星火满空，都在牵挂你；从月牙初现到月圆满钵，每天都渴盼见到你。虽迢遥之隔，天涯当咫尺。

我是如此全心全意、至死不渝地将你深藏于心。你我的情意就似排山倒海、汹涌澎湃的无垠碧浪，也似数不胜数、让人眼花缭乱的满天繁星。思念就像空气，流动在时时刻刻、分分秒秒，纠缠在四面八方，漫无边际。

长夜银河天际流，鹊桥顿解两情囚。天释女，地从牛，月牙住进柳梢头。

无论四季如何递变，地球绕太阳如何公转，从春分经夏至过秋分到冬至，无论昼长夜短的三伏天或是昼短夜长的三九天，我如同沉迷于东风的温润与娴静，南风的潮湿与剧烈；也如同沉迷于西风的萧瑟与干燥，北风的凶猛与寒冷。这长长长长长长的萦念、追念、忆念、誓念、积念、盼念、遐念、痴念，哪里是说得完、讲得清、道得尽的啊！

三

我一夜一夜从梦中醒来，拥抱的却是空空如也。我一次一次地梦到你关切的目光，梦到你磁性的声音，梦到你深情的双手。我只愿此生与你拥眠，将头埋进你宽实的胸膛。

我要同你穿越这不朽的黑夜，穿越生命的沧桑和辽远，穿越俗世的春天和人生的秋天。我要同你穿越那无法穿越的死亡和永恒，穿越那遥不可知的未来和永不消散的静寂。

在时光的隧道中，我的骨头醒着，为的是聆听你的脚步；我的身体醒着，为的是等待你的亲近；我的思想醒着，为的是迎接你灵犀的飞渡；我的灵魂彻夜不眠，为的是与你的灵魂相契相栖。

冥冥中约定了，在百花盛开时，我们相遇；在知了欢唱时，我们相知；在秋菊浪漫时，我们相爱；在白雪飞舞时，我们相守。

劝君莫羡桃李花，桃李花开易飘逝。劝君景仰松柏色，松柏常青从不凋。

一年四季，日日相好，月月相眷，季季相恋。

人生若无相思饮，枉来世间走一遭。蓦然回首，发现我曾经的情，过去的爱，都不抵你一次牵手。我是如此忘乎所以，我是如此梦回依依。

在这夏日如火之晨，我愿化成一只蝶儿，踩着你的足迹，追随你的身影，停靠在你宽厚的肩臂，日也厮守，夜也厮守，哪管潮落潮起，哪管日头西东。

四

前生我是你的女人，今生你用柔情飞扬的文字牵引我的心魂；今生我依然要做你的女人，你将所有的柔情化成文字彰显你对我爱的忠诚。

我积压已久的心绪此时哽咽成一串无语的诗。此时此刻，我为你落泪了，无声，却有痕。我不是一个容易落泪的女人，也不是一个轻易能让人走进心扉的女人。

我看不见你的脸庞，却能看见你的眼睛，那是蓄满痴念的眼；我看不见你的身影，却能看见你的内心，那是溢满爱意的心。手动处，怡风习习；泪流处，款款温情。

你就是我在大海中漂荡已久的唯一的浮萍，我是如此虚弱地抓住你的衣襟，你的袖风便是我从容的喘息之地，倘若松手，我便窒息身亡。

吾郎，你是我苦等千年的精灵，我等你在万古断桥，与你倚柳赏荷，与你植梅栽桃。

吾郎，你来，请跟我来，让我们彼此阅读每一寸肌肤，让我们彼此描绘人间最美的风景。吾郎，吾爱，请莫迟疑，请莫彷徨，请跟我来，我一直一直等你，在老地方。

芳华皆尽不言弃，青丝银发为君系。

我是一只彩蝶，悠游在爱波滚滚、爱浪滔滔的海洋。我折下世俗的翅膀，张开爱的羽翼翱翔。

五

能陶醉我的，不是花香，不是甘霖；能陶醉我的，不是月夜，不是醇酒；仅仅是你那轻轻一握啊，是你离去时的匆匆一眸！

你就这样把我仅有的心盘占据了，你就这样把我整个的魂魄夺了去。

不认识你，不知牵挂是如何之重，不知思念是如何之苦，我这满腹思量，为你雀跃，为你恍惚。我要踏破这漫长夜空，为的只是听你一声轻唤。若是你看见了天空中飘着一朵孤独的云，那是我在等待你的嫁衣。

我不需要你炽烈的情，也不需要你火热的爱，我只要你那浅浅一吻。你已经嵌进我的心窝。

我愿意做你一世的丫鬟，愿意为你烹煮，愿意为你磨墨，坐看云卷云舒，静听潮起潮落。我愿意幻化成一只百灵鸟，在春夏秋冬的每个日子，栖息在你书房，吟一曲轻歌。

君若有情，记取早起，莲叶那滴滴水珠，便是我彻夜的低泣。

六

为君消得人憔悴，衣带渐宽终不悔。悔的不是情啊，而是不适合的时间埋了不适合的相思。

多情自古空余恨。我是一介独行客，终年漂泊在荒凉的山野。我这杆经久闲置的猎枪，却为你磨得亮堂堂。我愿意抛却所有的优越与安逸，与你栖居峰腰，那是我的天堂。

你带着忧郁的双眼狂奔在喧嚣街头，只为找到千里跋涉疲惫倦困的我。我就在急切的喘息中醉眠，不愿醒来。

你沸腾了我前世今生的血液，你加剧了我此生来世的脉搏。你是如此虔诚地寻访我的印记，你是如此执着地踏遍我的足迹。

你不在，时刻都是旅程；有你伴随，哪里都是终途。我寻寻觅觅凄凄惨惨悲悲切切，在任何繁华都市或村野山庄，风干成一座望君石像。

在你面前，我失了矜持，还了本真。我就那样瘫软成泥，与你缠绕成大地千年的老藤，缱绻成大海永远的潮汐。

七

你是一尊天神，忽然降临在我人生的窗台上，注目，回眸。你用你炽烈的情，用你滚烫的汗，燃烧我沉寂的心扉，沸腾我平静的心湖。

你是我唯一的清池，供我氧气，任我悠游。海洋之大我不羡慕，江河之广我不向往，我只愿在你寸尺之宽的胸河畅游，我只愿在你明澈的眼波中舞走。

假如你梦见了南国的春天，你经过了哪一树茶花，又离开了哪一园的玉兰。假如此刻你依旧在梦中，梦见了一场雪，哪一朵雪花是你的，你又经过了哪一条布满雪花的道路?

如果你循着往年的途径找寻我，我就在你灵魂的最深处，锄土、浇水、施肥，让你灵魂的花园四季如春。

春夏秋冬情常在，风花雪月恋由君。一曲梁祝世代传，教人断肠直到今。

我一个人在风雨中徜徉，我的头发湿了，我的衣衫渴望火焰，渴望温暖；而你不来，我的心一片汪洋。

如果有人咬着烟嘴，在漆黑的夜色中穿行，黑暗覆盖一切尘世俗事，唯独吞没不了这点火光。

八

相思到痴时，非诗亦成诗。诗来寄相思，方知诗也痴。

今夜我虚度年华，今夜我奈何美景，今夜我在你的来生飘零。

今夜我头枕寂寞，今夜我怀抱孤独。君在星河哪一处，请给我指明寻你的去路。

你的笑容就像三月的桃花，我在与不在，我伤与不伤，你都肆意绽放。

倘若人生可以重来，我愿抛弃所有繁华，朝守夕随，昼依夜伴。我愿我的生命纯如白雪，只允许在你温暖的手心融化，融化成一潭圣水，请你缓缓缓缓却又烈烈烈烈地撷汲。

此时，我的心柔软成一团棉花，净洁地期待在你的怀里盛放。我倚窗冥想，向北凝望，心魂启航。

吾郎，来吧，无论你踏着晨露，或是你披着月光，我就在你魂飞灵舞处，等你一同翱翔。来吧，不管你飞黄腾达，还是失意彷徨，我都是你安全栖息的故乡。

云彩朵朵，那是你寻找我的身影；落叶飘飘，那是你追寻我的脚步。我便是你凋萎的冬日里那抹唯一的新绿，带给你春的盼头。

九

你沿着我沸腾的血脉而来，你沿着我充沛的经络而至。我亭亭玉立的娇态便是为你伫候，我枝繁叶茂的风姿便是为你停留。

你带着一股茉莉的清香轻轻靠近我，你那一袭洁白衣裳与我的裙裾共舞在晨昏雨露。你悉知我千年万年孤独地守候，从此不允许我寂寞。你将与我同掬春的清露，夏的星光，秋的月色，冬的寒霜。

四方之内，云水为之，山林广盖。君为水漫，随波浮荡；山为所被，暖心藏身。

岁月悠悠，静观流水付东流。离泪点点，遥赏落花度春秋。是谁偷裁了月的婚裳，是谁剪下了星的面帐，是谁佩戴在我的身上，是谁将青山做了新房。我就这样，无聘无媒成了你的新娘！

吾郎，吾爱。让我驻守在你的胸膛，那是我永远的温床；让我植入你肥沃的土壤，在你园林发芽、茁壮。世间草青花艳，可你心无旁骛，只愿为一个我施肥、浇水、盼想。

菜花香，杏儿黄，清风细柳落影旁，娇燕难成双。暮色凄，春水凉，一壶浊酒饮残阳，相思欲断肠。

十

吾郎,你的到来,是一首经典的老歌,锁不住魅力无尽的光芒。

你的明澈，是岁月抹在你脸上的阳光。踏过荆棘悟透生命的真谛，成熟如你，温雅如你。神秘的诱惑和底蕴，是我人生最深刻的哲理。

昨夜，我又梦见你了，在桑树的浓荫下。阳光下的枝头栖着蝴蝶，桑葚累累，红得发紫，青的还透着芽尖。

你是一介在苦难中挣扎和在贫瘠中煎熬的农夫，见证了我开花的土地与村庄的变迁。

秋雨春花，季季零落。没有你的怀抱，我便是那株扶桑花，日盛夜凋，孤芳自赏。年年复年年，朝朝复朝朝，固执地轮回、苦守。

星河遥迢，你要奔赴我的七夕，我要苦渡你的鹊桥。

你不用月下悲秋，也不用顾影自怜，我是小乔初嫁正风茂，恰合鸳鸯蝴蝶梦春，恨未逢早。

岁月随光去，度尽人生春和夏，留守季节秋和冬。

雁归人未归，无怨唯有痴。

十一

春雨满空来，相思似花开。不知何处诉？真个任君猜！

我在爱情路上寻寻觅觅，兜兜转转了万千回，我跌跌撞撞，恍恍惚惚地留下了千疮百孔，感激你收留我成为你的新娘。我的身体每一处都开满花朵，渴望你的浇润，期盼你的摘取。

你是一匹骏马，咆哮在我的长空，飞驰在我的原野。你是一介勇夫，时刻准备整装待发，时刻准备着精兵良马。

伴着疏星朗月，披着霁日彩霞，掖一管笙箫，带一弦琵琶，你纵横在我心中的撒哈拉。

你是最美的风景，你头顶蓝天白云，你脚下碧波荡漾。你目之所及的地方，都是经典的桃花岛。

我们看遍桃红李白，我们尝尽苦辣酸甜，我们游尽五湖四海。在那四方屋舍种桂木，植莲塘，我在你胸膛的田埂上，飘然起舞，眉眼巧笑。

岁月带走我娇艳的容颜，可带不走我依然为你灿烂的青春。我还是一个情窦初开的姑娘，你看我见到你的那份惊慌，你看我握紧你手心的颤动。

十二

春来了，而你却未来。头顶飘忽的云朵，可是你偷望我的脚步？身边零散的落叶，可是你追随的归途？满园迷离的桂香，可是你倾诉的衷情？

我活着，像云朵纠缠天空一般纠缠你；我活着，像落叶痴恋大地一般痴恋你；我活着，像香火虔奉神灵一般虔奉你。

柳丝长，春雨细，花外漏声迢递。

我在哪一个季节都等你，种子发芽，柳枝吐绿，玉兰芬芳。我等你，在茶花树下，在杜鹃花丛，直到落英铺满道路。

我不要你迷失在繁喧霓虹，我要你怀揣着我的一缕青丝，那便是千古盟誓！

不眠春夜，花枝袅袅正俏，星疏月瘦负良宵。微送寒意，惜叹无人添裳，怨郎无声别遥。寂身无归处，何日卷帘，莺燕重交好？

吾郎，吾爱，你的生命就是诺言。你用你坚挺的双肩扛着勇气、信心与世俗，你用你渊博的智慧诠释人生、思想与信仰。

楼头残梦五更钟，花底离情三月雨。

十三

我的唇齿间还有你的清味，我的心房还有你的心跳，我的魂灵找到了抵达你生命的捷径。

卷帘望疏星，牙月挂梧桐。晚风沾清泪，不知心何伤。

我沿着《春江花月夜》的线条，串起一点点的血泪，化为浩浩波涛，灌溉你干枯的心田。凭借线条的行进，传达我心的律动，拥抱你的共鸣，荡着小舟，飘向无际的天涯。

我愿做你永不疲倦的画卷与书页，我愿做你永爱歌咏的词曲与音符。

那如洗的月光，就是陈年的纸张，记录下我对你倾情的诉说。

明月不谙离恨苦，斜光到晓穿朱户。

我的血管装满你的温柔，我的经脉流动你的关怀，我的细胞凝结你的痴情。在你的怀里，你诠释了我生命的主题。

你的名字驻守在我齿间，无止无歇，一遍一遍地呼唤，一次一次地咀嚼。

假如我死了，我也要将你的名字，刻在我的骨骼里。

十四

你是雨，春眠不觉晓的夜晚，你把问候飘洒。

细雨霏霏，落在窗台的晒衣架上；轻轻地，柔柔地，执拗地敲击，带着刚毅，带着诗韵，带着浓情。

辗转反侧，滴滴晶莹是你苦等的清泪。我毫不迟疑地将理智放下，爱裂变成巨大核能，放射出独我的相思。

窗玻璃如不可触摸的无形的手，将至情至爱的情思碾成一缕轻烟。

天海缱绻，地水缠绵，花树润泽。隔岸伫望，目视北方。雨水敲打声，车轮疾驰声，波浪翻腾声，礁石呐喊声，嘈嘈切切，喧喧嚷嚷。

花自飘零水自流，一种相思，两处闲愁。

在这样一个花样年华，我要为你抒写，仅为你抒写，我心中柔情蜜意的爱恋。

让你穿越我的海，无论翻涌与静默。

瘦影自怜秋水照，卿须怜我我怜卿。

十五

吾爱，你莫忧伤，我们一起幻化雨滴，飞向苍穹，在空中我们缱绻成一朵雨云。大地回春，大梦觉醒，爱的呢喃在春意盎然中弥漫洇化。

仰望天空，有一朵雨云，那是你我的结晶。雨云痴缠，碾磨成泪。漫过山峦，在千古的世外桃源，共同播撒爱情的种子。

春雨沁漫花园，让我们激扬文字，涂抹高远的梦想。春雨穿越山庄，那是我们互相砥砺的殿堂。

无情不似多情苦，一寸还成千万缕。

你的注视，使曙光辉照；你的呵护，使星月闪耀；你的疼惜，使我欢心舒畅；你的爱抚，使我青春不老。

我要你深情的眼神，永远在我身后，默候我坚定的脚步。

十六

吾郎，请你踏着月光来，请翻阅我每一页书画，请朗诵我每一行文字。你每一次翻阅都如花瓣般绽放，每一次朗诵都如蜜糖般滋甜。花瓣为你盛开，蜜糖为你芳香。

情窦初开的明月，撩开一层层云雾的幔纱，迫不及待地飞驰，寻找她心中的帝国。嫦娥为谁动了凡心？谁能惹得嫦娥冰洁的衷肠，万载千年寻觅那一位失信的郎君？

夜月一帘幽梦，春风十里柔情。

吾郎，你是一匹永不知倦的战马，昼夜驰骋在我广袤的边疆。你眷恋我茂密的草原、湿润的土地，我是你来世今生最旖旎的风光。夏日，我给你最清冽的甘泉。冬日，我给你最温暖的体贴。春日，我给你最美丽的花瓣。秋日，我给你最可口的硕果。

只要你不厌弃，我就将你日日夜夜放在我枕边。只要你不厌倦，我就将你时时刻刻分分秒秒怀想。

酷炎不枯，寒冷不颓。我要你攻我的城，我要你掠我的地。

十七

为你昼夜兼程是我誓死无悔的快乐，星儿累了，月光暗了，但我的眼睛明亮。你就在我咫尺的地方，你在哪里，哪里就是天堂。

我期望在广袤的黑暗中睡去，你的爱就是黑暗，将我彻彻底底淹没；我愿意在星月的曙光中醒来，你的爱就是黎明，将我完完全全透亮。

晴也惦念，阴也惦念；好也牵挂，恼也牵挂；近也相思，远也相思。只有牵了你的手，才感觉踏实；只有贴紧你的怀抱，才明白世间风情与温柔。

从来不在人前落一滴泪，却总为你一个人而哭；从来认定自己坚强，却不由自主在你面前软弱。

我不再彷徨失措，我不再寂寞无助，你的肩膀是我余生唯一的依傍。

鱼沉雁杳天涯路，始信人间别离苦。

十八

让我追逐你每一朵浪花，让我顺着河流的方向，奔向你，投入你的怀抱。你一波一波向我席卷，渴望将我吞噬；你一浪一浪高涨起伏，倾尽你所有力量。

我情愿是你岸边的一粒沙，一只贝，贪恋潮水，隐匿浅滩。我无须亮丽，依然被你的深情吸引。让我沉醉于你的博大，深入你的浩瀚。

我多么渴望寒冬雨夜，与你西窗剪烛，温一壶美酒，听雨打芭蕉。你温馨的话语在我耳边流淌，你修长柔情的双手轻拂我的发丝；我什么都不需要，只要循着你的眼眸，无须言语，无须清歌。你的呼吸是最经典的音乐。

我在你的枕边起舞，你不朽的魂灵是我永远的风向标。

不慕蜻蜓，不羡鸳鸯，我们共数虫声，短短长长，是在为我们的婚床奏响。

吾郎，我愿意看着你的青丝变白，面容苍老。就算一切繁华不再，你的容颜憔悴，你依然是我安躺的温床。

十九

那盛满的一杯杯啊，就是我无言的清泪！你且哽咽饮下吧，解救我断肠柔情！

我醉了，醉的不是酒，而是情！醉的何止是情啊，醉的是我生的一颗柔肠侠骨女儿心！

我醉了，醉的不是情，而是我的髓啊！我醉得神魂颠倒，把你的笑颜溶进血液里头！

天若有情，请赐你我长生不老丹，让我们余生余世，举案齐眉，琴瑟和鸣。

你说，你愿意阅读我的《情花》千万遍；你说，《情花》每个字都让你陶醉迷恋。我要为你唱一支千古绝唱，唱得北极酷热，南极汪洋。

我们坐在田埂上，你吹口琴我曼舞，你拉二胡我清唱。

让我的银发飘舞在你肩头，我们牵着手拄着拐杖听一曲《钗头凤》，唱吟一首《十五的月亮》，蹒跚着走向生命的夕阳。

二十

如果有来生，请在露珠晶莹的春天等我，我一定像纯洁的玉兰一样朝你盛开。如果有来生，请在橙黄橘绿的秋天等我，我一定像金黄的稻穗一样等你来收割。如果有来生，请在黑夜里等我，我会是你的火焰。如果有来生，请在黎明时等我，我会是你的晓星。请在你生命的每一分每一秒等我吧，我一定会扬鞭策马，昼夜兼程，奔赴你生命中的每一场盛宴。

请一定在千年的红豆杉下等我，一定在前世的古渡口等我。你不必望眼欲穿，也不必望穿秋水，我就在你今生来世的灯火处，向你低眉，向你笑歌。

滴不尽相思血泪抛红豆，开不完春柳春花满画楼。

吾郎，寒窖棚舍是我们的桃花岛。我知道，我渴望之所正是你心驰神往的地方，让我们织就世上最锦绣的绸缎，让我们书写最华丽的篇章。

二十一

我在荒漠中寻找你这口泉眼，我千饥万渴，我千焦万虑。

我们一起吸蕴朝霞与夕阳，收集晨露与星光，缠绕成万里长城，缱绻成万古长江，挥霍我们所有的青春，纵情我们所有的力量，恣肆生命的乐章。

我用朝露洗濯我的双手，我用紫丁花铺就我的道路，我用生命的盎然妆点我的魂魄。仅仅为了你，仅仅为了迎合你的春天。

吾爱，吾郎。你用那双灵动的手，在我玲珑的身上，绘就世间最溢彩的风景，描摹世间最精韵的线条。

在你胸膛的眠床，在那一小方天堂，数流星，赏月亮，品文章。

吾爱，你是我掌心的云彩，飘啊飘啊，在我的灵魂中百世缭绕。我在水边彷徨，我仿佛听见你涉水的声音，一波一波，浸润了我的心境。我的梦因此有了南国烟雨的迷蒙，有了在水一方的憧憬。

二十二

三月寒微春色浅，疏柳点点小桃红。斜风细雨谁解意？醉人春波鸟鸣中。东风有信舞春岚，轻云万里送朝晖。侧听山鸟声声慢，揉尽霞丝衔香归。

我外披孤独，手提寂寞，等待你的笑容将我淹没。

你脚步无声，我却能感知你的靠近。你所有的言语，仅需一个眼神传递。

许多时空擦肩而过，许多遗憾常留心中，满脑子萦绕着你的春华与温柔。人生之憾不可避免，所以珍惜。而正因憾，倍感真情可贵。

明知你我在人生的路上已擦肩而过，我却固执地在此为你守候，用我的余生。

痴情莫如无情，经不起，相思摧残，心力焦竭。多语莫如无语，宁孤枕，一味忆念，南北东西。

吾郎，唯你读懂我的举手投足，唯你读懂我的渴望。请带领我，在花海中，在草丛中，在荒芜中，在山野中，完成苍天恩赐我们的使命，将炽烈的情、火热的爱进行到底。

二十三

在你我走过的地方，会生长男人的骨头，生长女人的妩媚。在那些布满足迹的地方，繁花遍地，所有生命无限盛开，召唤所有清新空气。

隔着山，你能听见我燕子一样的呢喃；隔着海，你能闻到我青草一样的气息；隔着冬天，你能听见我在草地上奔跑的脚步声。

爱人啊，无论我在何方，你都能感知我的跳动，都能感知我生命的每一缕细微的战栗。

绵长的思念如万缕蚕丝，永恒的牵挂如恒河沙数。高山大川、白云蓝天，均抵不上你的肩头。你是荷塘中渡我的舟，你是春夜里伴我的烛。

你是我生命中久远的光亮，我因你此生辉煌。

世间道路千千条，君指引方向。世间眼睛千千万，君贴心牵肠。

你我共同的伊甸园栽满未来和希望。我们身披霞光与月光，一同撒种，一同施肥，一同锄草。我们见证青禾的成长，无论枝头高昂还是硕果弯腰，都开怀大笑。

二十四

那荷塘繁茂的不是莲叶，不是绿水，不是流风，而是我无处种植的相思。那蛙鸣是我传递的呼唤，那露珠是我结晶的泪水。我在水面追寻，你在哪儿？你在哪片阔大的莲叶之上？

我企望这样的迷失：在有你的月夜，在你撑开的伞下，那都是我的天堂！

我情愿卧在你的盘碟之上，做你一生的美食。

你的温柔是我唯一的出路。我半生颠沛流离，桎梏在荆棘囚地，愿意受你滞阻，愿意为你停驻。

银河两岸，你的明眸力架鹊桥。你是我心头永远悬挂的钟，每分每秒一起跳动。

我是那清纯而热烈的梅海，一起迎风逐浪，一起伴看夕阳。

蜂儿围着欢唱，蜻蜓围着飞翔。蓝天见了羡慕，流云见了弯腰，蜂儿见了嫉妒，我们笑到天荒地老。

吾郎，你的车轮碾过我的来世今生，我是你无以回避的沙尘，注定了黏附你的灵魂。茫茫人海，路过的无缘的终究淡忘，相知的缘定的终其一生。

二十五

我只是带着一介肉身，穿梭在世俗的街道，为你留一身清纯。无论我寄生在哪里，我的心灵永远安放在你熨帖的怀里。

你是我一生珍藏永不愿喝完的香醇，你是我无法自拔的一往情深。

吾郎，请带我走，时时刻刻带着我，哪怕流浪在遍布荆棘的地方。我们不需要名车豪宅，我们不需要海鲜佳肴，我们不需要掌声，我们只要一双手紧握一双手，一颗心紧贴一颗心。大地是我们的婚床，知了奏乐，青蛙击鼓，夜莺欢唱。

你的文思穿越千年时空，你的情怀融化万里山脉，你的执着让无际的沙漠变绿洲。禁城不老，松江欢歌。

那柔柔的怀抱，是我梦中永恒的呓语；那急急的相拥，是我今世余生的渴望。

二十六

倘若你滴汗，那是源于我爱的烈焰；倘若你寒冷，那是我让你感知别离的苦楚；倘若星光熠亮，那是我追寻你的眼睛；倘若雨浸大地，那是我伤怀的哭泣。

思念无尽，恨不登上神舟降落你身旁。

即便时空不许，只要回眸我便心花绽放。爱到真时，心力不足；情至深处，忘却何为痛楚。

请别蹙紧眉梢，我已飞奔上路，穿破浓重的夜幕，一直向北。

你远远的身影开放成一朵心花，渐渐向我靠近；你扬起了眉梢，屏住了呼吸，只是因为见到被流光隔绝的我。你谦谦的笑容，此时幻为一束闪电，击中我坚固千年的心房。

二十七

无论你在哪里，我的明眸都时时注视，我的温暖都寸寸穿透。

我们笑面风云，用我们纯粹的情、纯洁的爱呼唤真的伟大、善的温良、美的精彩。

前生，我定是一条七彩蛇，匍匐在你跟前娇吟绵绵；前生，我定是一只七彩蝶，舞动在你身边翼裙翩翩；前生，我定是一头七彩狐，隐居在你周围烟视媚行。

我们骄傲地高昂着头，不屑世俗的眼光。

吾郎，前方万道霞光，招迎我们观赏。你为我朗诵一篇荷塘月色，我为你轻舞一曲曼妙霓裳，让我们的爱乘风破浪。

二十八

月蒙蒙蒙月影清幽，云烟烟烟云语还休。
风啸啸啸风伴闺楼，雨霏霏霏雨洗伤愁。
星朗朗朗星君双眸，泪纷纷纷泪并肩走。
雪飘飘飘雪涤心尘，路迢迢迢路不分手。

就算我是荒漠中的一粒沙尘，就算我是洪峰中的一颗水珠，我依然愿意为你晶莹，为你期待。

我是海中的一尾千年鱼精，终年搁浅在滩涂，耗尽我毕生的眼泪，气若游丝地苦等你的脚步。你用温润的手，将我放回碧波。你若不来，我绝不会轻易死去。

我用我深情的眼眸痴痴地将你的背影收藏，藏在我千年深渊的胸怀。我若不在，君万不可离去。

死生契阔，与子成说。执子之手，与子偕老。

你是我热望的海，我矢志不渝地跳进涛浪，为的就是与你一起演绎一个神舟般的传说。

二十九

吾郎，你是我灵魂的摆渡人，是我心智勃发的滋养者。你融入抚慰与惠赠，溶化我心中郁积一生的冰垒，让我找回丢失了多年的魂魄。

我所有不可遏制的力量，不停喷发的激情，蓬勃向上的渴求，都是因你而生，而长，而存。

吾郎，你的激昂慷慨，不吐不快，足以让我赴汤蹈火，放纵我的烈焰，熊熊燃尽我余生的光芒。

你是我沦落天涯漂泊无定的救赎主，是我终年寻觅心中呼喊的乡土。我在你怀中感受归乡的踏实，你是我唯一感知喜悦的归属。

你是我的眼睛与心脏，分辨是非清浊，调度跳动快慢；你定我生死存亡，年寿延终。

梧桐相待老，鸳鸯会双死。

三十

吾郎，吾爱，我是烈火中翩舞的彩凤，我是林间高歌的孔雀，我用我的凤仪，用我的雀屏，装点你宏伟的人生。

你是我今生唯一的磁波，万里仍吸附；你是我今生唯一的通途，越界无他处。

我们在俗世凡尘中一同扬起眉，对着肩，驻进魂，流着泪，迎接人间的赞礼或是轻蔑。

我们的四方斋就是我们的净土，只有纯朴的剖白，纯粹的相悦，纯洁的爱恋。

停笔殷勤重寄语，词中有誓两心知。

心花

心花是无名的小草，心花是有节的修竹。

心花是傲雪的松柏，心花是栖凤的梧桐。

心花是润物的细雨，心花是舒爽的浓荫。

心花是收获的鲜果，心花是催春的朔风。

心花是浅淡的曙色，心花是绚烂的晚霞。

心花是悠然的云朵，心花是雨后的彩虹。

心花是孤高的北斗，心花是浩渺的星河。

心花是盈亏的月魄，心花是明晦的苍穹。

心花是喷薄的旭日，心花是澄澈的蓝天。

心花是澎湃的大海，心花是平静的江湾。

心花是潺湲的溪水，心花是深邃的湫潭。

心花是清虚的空谷，心花是峻伟的高山。

心花是陡峭的崖壁，心花是起伏的峰峦。
心花是登攀的绝顶，心花是不屈的巉岩。
心花是远帆的旧港，心花是荒漠的甘泉。
心花是农夫的沃土，心花是牧童的草原。
心花是蜿蜒的道路，心花是路边的木屋。
心花是新辟的蹊径，心花是宽阔的通途。
心花是驰骋的骏马，心花是温顺的绵羊。
心花是逐浪的鸥鸟，心花是潜海的珊瑚。
心花是伏枥的老骥，心花是耕田的黄牛。
心花是高飞的大雁，心花是待哺的鹏雏。
心花是斑斓的蝴蝶，心花是轻灵的蜜蜂。
心花是报春的燕雀，心花是志远的鸿鹄。
心花是歌声的起落，心花是旋律的抑扬。
心花是琴键的跳动，心花是音调的铿锵。
心花是龙井的清淡，心花是咖啡的浓香。
心花是开瓶的可乐，心花是陈酿的杜康。
心花是婉约的诗赋，心花是豪放的篇章。
心花是荧屏的音像，心花是网上的邮箱。
心花是无私的自我，心花是博爱的心房。
心花是知音的褒贬，心花是友谊的增强。

心花是飘逸的秀发，心花是妩媚的裙装。
心花是清澈的眸子，心花是艳丽的红唇。
心花是婀娜的少女，心花是钟情的郎君。
心花是丰腴的美妇，心花是成熟的男人。
心花是老者的健旺，心花是幼孩的天真。
心花是丈夫的身影，心花是妻子的眼神。
心花是追求的激奋，心花是坚持的热忱。
心花是岁月的印记，心花是成长的年轮。
心花是温馨的私语，心花是关注的聆听。
心花是会意的微笑，心花是激励的掌声。
心花是柔情的抚慰，心花是亲切的叮咛。
心花是无悔的承诺，心花是大度的宽容。
心花是呢喃的梦呓，心花是幽咽的涕零。
心花是相思的凄楚，心花是牵念的永恒。
心花是誓愿的坚守，心花是期盼的虔诚。
心花是天使的惠赐，心花是大爱的结晶。
心花无形形似百花，心花无色色映百花。
心花无味味殊百花，心花无声声动百花。

心花无言，却胜万语；心花无声，堪比奏乐；心花无形，身姿玲珑。心花无色，颜如锦帛。心花无味，甘甜滋补。

心花是停泊的港湾，让人在人生的海洋中行进疲惫时，予以靠岸喘息，予以鼓舞，再浩浩荡荡、风风光光、轰轰烈烈地走完生命旅程。心花是清晨将爱人送出家门，是笑迎风尘仆仆的爱人；心花是闲观潮起潮落，是漫赏云卷云舒。

心花不是花，却逢处皆是花；心花还是花，四处向天涯。心花开放，世人追逐。爱人的面容，一面便是醉生梦死；爱人的声音，一言便是心花怒放。爱人的眼神，一眸便是电光石火；爱人的身影，一见便是魂不守舍。身携心花，游走人生，才不会孤独；神附心花，昼出夜伏，方不会寂寞。心花花语是全心全意，至死相随。撒下一颗爱的种子，培育你的心花。

水花

上善若水。至坚至柔，水可当花。

水花可坚，能穿磐石。水花可柔，柔若薄纸。

水花百变，千姿娇媚。水花幻态，风情万种。

水花润泽，滋养万物。水花腻滑，仿若锦缎。

水花明净，洗污逐尘。水花飘逸，腾空飞舞。

水花刚强，百折不挠。水花坚韧，不言放弃。

水花沉稳，高风亮节。水花勤劳，翻山越岭。

水花智慧，包纳大小。水花勇敢，视死如归。

水花活泼，飞溅万丈。水花开朗，放声吟唱。

水花正直，光明磊落。水花无私，两袖清风。

水花豪放，白浪滔天。水花冷冽，清爽澄澈。

水花公正，大公无私。水花执着，锲而不舍。

水花宽容，厚德载物。水花清高，不同俗流。

水花壮丽，气势磅礴。水花标致，冰肌如雪。

水花浪漫，碧波荡漾。水花敏捷，一泻千里。

水花高洁，无沾脂黛。水花纯真，优雅宁静。

水花多情，留恋难舍。水花痴心，千载不改。

喷泉中的水花是欢快的。

溪流中的水花是无忧的。

瀑布中的水花是果敢的。

浪涛中的水花是响亮的。

池塘中的水花是涟漪的。

花洒中的水花是轻盈的。

爱情中的水花是甜蜜的。

友情中的水花是清澈的。

亲情中的水花是圆润的。

人当如水花，莫贪富贵，一切水月镜花。

人当如水花，不羡高处，不过水中捞月。

人当如水花，清白透亮，自然水到渠成。

众人处上，水独处下；

众人处易，水独处险；

众人处洁，水独处秽。

水花花语是纯洁无瑕。

荷花

华贵的牡丹，迎雪的寒梅，芳香的茉莉，艳丽的杜鹃，我都喜欢，但就是对夏之荷花有一种不醒的沉迷。此值荷花飘香时，我又如期来到宣莲的圣地——浙江武义的祝村。

晨雾中，烟岚弥漫，丝丝缕缕，拂面流过，静静的，凉凉的，从朦胧中看到一枝枝荷花立在万绿丛中。随着雾越来越淡，朝霞钟情地把第一缕阳光送给了这万顷碧荷。从荷微露的笑靥看得出，她们正从一个甜蜜的梦中醒来。都梦了些什么呢？是柳梦梅之梦吗？是鸳鸯戏春水之梦吗？她们穿着雪衣霓裳，在水光潋滟的舞台上，亭亭玉立，姿容娇艳，洁净无瑕，清香四溢。

雾，全部散去，朝霞似金，放眼远望万顷碧荷，辽阔、深远、明净、幽深，到处呈现着华丽的气象，到处流溢着迷人的芳情。霞衣、雪裳、绿锦，娇丽、清新、淡雅、纯净。有的花苞青里泛白，娇羞欲语，含苞待放，像腼腆的小姑娘，不肯向人展露笑脸；半开的如纯洁的妙龄女郎用白嫩的纤手托着嫩洁的脸庞；全开的则像美丽女子收起最后的羞涩，借了荷叶的绿，舒展花瓣，尽展其丰满和艳丽。黄色的花蕊洋溢着生命的热烈和奔放，而那花蕊包裹下的细嫩莲蓬，则呈现着荷的厚重和沉稳。而簇拥在花蕊旁的荷花，又像刚刚出浴、衣衫散漫的佳人，还像天空裸体的彩云。粉色的荷，那凄艳灼灼的唇，让多情男子心慌，让时尚女子艳羡；白色的荷，则以出淤泥而不染的洁净，不动声色地摄人魂魄，撼人心旌。只见红粉黛绿的蝴蝶嬉戏其间，一会儿落在这朵荷花上，一会儿落在另一朵荷花上。

风起了。万顷碧荷，气势浩荡，花枝摇曳，碧叶依依，如云集的衣容娇艳的少女，翩翩起舞，裙袂飞扬。阵阵绿涛，翻腾壮绝，送缕缕芬芳，给丝丝清凉。风停了，绿色的海洋平静了，叶面水珠滴溜溜地滚动，晶莹剔透；风姿绰约的荷花仙子，收拢自己的舞姿，恬静地站立在万绿丛中。时不时有青蛙跳到荷叶上，溅起的水花落在绿色玉盘里滚来滚去。

雨来了。“水光潋滟晴方好，山色空蒙雨亦奇。”荷花带雨也别有动人的风情。蒙蒙的丝雨，悠悠地飘洒在万顷碧海上，如青丝浮动，显得那么婉约飘逸。那湿衣看不见、落地听无声的况味，那如绸纱沾水的舒缓柔情，深藏着让人体味不尽的宁静的诗情，仿佛有一种缠绵悱恻的暧昧之缘。那醉人的渗透在雨后湿漉漉的空气里的荷香，让人永远体味不够。太阳雨中那荷，无论是花还是叶，显得更加清新、鲜洁、妩媚。荷叶上滚动的浑圆如球的雨珠，远远近近地闪烁着，像荷叶的眼睛，活了这片辽阔的绿。

我不由得沿着荷塘之间的小径走向荷荡深处。两边伸出的荷叶和青竹湿透了鞋袜和裙裾，也沾湿了我的眉毛和头发。此地此景，让我心中的诗情与画意一起生长。

望见荷荡水面映照的夕阳红晕，就知又到落霞残照的时分了。夕阳在轻淡的云层后面，缓缓向下隐去，夕霭暮岚，渐渐升起，悄然酿造自己缤纷的梦境。轻雷，若有若无；丝雨，渐行渐远。此时，有一段淡淡的彩虹出现在荷荡西边的尽头。再看荷花荷叶，显得那么清新、清丽、清艳，不由让我想起李清照“沉醉不知归路。兴尽晚回舟，误入藕花深处”的名句。是啊！置身此地，谁的游兴能不高呢？正在兴头上，谁又愿回舟呢？那么高的兴头什么时候能过呢？不过若坚持就不回舟，那这舟真不知要晚回到什么时候了！

不觉间，夜幕低垂，明月已悬挂高空了。皎洁的月光泻在阔大的荷荡上，一片一片的水面，像层层的银鳞。远山如黛，夜空星烁，岸边虫鸣，树影婆娑，风摇清荷，影影绰绰。此时竟让我突然想到朱自清先生的那段妙笔："微风过处，送来缕缕清香，仿佛远处高楼上的渺茫的歌声似的。这时候叶子与花也有一丝儿的颤动，像闪电般，霎时传过荷塘的那边去了。""月光如流水一般，静静地泻在这一片叶子和花上。薄薄的青雾浮起在荷塘里。叶子和花仿佛在牛乳中洗过一样，又像笼着轻纱的梦。虽然是满月，天上却有一层淡淡的云，所以不能朗照……月光隔了树照过来，高处丛生的灌木，落下参差的斑驳的黑影，峭楞楞如鬼一般；弯弯的杨柳的稀疏的倩影，却又像是画在荷叶上。塘中的月色并不均匀；但光和影有着和谐的旋律，如梵婀玲上奏着的名曲。"

是的。被清荷的气息充盈的夏夜，如在神秘的磁带里，似乎感到莫扎特从这里走出来，舒伯特从这里走出来，柴可夫斯基也从这里走出来。他们所有的音阶，所有感情的高低音域，都输送到同一频道里，让人走进惬意的音符。

风又起了，圆月渐渐呈现一道晕圈。天不早了，我默默踏上归程。荷荡一日，虽然身体极其疲劳，心却一直激动不已。我们都是风前客，一切都会被风吹雨打去。像清荷一样平静、悠然、自在、本真、纯净地活着，该有多么美妙！这或许就是我喜爱荷花的缘由吧！

竹花

宋朝苏轼在《于潜僧绿筠轩》中写："宁可食无肉，不可居无竹。无肉令人瘦，无竹令人俗。人瘦尚可肥，士俗不可医。"不知是自己的名字里蕴有竹子的含义，还是自小生长在竹围之中潜移默化，总之，此生我最喜爱的植物莫过于风采翩翩的竹子了。不仅因其姿态如同婀娜多姿的少女，又如玉树临风的男儿，更因其虚心有节，不畏风霜之修炼风骨令世人崇敬。

无锡有才子部锋，曾经在他的《居有竹居赋》中描绘道：有了竹，雨更湿；有了竹，风更清；有了竹，月更明；有了竹，夜更静；有了竹，雾更浓；有了竹，山更浑厚；有了竹，水更灵动；有了竹，心更澄；有了竹，家更温馨。竹兼有诗人和主人的双重气质，表达了生命本质的深邃和宽厚。它是最简单平常的，也是最复杂奇特的；是最有理性的，也是最感性的。它是自然、质朴、实用、坚贞、洒脱、虚心、友善、向上、健康、清介、美丽的化身。它的综合素质无与伦比。不吃肉，身体自然会瘦；没有竹，精神肯定要枯萎。没有肉，瘦一点也无妨；没有竹，精神的空间谈不上旷达。这是苏东坡的至理名言。毋庸讳言，竹具有极高的生命价值，它是一根做人的标杆，经常量一量，看自己哪一方面还做得不到位；它又是一把净化心灵的扫把，烦心时不妨拿出来扫一扫，让自己有更多自由的空间……他的这些描述将竹子清静高雅、质朴无华、平淡如水的本性诠释得如此淋漓尽致，我等似乎说什么都显得庸俗了。

酷爱竹，自然而然渴望欣赏她的花。一如喜欢一个人的文字，心中便总幻想对方的容貌，有时巴不得亲睹尊容。然而，真正见过竹花的人，恐怕是少之又少，因为竹子开花的周期因种类不同而有区别，大致有三种类型：少数竹子可以年年开花，开花后竹竿并不死亡，仍然可以抽鞭长笋；大部分竹子在整个生长过程中只开一次花，且有一定周期，从40年到80年不等，开花之后枝叶枯黄，成片死去，地下茎也逐渐变黑，失去萌发力，结成的种子即所谓竹米，下种后萌发生长，才能长成新竹，箭竹和华桔竹就属于这个类型；还有一种类型是不定期零星开花，开花后，竹林并不死去，慈竹就是其中的一种。有人写过一首《竹花》诗：“大难临头才开花，花是愤怒不是怕；化成种子千万粒，默然入地蓄新芽。”正好表达了竹米繁殖造林的优越性。还有一种竹，开花的间隔时间很长，一般为50~60年，相当于一甲子；还有的竹，甚至要近百年才开一次花。由此看来，竹花的类型有多种，有的竹花，一辈子想要见上一面的可能性也微乎其微，就像人与人之间的关系，能够成为朋友或是结为夫妻，那是多大的缘分啊！

此时，我自然而然地想到了一个“情”字。竹花也有“情”乎？若有，谁是她的意中人？或者，其“情”又寄托于谁？她又是怎样的含“情”脉脉？我之所以会联想于此，因我自小就对竹子怀有一种非常特殊的眷恋。其时，我天天牵着一头黄牛越尽漫山遍野。到了冬天，但凡植物都已经颓废落叶了，只有后山的竹林，依然郁郁葱葱。通常在大雪纷飞的日子，牛不能行走，我便攥把斧子，像猴子般爬上竹梢，砍下几枝竹丫带回，看着牛津津有味地咀嚼出青青的竹汁，我的心里就像是自己吃到美味佳肴一般。在那艰难的岁月，竹子非但带给我感观上的满足，也为农耕牲畜提供了食粮。

万物皆有情，竹乃有情郎，何来无性？性有多种含义，竹之生殖与其他植物无异，均先开花，后结籽，完成整个生长周期。不过，据了解，大多数竹子是无性繁殖的，每年春季从地下的竹鞭上长出笋来，然后发育成新竹，也就是说，许多竹子并不是通过眉目传“情”后结下子孙后代的。另外，听说大熊猫喜欢吃的箭竹和华桔竹就是属于无性繁殖的。这类竹子是合轴型的，顶芽发育成笋，侧芽产生新的地下茎，相连形成合轴，地下茎生出的竹竿密集成丛，吃起来脆甜柔软。由此看来，有性无性其实也不是最关键的。然而，或许这也是人类的一种误会，或者说是一种无知造成的。竹子有性无性本非由人类所断言，人类不能以已推断竹子有性无性，其他作物皆如是。换言之，万物能够生存自有其生存的道理，有性无性只是一种说法，真正的理解应该是一种来自生命的原动力，而不是其他。或许，其是用另一种形式在交配也未可知，竹花只是彰显出来的一种形式而已。

其实，早在两千多年前的《山海经》里就有这样的记载：“竹生花，其年便枯。”唐代李白《长干行》里也有诗句：“郎骑竹马来，绕床弄青梅。同居长干里，两小无嫌猜。”这里的青梅竹马被诗人比喻成男女儿童在一起玩耍的天真无邪的感情。明时程敏政有《寒岁三友图赋》，此中的“岁寒三友”就是松、竹、梅。

由此看来，自古以来，视竹为“君子”“知音”者大有人在，非独我钟情也。而我之钟情于竹的原因，不但是自小情结，更因其虚怀若谷，谦谦如君子般的风度，一扫天下媚流与俗客。愚窃想，若有君子若竹，有情有义，纵苦等百年，亦值也。

桃花

描写桃花的诗词不计其数，数崔护《题都城南庄》最朗朗上口：去年今日此门中，人面桃花相映红。人面不知何处去，桃花依旧笑春风。

旅居厦门近十年了，记忆中以往每年的春节，或因寒风凛冽、凄雨飘飘，人们大都躲在被窝看书阅报吃零食。今年春节却给人意外的惊喜。蔚蓝的天空下，沙滩、海浪、白鹭、翠木、繁花，让游人可以肆无忌惮地玩赏。无论是定居于此还是借居于此的人们，都享受着脉脉暖阳，如同初恋的情人，得到无微不至的关怀，沉浸在甜蜜中。

新岁初八的早晨，我缓缓驱车行驶在文屏路上，迎面是温情的旭日。我忍不住打开车窗，让清新的空气溢满我的身心，所有的林木花草都沐浴着煦风。途经怪坡时，冷不丁让我产生刹那的惊惶，有片刻不知所措。我一度以为是看走了眼，侧目定睛一探，只见一株株桃花盛开得夺人魂魄，那粉红的娇滴滴羞答答的花瓣，紧贴在一条条并不粗厚的枝节上，仿佛是一个妙龄少女对着一个清秀俊男，那么痴心，那么忠贞，又那么神秘。我不由自主地将车泊在山道旁，踏着轻柔的脚步慢慢靠近，不敢惊动眼前桃花仙子的儿女情长。

桃花弹着琵琶，桃枝吹着口哨，恰似一对郎情妾意的爱侣，恩爱，缠绵。此时我才发现，桃花已引得许多游人驻足观赏，还有一些摄影专家试图将这灿烂的姿态定格。桃花面对众人来访依然从容。人面桃花相映红。

面对这样强烈的生命、鲜活的爱情，我的灵魂于瞬间得到提炼、纯净，不由感慨万千，当即赋诗一首：“鹭岛新妆游人怡，巧夺碧海绕山青。最数怪坡桃花林，灿烂夺目止步欣。”是的，桃花尽管婀娜多姿，尽管娇媚惑众，惹得群蜂群蝶奔涌而至，期获芳心，但桃花对钦慕者一律尽展芳容，谦恭颔首，洁身自好，将一个个慕名者、追求者的灵魂清涤得心悦诚服，令其流连忘返。

我的思绪不停地游走，游人似都喝了桃花迷魂汤，呆呆地凝望。我想，莫非这便是古诗中那位桃花郎么？路人自遇见的那刻起，便被施了桃花失魂术，以致陶醉其中流连忘返，回家以后还要饱尝相思之苦，于夜夜孤寂中等待春光的出现。是的，“春宵”一刻值千金，的确令人心驰神往。

桃花因艳而不俗、丽而不庸、娇而不媚而让人倾慕爱恋，令人心怡，神思荡漾，柔肠百转，宁愿为君消得人憔悴。沉醉在暖阳的情怀之中，给予这春日中的桃花温情的呵护与关爱。是的，陶醉在这桃花林中，哪个青春少年不会幻想？又有哪个成熟男女不为其丰盈润泽、雍容华贵的气质所迷惑？

此刻，我端坐一隅，通透明亮的玻璃杯中，几瓣桃花随着沸腾的开水如孔雀开屏舞动着妖姿，水雾迷蒙中，我似乎幻化为桃花仙子……

杨花

前日匆匆出门未及关窗，回来一看，深红色的木地板上散落着许多白绒绒的花朵儿。还有在空中飞舞的，白蝶儿一样。捉一朵在手上，柔绵绵的，如此轻盈，才知是杨花。她的雅洁、柔软，真叫我喜欢。

透过玻璃窗，只见空中飞舞的都是杨花的身影。此时的京城，恰是杨花飞扬的季节。这让我想起韩愈的《晚春》：“草树知春不久归，百般红紫斗芳菲。杨花榆荚无才思，惟解漫天作雪飞。”是的，此处没有比这首诗更为贴切的了。

说起杨花，自然而然就想到“水性杨花”一词。然而，我实在不解，古人何以会用“水性杨花”来形容女人对爱情的不贞，难道就因为杨花有流水的个性么？换个角度讲，流水的个性就一定与女人有关吗？实在是太牵强了。再说，即使从词义上去理解，流水般的性情有何不好？那是多么柔情、迁顺，让人爱怜有加，为何会变为贬义的呢？再说杨花，其雪白、纯净、美丽，触之绵滑，赏之洁雅，怎么也无端成了一个贬义词？由此看来，自古以来，人们就对流水和杨花有偏见，流水和杨花无端忍受如此莫名的罪名，我真想为之打抱不平。

其实，杨花本色纯美，既不以妩媚惑人，亦不以香味迷人。杨花出蕊，轻柔有余，从不苛求什么，找不到栖身之地亦无怨言，任风吹拂，飘洒自如，快乐而天真，风仿佛就是她生命的主宰，她将飘往何处，就归于何处，任其自然，何等洒脱！如有过错，也是风的过错，岂能强加于杨花如水的个性？

杨花是无私的，她把自己奉献给风和流水，如同婴儿般天真活泼。她任劳任怨，从不选择自己的命运，最后又归于尘土。她从出生开始就注定要飘零，开始就是终点。在短短一生中，她不作高攀，不争娇宠，不善阿谀，不求名利和地位，或纷舞，或停驻，或任游人当赏物，或为手中玩偶，不屈求，任自己最纤柔最纯白的芳姿凄美而悲壮地走完短暂的一生。这样的生命旅程可歌可泣。

人若有情，该知惜杨花，她之忠贞之洁雅之纯粹，令人赞叹；人若有情，也该颂赞杨花，她之美丽之优雅之随和，令人仰慕；人若有情，当如杨花，不求依附权贵，不求栖身利欲，不求美名千古，只求潇洒走一回。杨花有何罪过？只可叹，杨花一身纯洁，空惹歧视，到底谁之过？杨花一团，如黄花闺中女，洁白无瑕，谁能幸顾配成对？杨花一簇，如失意美少妇，再不愿倚门弹双泪，宁作浮萍飘零，天涯悲喜。杨花若有知，无谓计较小人恶语，且边飞扬边聆听，我为之钟情地吟诵：

春光正妩媚，引得杨花纷飞。谁家少年，翘足欲展翩翩追。轻盈最数杨花，非花又是花，教人牵肠惜坠。一任风送千万里，飘飘洒洒，未傍栖身，不曾求贵。洁净最数杨花，吐蕊柔情似水，教人倾心相随。一任飘零为尘埃，繁繁纷纷，短暂青春，尽呈雅态。休道杨花轻浮，只为多情香玉碎。

我愿此生作杨花，洋洋洒洒，无所挂牵，留也从容，别也从容；我愿此生作杨花，轻轻松松，无所眷恋，喜也从容，悲也从容；我愿此生作杨花，潇潇洒洒，无所顾虑，生也从容，死也从容。

牵牛花

用最轻最柔的声音呼唤你，牵牛花。有时候，最温情的倾听，是灵魂与灵魂最接近的一次叫喊。用最亲最甜的声音呼唤你，牵牛花。有时候，最朴素的接近，是心灵与肉体最完美的一次结合。

你有“朝颜”这样的赞颂，又有“勤娘子”之美称，为何又被称作子午花？难道生命的辉煌永远是一场美丽的玩笑？

你的名字最接近草根，也最能体现强韧的生命力，可你的花朵又是如此娇嫩，如此经不起风吹日晒，尤其是在炎夏，甚至中午前便凋零了，这无异于一场对美丽的伤害，爱美之人于心何忍？

你还有个别名叫“喇叭花”。听说在台湾，你还被民间喻为风尘女子，多少人还以“老牛吃嫩草”揶揄你；日据时期，甚至有画家把你绘作风尘女子的背景。你内心忍受了多少屈辱和误解?

你用最强韧的生命力去寻找对土地的记忆和对生活的热爱。你用最简单又最复杂的情感去倾诉对阳光的喜爱。可你的眼里始终盈满泪水，难道你始终强忍内心痛苦而欢笑？谁是你的知音?

到底是巧遇还是命定，你我成了知音，而你又成了我内心美丽的化身，你喜我喜，你忧我忧。宁愿为你默默坚守，莫非这就是前世未了情？否则，彼此间内心为何会有如此凄美的默契?

牵牛花，请带着清晨的欢欣去享受荣光吧，阳光将激动写在脸上,那种内心的亮丽谁能看见？有时候,单纯和朴素才是最美的。

有人说你是世界上最卑贱的花，可我认为，你具有世界上最高贵的品质，你用最接近泥土的姿势去表达自己，这是我爱上你的原因，那么，让爱渗透到每一寸土地吧，让万物欣欣向荣。

我知道你不愿接受太多表面的热情和赞美，这是你最真实的声音，也是最柔软的部位。你努力抛弃虚假，将真爱写在心底，土地的记忆因此更加深沉。有时候，真爱确实不需要太过矫情的表达。

让误解也开成一朵野花吧。你在这里，它在那里，彼此散发出来的香味肯定不一样。但有时候，一场美丽的误会开出来的花朵，散发出来的异香会更加诱人，更加灿烂，而高尚的品德味淡如菊。

那么，让平庸也开成另一朵野花吧。当朴素的情感上升为另一种执着时，天空为牵牛花短暂的花期举行隆重的葬礼，季节把时间交给天空和土地，同时把爱留给阳光和雨水。这是你值得哲思的原因。

牵牛花，其实我也知道，蔚蓝的梦不是只属于大海，当白云打开时间之门时，天空绽放出来的思想之花，已经亮丽成另一种风景。

在这个世界上，再没有什么比你更浪漫、更纯真、更富有诗情画意了。

茶籽花

你来，请到我的身边来。用你的香唇绽开我的花朵，我会给你一个如蜜般的惊喜，就像那露水还有空气和云朵。

你来，请到我的身边来。我已经绽开了我的花瓣，你就是蜂，采集我的花粉。阳光因此金灿灿，孕育我们的籽儿。

明天，我们的孩子长大了，仿佛看见年轻时的你，风将花蕊飘扬。

蜂飞走了。其实我更爱自己的故乡。我把思念埋在枝头上。

洁白的茶籽花，金黄色的蕾，时常引得彩蝶蜜蜂围绕其中，更有意思的是，茶籽花的花瓣、壳、果实，均为五瓣。我们几个小伙伴时常趁开花季节去茶山拔猪草，因为我们可以仰起脸儿，吸吮茶籽花的花蕊汁，那金黄色的花蕊汁非常甘甜，是一种天然美容品。将茶籽采摘回来后晒几次太阳，籽壳会自然分成五瓣，里面的肉呈棕色。这种果肉榨出的油是最高级的美容品，祖母一生都是用茶油抹那头长及腰臀的头发，才使得它光洁柔亮，因此油茶树与油橄榄树堪称世界上最著名的两大木本油料植物。若是回到乡下有人以茶油相送，那可是最高级别的贵宾待遇。茶籽壳用来烧炉子，燃烧后立即装在火笼用以取暖。那时的冬日，既没有电热毯也没有暖气，冰冷的双脚只能靠火笼取暖，而茶籽壳是最保温的，可持续十小时之久。

茶籽满身都是宝，物尽其用。茶籽榨油后的茶渣饼是农人捕鱼捕泥鳅的最好饵料。记得生产队每年一到春节前，就将几个水塘养的鱼捕了后分户。虽然我们家不够工分没鱼分，但在捕鱼时凑个热闹也是非常开心的事。大伙将茶渣饼敲碎洒入水塘，不一会就会有鱼儿浮上水面，那是因为鱼儿吃下茶籽渣后晕乎乎了，这时大家只需拿着鱼篓去捞。

茶油更是一种中药。相传元朝末年，朱元璋被陈友谅军队追杀到建昌（今江西）的一片油茶林，正在油茶林中采摘的老农见此状况，急中生智，把朱元璋装扮成采摘油茶果的农夫，使其幸免一劫。朱元璋称老农为救命“老表”。老表见朱元璋遍体是伤，用茶油帮他涂上。不几天，朱元璋就觉得身上伤口渐好、红肿渐消，于是他高兴地称此油茶果是“上天赐给大地的人间奇果”。后来他在老表家休养一段时间，便秘又有好转，得知这是每天吃茶油的缘故。从此，朱元璋与茶油结下了不解之缘。后来，朱元璋将江西茶油封为“御膳用油”。

因皇帝对茶油的喜好和重视，人们对茶油进行了深入研究。李时珍《本草纲目》中记载：“茶油性偏凉，凉血止血，清热解毒。主治肝血亏损，驱虫。益肠胃，明目。”又云：“茶籽，苦含香毒，主治喘急咳嗽，去疾垢。”后来江西各地均把茶油当作上等贡品进献于朝廷。皇帝大悦，并称赞其“御膳奇果汁，益寿茶延年”。

茶花，她有着母亲的博爱，有着大地的深沉，也有着无上的坚韧。在百花凋零、万木枯萎的日子里，唯有茶花，敢以如此热烈的姿势唱响生命的赞歌；在寂寞寥落、寒风凛冽的坡地上，也唯有茶花愿以如此朴素的情怀，吟咏爱情的真谛。

茶籽花，她没有桃花的艳丽，没有兰花的张扬，没有樱花的繁盛，没有桂花的浓香，更没有春天里百花的娇柔华贵。她只是将丝丝柔情和缕缕芳香深深埋藏于心底，她只是将满腹委屈和悠悠情愁轻轻揽在怀中。在所有植物当中，唯有茶籽花孕育的儿女，才有能耐历经秋冬春夏，才有能耐尽尝严寒酷暑，才有机缘吸吮四季甘露，沐浴四季阳光，汲取四季精华。

茶籽花盛满山香，素雅洁白芳自赏。四季风雨为君候，不攀春夏偏爱霜。

油菜花

乍看“招蜂引蝶”一词，一般人眼前都会立即闪现出黄灿灿的油菜花，抑或观赏油菜花之际，便不由自主地想起“招蜂引蝶”一词。这无疑是给的油菜花加上莫须有的“罪名”。

确实，油菜花是一种招蜂引蝶的草本植物。每当油菜花开的时候，不知从哪里就会突然冒出许多的蜂蝶，就像清丽可人的少女，总是引来无数男孩子的追逐。成群结队的蜜蜂在耳边嗡鸣，翩跹起舞，让人兴奋又害怕。兴奋是因为那场面实在太热闹太壮观了，一点也不比春节联欢晚会逊色，舞台色彩斑斓，灯光更具有超自然的效果，仿佛一场人间喜剧；害怕是因为那场面太让人提心吊胆，稍不留意，就会被好事的蜜蜂盯上；蜜蜂们把人当成会行走的油菜花，如怀春的男孩子缠着心中的美人，不舍离去。

听说十里之长的清源山油菜花，吸引着地球上各路钟爱油菜花的旅人，越过万水千山只为一睹油菜花芳容。

最喜欢的是元朝陆文圭的《满江红》：“试检春光，都不在、槿篱茅屋。荒城外、牯眠衰草，鸦啼枯木。黄染菜花无意绪，青描柳叶浑粗俗。忆繁华、不似少年游，伤心目。棠坞锦，梨园玉。燕衣舞，莺簧曲。艳阳天、输与午桥金谷。行处绮罗香不断，归时弦管声相逐。怕夕阳、影散近黄昏，烧银烛。”

油菜花原产地在欧洲与中亚一带，现在已遍及我国南北东西甚至世界各地，且不分地势高低，无须许多肥料，只要有合适的地方便会生长，这和人的某些特性相似。

清朝的乾隆皇帝专门写过一首关于油菜花的诗，他是这样写的：“黄萼裳裳绿叶稠，千村欣卜榨新油。爱他生计资民用，不是闲花野草流。”唐朝刘禹锡也写过“百亩庭中半是苔，桃花净尽菜花开。种桃道士归何处，前度刘郎今又来”这样的佳句，历代文人纷纷对油菜花寄托情思。如今，当我重读这些古诗词时，忽萌生出另一种对人性的思考。油菜花之所以能吸引历代文人为之满怀激情，除了其秉性和社会功能，或许包含着另一种隐喻。

杜鹃花

“杜鹃”一名，既指一种鸟，也指一种花，也指一位英雄。至于杜鹃是怎样和英雄联系在一起的，可能许多人都不明白。

宋代元绛的《映山红·慢》：“谷雨风前，占淑景、名花独秀。露国色仙姿，品流第一，春工成就。罗帏护日金泥皱，映霞腮动檀痕溜。长记得天上，瑶池阆苑曾有。　　千匝绕、红玉阑干，愁只恐、朝云难久。须款折、绣囊剩戴，细把蜂须频嗅。佳人再拜抬娇面，敛红巾、捧金杯酒。献千千寿。愿长恁、天香满袖。”这首词咏的就是杜鹃花，杜鹃花又名映山红。而李商隐《锦瑟》中的“庄生晓梦迷蝴蝶，望帝春心托杜鹃”中的“杜鹃”指的是杜鹃鸟。

而名字的得来有一个传说。相传，古蜀国是一个和平富庶的国家，那里土地肥沃，物产丰盛，人们丰衣足食，无忧无虑，生活得十分幸福。可是，无忧无虑的富足生活却使人们慢慢地懒惰起来，人们一天到晚纵情享乐，醉生梦死，甚至有时连播种的时间都忘记了。

蜀国的君王名叫杜宇，是一个非常负责勤勉的君王，他很爱他的百姓。看到人们乐而忘忧，他心急如焚，为了不误农时，每到春播时节，他就四处奔走，催促人们赶快播种，把握时节。可是，如此年复一年，反而使人们养成了习惯，杜宇不来就不播种了。终于，杜宇积劳成疾，告别了人世，永远地离开他的百姓。可是他对百姓还是难以舍下，于是灵魂化为一只小鸟，每到春天，就四处飞翔，发出声声啼叫，“布谷”“布谷”，直叫得嘴里流出鲜血，鲜红的血滴落在漫山遍野，化成一朵朵美丽的鲜花。人们被感动了，他们开始学习他们的好国君杜宇，变得勤勉和负责。他们把那小鸟叫作杜鹃鸟，把那些鲜血化成的花叫作杜鹃花。

这样的故事实在太凄美了，也很悲壮。杜鹃花模样十分美丽，有深红、淡红、紫、白等多种色彩。当春季杜鹃花开放时，满山鲜艳，像彩霞绕林，难怪会被人们誉为“花中西施”。杜鹃花个性独特，喜欢生长在高山绝壁之上，以顽强的生命力和鲜艳的颜色显示自己的存在，远远观之，既凄丽又冷艳，让人于绝望中发出惊喜的声音，仿佛看到了希望和美好一样。我永远记得家乡的山头，每临清明时节，便是漫山遍野血红的杜鹃花，我时不时摘下吃一朵，酸中带甜的味道真是好极了。

或许，这就是有些人之所以会把它和英雄联系在一起的原因吧。有时候，当一种花被赋予某种特定情愫时，便会产生某种神秘的力量，这是人们永远想不到的。我喜欢杜鹃花，喜欢它那鲜艳缤纷的色彩，更喜欢它那不畏艰难、迎风开放的独特个性。它集英雄和美人的魅力于一身。

刺桐花

1986年10月29日，泉州市十届人大常委会第十一次会议正式通过决议，以刺桐花为泉州市花。泉州又称“鲤城”，掩映在刺桐的绿叶红花之中。其实，早在中世纪，泉州就因生长着许多刺桐花而以“刺桐城”驰名欧洲、非洲和中东诸国。

红艳绝伦的刺桐花燃尽一生，却没有香味，多少让人心生惋惜。不过，天生万物本公平，刺桐花虽无香味，盛放时却艳丽火红，像一个朝气蓬勃的少女，又像一位成熟雍容的少妇，令人赏心悦目，如同在苍茫的沙漠中突然遇到泉水般令人激奋，顿驱烦恼，欣喜之情油然而生。由此我懂得了一个道理，即生命中不可能永远没有遗憾，遗憾有时也是一种美，是一种更让人心悸的美。

香味只有弥漫于心头，才最为珍贵。

对于刺桐花，原本我并不是很熟悉。记得有一次，我看到一种红辣椒似的花朵，花瓣粗硬，花序颀长，鲜红艳丽，看得人眼花缭乱，但不知道是什么花，又禁不住那艳丽之美的诱惑，于是就问同行的朋友这是什么花。朋友乃泉州人，脱口而出，说是刺桐花，而且是泉州市花。

当时我确实惊艳于刺桐花之美，尤其是其火辣的情态，喷薄而出的激情，简直如一位热情似火的仙子，美得令人窒息。不过，过后也不知道为何，许是见过的花太多，又或杂事烦扰，有一段时间，我几乎完全忘记刺桐花了。

直到有一天，我在阅读一本杂志时，看到“刺桐花”三个字，忽然又有怦然心动的感觉，熟悉而又带有几分陌生之感，顿然想要亲近它。这种感觉异常奇妙，说不出来的灵动微妙的情愫萦绕心底。我应该更深入了解一下这位既熟悉又陌生的“老朋友”。于是，我立即打开电脑进行搜索如许久未见的老朋友般急于与之再相见。

网上资料说，刺桐花为蝶形花科。刺桐属落叶乔木，原产亚洲的热带，树身高大挺拔，枝叶茂盛，喜强光照射，花期为每年三月份，花色鲜红，花形如辣椒，花序颀长，若远远看去，每一串花序就好似一串熟透了的火红的辣椒。繁殖栽种的话建议以扦插繁殖为主，也可播种繁殖。还说，刺桐花可作止血外用药。看来此花确非等闲之辈。

刺桐花的美，不知让多少文人惊叹。宋人王十朋的“初见枝头万绿浓，忽惊火军欲烧空”可堪绝句。有人说这是诗人的误笔，因为刺桐是先花后叶，它开的时候，难有“枝头万绿浓”的风姿。难道说诗人不知这个常识？很可能是他太爱刺桐花了，特用“枝头万绿浓”来衬托“火军欲烧空”。是啊！在青山绿水间，一棵棵的刺桐，繁茂的枝上如青春的热血涌动般纵情开放着一朵朵鲜红艳丽的花儿，像春风吹出的火焰。它用无数红硕的花朵铺就一方耀眼而迷人的绚丽，怎能不让人用灵魂拥抱它呢！

古人也常用刺桐花赠友人，诉友情。如“地僻寻常来客少，刺桐花发共谁看。”（唐·张籍《送汀州源使君》）诗人笔下在感叹：这偏僻之地，朋友难得来一次呀，刺桐花虽然开得很艳丽，可给谁看呢？我又同谁一起看呢？又如“不胜攀折怅年华，红树南看见海涯。故园春风归去尽，何人堪寄一枝花？”（唐·陈陶《泉州刺桐花咏兼呈赵使君》)或许诗人与笔下的赵使君是至交，很久很久没有见面了，他用手攀折着刺桐花枝，心里于年华的流去。每年满树的红花都对着远在海涯的友人开放，可是年年岁岁花落去，总是不见友人来，今年春风又去尽，还是不见故旧面。我把这红艳的刺桐花寄往哪里？谁还值得我寄呢？当然，妩媚燃烧的刺桐花，撩拨人心弦最多的还是爱情。“刺桐花上蝶翩翩。唯有夜深清梦，到郎边。”（宋·谢逸《虞美人·碧梧翠竹交加影》）刺桐花就是蝶吧！白天艳丽地开放，发现中意的郎君，不好表白，就深夜托梦到郎君的身边。蝶为花的媒吗？花盼望蝶在夜深人静的时候，引领自己与心爱的郎君约会呢！

最感人的莫过于五代时李珣的《菩萨蛮》：“回塘风起波文细，刺桐花里门斜闭。残日照平芜，双双飞鹧鸪。征帆何处客？相见还相隔。不语欲魂销，望中烟水遥。……隔帘微雨双飞燕，砌花零落红深浅。捻得宝筝调，心随征棹遥。楚天云外路，动便经年去。香断画屏深，旧欢何处寻。”春风轻拂，湖水漾波，刺桐花深处有门半开半闭，残阳照着旷野与平湖，有对对情鸟，亲密嬉戏盘旋。此时有一征帆驶过，门里的女子与船上的男儿隔着层层刺桐花，隔着水面的距离，只能朦胧相望，但男子并未说话，分明不是自己的郎君。女子因此魂销天外，望着浩渺无边的烟水，徒生无奈的哀叹。女子在艰难中忍着思念的痛苦熬过一年的时间，又一个春天来了。都到了花零落的时候，透过窗帘，看见微雨中双双轻飞的情燕，却不见心中人的踪影。纤手轻拂思念的乐曲，心却随征棹去了遥远的地方。楚天的路是天外的路，遥不可及，情人动身走了一年了，先前的爱之欢乐到哪里找寻呢？

忽然想到了台湾著名诗人余光中，也曾有过这样的诗句，“刺桐花开了多少个春天？东西塔相望究竟多少年？多少人走过了洛阳桥？多少船驶出了泉州湾？”

星之绪

我喜欢凝望星空，因为我一直视她为亲密的伙伴。在都市和乡村赏星星，清晰度不一样，心情也不一样。都市霓虹闪烁、璀璨夺目，却看不见星光的皎洁。五颜六色的灯光交织，还有各种烟雾升腾，到处纸醉金迷。红尘滚滚，烟尘俗氛中，人们观星的兴致也败尽了。

星星之于小时候的我，有种说不清的诱惑。乡村的夜空，蓝得纯净、幽深。星空并不透明，但她高远，以至于无限，有一种不可言说的清寂、空旷、神秘和古意。星星是我生命的寄托，让我度过那生活艰难的一个又一个漫漫长夜。我看星星时最爱数星星，可每次都是越数越多，好像星星知道我在数她们，便故意冒出来。每次数到几十颗，最多一百颗，就数不下去了，数着数着就迷迷糊糊进入了梦乡。

坐在小溪畔，遥看满天让人眼花缭乱的繁星，无垠的天空深不可测，任何地方哪怕一个小角落都藏着人类永不可知的神秘。星光洒落在溪水中，轻风吹动，倒映的星光闪烁，旁边婀娜多姿的树叶缝隙中洒下碎银一般的光，柔美得让人心醉。

流星划过，夜空梦幻一样沉默，显出巨大的孤寂、宁静、空洞，天空默默地闪着幽暗的蓝，极似暗蓝的水晶。清澈的银河，静静地、缓缓地流淌。密集的星星，如无数的珍珠挂满天空，让人迷惘、晕眩。长长的银河，无数星星透明灿烂得荡人魂魄，好似星星们在大聚会，跳着优美的舞，唱着动人的歌。那时会傻想，能借到云梯多好，哪一颗星星会带我飞到上空探寻苍穹的秘密呢？或是摘下一颗星星，放在掌心，紧紧握着，让星星温暖我，照亮我的前程。梦中的我，沿着树梢飞上天空，散步天庭，如同在海边踟蹰，捡拾星星就如捡拾贝壳。

夏夜的星空，富有诗意。星星挂上天幕，月亮在的时候，众星捧月，围着月亮闪烁着，像故意地簇拥，又像在开心地欢笑；月亮不在的时候，小星星就齐聚在大星星的周围，结为一个整体，一齐发光，似大暴雨轰击大地一般，将光芒一股脑儿泼下来，似乎都能听到她们穿越空气的摩擦声。星光给疏疏的薄薄的云朵镀上耀眼的淡黄的金边，给飘荡的清露以纤毫毕现的透视，也给孤行的人引路的光亮，让孤独的夜行人，在星光相伴下得到慰藉，减少落寞，安静前行。

有一段时间，我特别喜欢看银河两岸的牛郎织女星，常常和人讲起牛郎织女的故事，还会背起《迢迢牵牛星》这首诗来："迢迢牵牛星，皎皎河汉女。纤纤擢素手，札札弄机杼；终日不成章，泣涕零如雨。河汉清且浅，相去复几许？盈盈一水间，脉脉不得语。"牛郎织女的爱情诗章之所以能在世间千古流传，大概就是因为此情只应天上有！谁能为着不结果实的爱而长久、默默、苦苦地等待、坚守？

星星成了我生命的指南，她像灵魂一样入驻了我的心中。我永远记得那个阴森可怖的夜晚，我独自出去找寻晚归的母亲，不由自主走入繁茂浓密的树林。夜的幕布严严实实地垂了下来，我心中更充满了悲伤和恐惧。风从远山深处生起，掀起阵阵林涛，发出阵阵呜咽，有一种生之壮阔与悲凉。好在透过林隙，星星洒下无数银色的碎光，闪烁着柔柔的光辉，使我认清了方向。她伴随我走过生命的一程又一程，翻过生活中一个又一个坎。欢乐时，请她和我一起分享；痛苦时，请她和我分担。哪怕背井离乡，走南闯北，日子再难，劳动再累，我都不忘凝视她。想到她的存在，看到她的闪烁，我就不由自主地兴奋起来，感到充实、豪迈，生活有了依托。这缕辉亮，早已填满我的心胸，注入我的血脉，化成我生命里的精魂。

“一轮牙月泛清辉，升也从容，落也从容。无边繁星度经纬，北也追随，南也追随。”每夜伫窗北望，北也相随，南也相随。凝视星星，已然成为我的习惯，成为我生命中的一部分。守望一生，也许孤独寂寞，两心相知，但也充实而甜蜜。正如歌词所言：爱的路千万里，我们要走过去，别彷徨别犹豫，我和你在一起。高山在云雾里，也要勇敢地爬过去。大海上暴风雨，只要不灰心不失意。有困难我们彼此要鼓励，有快乐要珍惜，使人生变得分外美丽，爱的路上只有我和你。

我多么想真正地触摸、怀抱着她，把她牢牢握在我的手中，奈何上天无云梯。她闪烁，我遥望，在默默的静静的无人知晓的深夜，洒下我满心的相思。我想，她一如我的爱人，占有我一辈子的目光。纵使我老去，可是星星长亮不衰，如同我心中珍藏的爱人的面容，岁月带不走他的坚毅与刚强，带不走他的青春与温柔。这份专注和热情燃烧了我的生命，我甘愿在星星的照耀下消亡。

月之绪

一

安静的夜，淡淡的风，几片薄云悠闲，一轮朗月高悬。

寂然的山村，没有车水马龙，没有灯火通明，没有霓虹辉煌，没有机械轰鸣，一切似乎都沉醉在令人满足的愉悦中。我缓步小径，独自欣赏明月的风景。

白天的阵雨打湿了路面，山道蜿蜒，群峰巍峨。呼吸着雨后大自然的清新，能够如此惬意舒坦地欣赏世间锦绣大地，何等幸福！

“月亮走，我也走，我送阿哥到村口。”一首脍炙人心的歌谣，红遍了五湖四海，都城山川。真挚的爱恋，深情的流露，直教人肝肠寸断，双泪连绵。

“月亮走，我也走，可我牵不到君的手。”茫茫人海，相遇的人漫如星点，能够说一番话的便有情缘，能够彼此欣赏的更是凤毛麟角。这个世界不乏才人，可是能相敬相惜者寥寥。问世间，有多少人能够在你心中永远珍藏，如同空中一轮明月，永生照亮？很多人仅是恍惚一过，再也留不下任何纪念。

“月亮走，我也走，天上云追月，地上风吹柳。披上月纱，踏上月色，纵使天莽莽山苍苍，朦朦胧胧缥缥缈缈，我也要誓死将哥哥把身心留。”

林山深处，星点光亮，依稀可见山户民家。此时此刻，静静地沐浴着星月的清辉，一种刻骨的思念蔓延。

二

这一夜的月涂上了杏黄，努力地向上攀升，如同孩童攀树，一步一步爬上树梢。只见黄月离墙头尺许，穿窗洒进屋内，如同心头的那位爱人，总是在无休无止地侵占每个空歇时刻。

谁人在吹箫？低咽的声音重复着，不激不扬，似在诉说着哀怨。莫非游子经年不归？莫非爱人远差无讯？莫非情挫未成佳偶？

日渐繁荣的社会，在强手如林的竞争面前，一个个必须深沉、坚毅、博大、豁达，败不气馁，锲而不舍，否则便被淘汰，被取替，被遗落。

真正美好的东西是得不到的东西。一个在天之南，一个在海之北，日日牵挂，夜夜相思，月儿缺了圆，圆了缺，恨不得化为月，冲破夜雾，插翼飞翔到君面前。

低咽的箫声时断时续，我猜想那远方的人，听见如此凄美的幽怨，是否已急切地飞奔在归途？

三

风轻，月白，在静谧中，心会由此超尘而脱俗，更能通悟人生意义，看透人世浮躁、热闹、拥挤，看透虚伪、卑琐、丑恶。这山中的夜月，让人与自然相和，让人真实、高尚，在月夜中变得安宁、单纯。

人间的争斗，从无止歇。从小吏到皇亲，每一时代，每一时刻，每一角落，都在相互争权夺利，不择手段，不惜亲情，不顾友谊，玩尽心计，兵戎相见。有了小房争豪宅，有了小车争名牌，有了妻儿另筑金屋，恨不得精舍、美婢、娈童、锦衣、佳肴、骏马，逍遥自在。须知物极必反，彩虹仅刹那，昙花仅一现，梦枕奢侈终成空，只能落得恶名流世，遗臭万年。最后再望这轮月时，方知追名逐利、乞豪贪欲之悲哀。

苏轼有词，“明月几时有？把酒问青天。不知天上宫阙，今夕是何年？我欲乘风归去，又恐琼楼玉宇，高处不胜寒。起舞弄清影，何似在人间。转朱阁，低绮户，照无眠。不应有恨，何事长向别时圆？人有悲欢离合，月有阴晴圆缺，此事古难全。但愿人长久，千里共婵娟。”诵之令人不禁暗暗称绝。想看琼楼玉宇，可抬头看到的只是浩渺的苍穹，那么深邃，那么辽远，原先的几片浮云亦不知飞向何处，唯有空中那轮明晃晃的月，还在淡淡地洒泻着迷人的银辉，还在轻轻地细说着从前现在。

四

我忽发奇想，这轻盈的月亮是只为我们中华而永恒的。中华五千年的历史里，她在天空游荡，荡过春秋，荡过秦汉，荡过唐宋，荡过元明清，一直荡到今天，再荡向将来……

她在滚滚的黄河浪涛中沐浴过，在滔滔的长江碧波中洗涤过。这朗朗的明月，留有唐时李白放浪的精神吻印；这皓皓的明月，留有宋时苏轼深情的指纹；这纯纯的明月，留有词人李清照温婉的倩影。他们为中华民族文化戴上七彩光圈，他们的诗句如鲜花般芬芳，他们的思想与造诣无人能替代与超越。翻开中华文史，他们是最鲜明、最缤纷、最精绝的遗墨。他们如明月般照耀后人，后人对他们有永恒的仰望与敬崇。

几千年大悲、大愁、大恸、大苦的撞击，却始终没有丝毫的伤损，月始终高悬，或如钩，或如盘，照拂着子子孙孙。

月儿悬在我的心湖，使我驰骋五湖四海不感孤寂；月儿握在我的手掌，使我异乡为客不感冷漠；月儿藏在我的眼眸，使我在天涯海角不感失落。那是永远圣洁的晶光，不掺污垢，不积晦菌，不沾杂质。

五

猴子捞月的故事无人不知。都说猴子聪明，却干出此等蠢事。

为了能够到达井下捞到月亮，它们一只抓住另一只后腿，一直接连到井底水中。猴子愚昧，月亮分明在天上，井下分明是倒影，怎么能抓到呢？这与南辕北辙何异？其实或许猴子有自己独特的思考：天上一个月亮，井底一个月亮，摸不到天上的，就捞井里的，反正也都是徒劳的努力，权当游戏，博众笑耳。我傻我愚我痴，就让大家任意笑吧！能够让人一笑，我当疯癫猴子有何不可？

月亮是至真至美的尤物，当人们遥望天空的时候总是给人以遐想，每个见过的人都想得到它。遗憾的是这美丽离众生太遥远了。即使它是真真切切地存在着，也始终是可望而不可即的，只能望月兴叹。一次次打捞，一次次失败，碎了月也破了梦，但过程充满了希冀，充满了喜悦，毕竟近在咫尺。既然有梦有喜，何乐而不为呢？望梦兴叹已是乐趣，贴近了梦更会其乐无穷。

其实，这个世界当猴子的人何其多！许多美好的事物，你想得到就能得到么？尽管你努力，尽管你竭诚，若你没资格得到，你不该得到，再费心再痴想也是枉然！别认为自己比猴子高明，其实很多时候人还不如猴子。多少人画饼充饥，多少人以卵击石，多少人竹篮打水一场空！

六

月亮是宇宙中诞生的女神。她的出现给人类带来惊异与喜悦。她的辉光皓洁，不可遮蔽，不可阻拦。

旅途中有了月亮就多了些许的安慰，少了些许的恐惧，觉得月亮是夜行的伙伴与航灯。无论她如盘还是如钩，只要她出现在高空，行人便感到亲切。而家中的人看到月亮，也会立马减少对外出亲人的担心与牵挂。如果没有了月亮，家里就会点上一盏灯，放在窗台或挂在门楣上，这灯儿就像月亮，给晚归的亲人指引归途。

月亮似有灵性，与我的心息息相通。当我痛苦忧愁的时候，看到她升起来了，无论是在水中升起还是在山边升腾，痛苦忧愁立刻就减轻许多，她能够分解忧愁；当我孤独难耐时，只要抬头看到她高挂天空，就觉得她与我为伴，顿时心爽气朗；当我感到空虚时，她的出现能带给我些许的慰藉。“清风明月本无价，远山近水皆有情。”至美至纯的天上仙境，水银般飘洒的月光，总是让我心醉神迷。洁淼幽谧的月光，清雅纯净的月光，让我享受光之沐浴，涤荡我心中一切俗尘，抹去我心中一切烦恼。

七

月亮娇美，可她坚韧不屈，总是不知疲倦地攀登，总是不停地升起，落下，用她的银辉涂抹装扮物之灵、人之魄，光顾众生，揉拂万物。冬不怕急雪飘飞，夏不怕暴雨倾泻，浓云遮掩不住她，狂风冲撞不了她。记得一天夜晚，浓云密布，天空漆黑，我以为这圆月会看不到了，可是，午夜之后，圆圆的月亮居然羞涩地掩映在薄纱般的云层下，最后几片乌云散尽，清辉洒满大地。此时，万物进入梦乡，唯有月色轻轻地抚摸熟睡的人们，聆听着万物的呼吸。

她在高高的夜空中，月明如镜，人世间的一切都在她的脚下。滚滚红尘中脚步匆匆的男男女女，名人或凡人，平淡或离奇，热烈或冷寂，幸福或悲酸，都让月亮看得清清楚楚。人生风风雨雨，在喧嚣的生活舞台，尊贵卑贱，忠烈奸邪，沉沉浮浮。我们做了些什么，走了几多曲折的路，都在月光下留下了真实的背影。望着前方的陌路，走向洁净，走向正直，让月亮永远照亮心的天宇，让月在心中永不陨落。

八

幼时常听大人讲月宫嫦娥，晓得了吴刚，知道了吴刚永远砍不倒那棵桂花树。故事完整地刻在心间，情节清晰映现，可心情却不由低沉，为之哀伤，禁不住责怪嫦娥的无情，也哀叹她的孤清；既敬服吴刚无休止的磐石般的坚守，又惋惜他的傻劲与无谓的劳作。月宫既是那么清冷那么无情，怎么能洒下一地温柔曼妙的辉光呢？

月亮是所有诗人必读的一首诗，是所有画家必赏的一幅画，是所有音乐家必听的一首曲。诗人、画家、音乐家与月亮是三生有缘，前生相守，今生相依，来生相伴。他们与月亮珠联璧合，相映生辉。只要有月，就会有诗、画、乐。诗人和艺术家的酒杯装的一半是酒，一半是月光。每个人杯中泡着一轮月，饮酒也饮月，饮酒醉，饮月也醉，滋生出诗之林，画之壁，乐之音。

月亮里有绝妙的乐音，让音乐家弹奏出名震天下的《月光曲》。月亮是一个无与伦比的巨砚，让诗人和画家饱蘸笔墨，喷吐才情，一首首流芳百世的诗章，绘出一幅幅惊艳人寰的画卷。夜空的一轮明月，让诗人、画家、音乐家活在她的灵感里，同时也让她自己活在美妙的画里、动听的曲里和愉悦的诗里。

九

“你问我爱你有多深，我爱你有几分，我的情也真，我的爱也真，月亮代表我的心。你问我爱你有多深，我爱你有几分，我的情不移，我的爱不变，月亮代表我的心。”

月到中秋分外明，人间这一天，谁不望月？人们如一尾尾游鱼，在浩大晶莹的月海中游进游出，让柔美而温馨的月光将思念传递给远方的亲人，让柔美而温馨的月光抚慰残缺的心灵，让柔美而温馨的月光除去人间的晦暗，让柔美而温馨的月光朗照众生的灵魂。

月无杂念，纯净无尘，集空、灵、明、静、洁于一身。月亮是明月欲念的精魂，似娇儿扶起弱无力，其实又最本真，最有骨气，不世俗，不势利，不同谁亲近一分，也不同谁疏离一厘。哪怕你贱如草木，哪怕你贵如天子，也享受同等的待遇，不厚此薄彼，不分贵贱高低。

碧空如洗，翘首无际淡蓝色的天幕上星斗坠垂，羽翼般洁白轻盈的浮云旁，金月缓缓浮动，如同仙子巡视人间，注视茫茫红尘的芸芸众生。昂首观月，心中虔诚，不由得默默祝福：但愿人长久，千里共婵娟。

夜深人静，伏案托腮，凝视窗月，让我涌起披衣伫立的念头。月朗星稀，千里遥望，我珍藏的人儿，可也正将我想念？

满山相思

从没有见过一座山如此诗意，从没有见过一种树如此痴情。一座山单纯为一种树而坚守，一种树单纯为一座山而繁荣。究竟是什么原因令一座山愿意为一种树而存在，又是什么原因令一种树拥有一座山？到底是山的刚毅吸引了多情的树，还是树的风情迷住了刚毅的山？

她常年葱葱郁郁，四季不变，坚忍不拔。来自五湖四海的游客，无不为之叹服。远望那满山碧树，异株同干连理枝，如同恋人交颈拥抱，情意缠绵；近看树影倒映，似鸳鸯戏水，鸾凤穿花。此树名曰相思树，似一个身披霓裳羽衣的千年树妖，缠绕着整座东坪山，匍匐在东坪山的幽壑中，铺天盖地，就像满山遍野的相思。不畏山土贫瘠，不畏风雨摧残，不畏酷暑严寒。繁盛与团结是你的性情。

那繁盛的枝叶是你丝丝缕缕的秀发，宛如一位婀娜多姿、亭亭玉立的少女；那浓密的树冠是你昂扬的豪眉，宛如一位英姿勃发、风采翩翩的男子。错落有致的枝杈交合在一起，就像一对热恋中的男女，泛起情涛爱浪，从春到秋，从冬到夏，始终相拥，不离不弃。

来来往往的人从你身边经过
一次次离别又相聚

又有多少人许下承诺
能够如相思树这般顽守

千年万年你站成独立的风景
相思的样子让人垂怜

大海在你身旁把道路让开
天空秀出自己的秘密

万般的情语都化成等候
离去的身影让人愁肠百结

谁走进了你
谁就不愿意再回头

用什么来安置我的相思
我听见了那棵树内心的呢喃

岁月老了许多
但不老的是那颗心

相传战国时，宋康王舍人韩凭之妻何氏美，康王夺之。韩凭自杀，何氏也投台而死，遗书言愿合葬。康王怒，使乡人分埋之，两冢相望。宿昔之间，有大梓木生于两冢之端，旬日而合抱，根枝交错，又有雌雄鸳鸯栖宿树上，晨夕不去，交颈悲鸣。这棵树后来就叫相思树，这个故事表达了对爱情的歌颂。

另有传说，河东的凤家公子与河西的姚家小姐自幼同窗共读，青梅竹马，两小无猜。后因凤家败落，凤公子虽学识渊博，能书善文，进京应试却因无银两奉献考官而落第。凤公子遂为这浑浊世俗扼拦贤路而忧郁成疾。凤公子抱病返乡，行至村口，不觉悲愤交激，病情陡增，口吐鲜血，惨死在路旁。姚小姐惊闻噩耗，带着丫鬟前来奔丧。见凤公子惨死之状，悲痛欲绝，即死于凤公子身旁，实现了“生为凤家人，死为凤家鬼”的夙愿。由于封建族规，未成婚的凤公子、姚小姐分棺安葬于相思河两岸，其上各生长出一株枫杨树，渐渐地向河心上空倾斜，长成一体，便成了如今的相思树。

树本无言，为信誓而坚守，为情爱而鲜活；山本有情，默默等待就是为了守候。它甘愿伫立在海岛中心，昼夜与山雀野兔为伴，与蝴蝶蜜蜂相依。它与风为伴，倾听海的心潮；它与水为伍，欣赏那碧波万顷。它吐雾含烟作意娇，疏影拂春潮；为谁栽此相思树，远近愁眉近似腰。

旭日东升，山雾弥漫。朝阳似一只神奇的巨手，霞光一寸一寸温柔地轻抚，晨露一颗一颗晶莹地闪烁。沉睡的相思在燕雀一声声的啼唤下眯着杏眼，似醒非醒地梳洗那飘逸轻舞的秀发。枝叶是你的青丝，掉落的每一叶就是你的每缕情思；晨露是你的泪珠，掉落的每一滴就是你的每寸柔情。她们深入爱的土壤，生长成无以计数的相思树，繁殖成千秋万代、万代千秋的一往情深。

残阳如血，百鸟归林，山林因为相思而浪漫。当夜深人静，月明星稀时，满山的相思在风中摇曳，发出动听的声响，像是谁吹响了一支巨大的竹箫，演奏着一支深沉的乐曲。

东坪山的四季让人浮想联翩，激情满怀。丽日临空，碧空如洗。春是你的渴望，你的新枝舒展着细腰，仿佛挥动裙裾，召唤爱人翩翩起舞。骄阳似火，暑气蒸人。夏是你的热情，你的枝头俯伏着知了，为你的缠绵吟唱。天高云淡，万里风轻。秋是你的付出，你从来不言回报，围绕你的只有蝴蝶蜜蜂。冬是你的坚守，你始终挺拔，郁郁葱葱。纵然山冈贫瘠，可你的情意肥沃。

风云卷涌的情人湖心，烟波浩渺，湖光山色，碧绿的湖水泛起层层的涟漪；情人湖畔，草木苍翠，山幽路僻，苍劲的树干激起叠叠的思绪。那交错层叠的枝叶婆娑起舞，你相思的倩影辉映在情人湖畔，你相思的呐喊回荡在怡情谷壑，你相思的足迹踏遍了山冈林莽，你相思的眼眸遗落在梅海岭山，你相思的花瓣飘舞在怪坡路埂。

谁能似你这般宁静平和地奉献？谁能似你这般丰润淳挚、芬芳温柔？谁能似你这般剖心掏肺地长相厮守？谁能似你这般顽强坚韧地勇往直前？谁能似你这般一如既往地蓬勃绽放？

山与树肝胆相照，相互惠顾；山与树生死相依，彼此怜惜。山峰兢兢业业，不退不缩，树根勤勤恳恳，深入更深处，树叶浩浩荡荡地昼夜飞舞。山与树的轰轰烈烈的爱情，见证了一座山爱恋一种树，一种树依恋一座山。

还记得北宋晏几道的《长相思》：“长相思，长相思。若问相思甚了期，除非相见时。长相思，长相思。欲把相思说似谁，浅情人不知。”长相思，永不弃；长相见，永不离。待到繁华落尽，年华凋朽，绽放、枯萎、绽放，年轮悄然刻于树枝，生命的脉络历历可见。人声销匿，旷野荒漠，可是你依然独驻东坪，望破星月映湖，片叶成冢，雨露干枯，痴守成蘸血盈泪，风情万种的魂魄。你用你纯洁的爱恋，温暖的心怀，一任庸俗的流言飞舞，一任尘世践踏，一任凡夫横指。而满山相思，则如战场中的勇士，刚毅坚强地驻守在鹭岛心腹，驻守成一处永不更变的唯美圣境。